Das Buch

Kaj Fölster kommt 1958 als junge Frau nach Deutschland. Die weltoffen aufgewachsene schwedische Soziologin »erobert sich unter Einsatz all ihrer Kräfte« ihre neue deutsche Heimat. Ihre ersten Erfahrungen bei Familiengründung und Arbeitssuche sind die üblichen dieser Nachkriegsjahre: von räumlicher Enge und materiellen Einschränkungen geprägt. Bewältigt werden muss aber auch der Umgang mit der katastrophalen nationalsozialistischen Vergangenheit und mit dem Kalten Krieg. Kaj Fölster geht über das Nachzeichnen deutschen Alltagsleben jedoch weit hinaus: Sie beobachtet, lernt, integriert sich und knüpft dabei zahlreiche Verbindungen zwischen alltäglichem Leben als Frau in Deutschland und gesellschaftlicher Wirklichkeit in ihrer neuen Heimat.

Im Rückblick über vierzig Jahre Leben in Deutschland beschreibt Kaj Fölster ihr wachsendes Verständnis und Engagement für das, was die Menschen in ihrer zunächst so fremden neuen Heimat bewegt: Spätheimkehrer, Heimatvertriebene, Wirtschaftswunder, »Eiserner Vorhang«, Vergangenheitsbewältigung, § 218, 68er-Bewegung, Friedensarbeit, Familienrolle und Berufstätigkeit von Müttern, die »Wende«, die neuen Konflikte zwischen Ost und West ... Dabei verschränkt sie persönliche Erfahrung und gesellschaftskritische Diskussion, spiegelt die Darstellung aus ihrer Sicht als Frau, Mutter, Berufstätige und Politikerin in Westdeutschland an der gesamtdeutschen Situation. Die »Deutschlandbilder« sind ein faszinierendes Panorama deutschen Alltagslebens von den Adenauerjahren bis in die Nachwendezeit.

Die Autorin

Kaj Fölster wurde 1936 als drittes Kind von Alva und Gunnar Myrdal in Stockholm geboren. Nach dem Studium der Sozialwissenschaft in Delhi, Stockholm und Göttingen und Forschungsjahren an der Ife Universität in Nigeria arbeitete Kaj Fölster als Geschäftsführerin der Arbeiterwohlfahrt in Göttingen, als Frauenbeauftragte in Darmstadt, in der Entwicklungspolitik (GTZ) und als Leiterin der Gruppe Frauen und Gesellschaft im Hessischen Frauenministerium.

Kaj Fölster

Hinter den sieben Bergen ...
Deutschlandbilder aus vier Jahrzehnten

Originalausgabe unter dem Titel: *Bortom de sju bergen. Tyska bilder 1958-1994*, A. B. Bonniers Förlag 1995

Der Allitera Verlag ist ein BoD™ Verlag der Buch & medi@ GmbH, München. Dieser Verlag publiziert ausschließlich Books on Demand in Zusammenarbeit mit der Books on Demand GmbH, Norderstedt, und dem Hamburger Buchgrossisten Libri. Die Bücher werden elektronisch gespeichert und auf Bestellung gedruckt, deshalb sind sie nie vergriffen. Books on Demand sind über den klassischen Buchhandel und Internet-Buchhandlungen zu beziehen.

Weitere Informationen über den Verlag und sein Programm unter:
www.allitera.de

September 2001
Allitera Verlag
Ein BoD™ Verlag der Buch & medi@ GmbH, München
© 2001 Kay Fölster
Übersetzung ins Deutsche Kaj Fölster
unter Mitarbeit von Renate Nicklas und Ruth Müller-Reineke
Umschlaggestaltung: Kay Fretwurst, Spreeau
unter Verwendung eines Entwurfs von Birgitta Emilsson
Herstellung: Books on Demand GmbH, Norderstedt
Printed in Germany · ISBN 3-935284-40-3

Inhalt

Einleitung	7
Dresden	10
Überall: Narben	20
Ankunft, Weihnachten 1958	31
Ein verstohlener Blick durchs Schlüsselloch 1956	43
Es beginnt mit einer kalten Dusche	56
»Unsere Strasse«, Flüchtlinge und »Wirtschaftswunder«	65
Kinder, Kindheiten und Kinderheime	82
Spurensucher und Wurzeln	95
Teilnehmen	111
Werner, Brigitte, Sylvia, Gudrun und viele mehr erzählen	140
Wiesenblumenkissen oder Museum der Erinnerungen	163
Zwischen Ost und West	170
Noch eine Grenzstadt: Die Sehnsucht, zusammenwachsen zu können	183
Ein letztes Bild	199

Allen meinen deutschen Freundinnen und Freunden gewidmet

Einleitung

Als ich zum ersten Mal mit dem Zug von Hamburg nach Göttingen fuhr, wurde er von einer Dampflok gezogen. Das ist mehr als dreißig Jahre her. Ich weiß, dass ich hinaus auf die flache Landschaft mit ihren kleinen, durch Hecken abgezäunten Äckern blickte, die dann in eine Heidelandschaft überging. Nach der weiten Lüneburger Heide, wo die NATO bald große Teile als Übungsplatz für Panzerfahrzeuge umpflügen sollte, wurde die Landschaft allmählich hügeliger. Hinter Hannover näherten wir uns langsam den Ausläufern des Harzes, die sich uns wie lange Zehen entgegenstreckten. Die Aussicht veränderte sich: Die flache Heide verschwand, die Landschaft wellte sich, sanfte Täler und Hügel glitten vorbei.

Bevor wir in Göttingen ankamen, zeigte H. mir die »Sieben Berge«. Da lagen sie entlang dem Fluss Leine aufgereiht. »Hinter den sieben Bergen, bei den sieben Zwergen« – so beginnt das Märchen von Schneewittchen. Und bald erreicht man Göttingen, von wo aus die Brüder Grimm fliehen mussten, weil sie ihrem König trotzten.

Ich stand damals da und schaute auf die »Sieben Berge« hinaus, und das tue ich jedes Mal, wenn ich vorbeifahre. Sie sind überhaupt nichts Besonderes, diese buchenwaldgrünen Hügel mit Dörfern aus Fachwerkhäusern drum herum. Ich entdecke, dass ich mich immer dicht an die Fensterscheibe lehne und jenes erste Mal intensiv wiedererlebe. »Hinter den sieben Bergen« – dort sollte ich mich niederlassen; dort sollte ich leben und eine Familie gründen – eins, zwei, drei – und mein Glück finden. Und alle Märchen enden schließlich glücklich. Ich war also auf dem richtigen Weg.

Aber genau wie in Grimms Märchen gab es eine unendliche Anzahl von Königreichen und Grenzen. Kreuz und quer verliefen die Grenzen durch Geographie und Geschichte, trennten Menschen voneinander. Oder verbanden sie mit unsichtbaren Bändern. Es war verwirrend.

Zwei besonders mächtige Grenzen durchzogen alles, was ich erlebte, mit plötzlich sichtbaren Stacheldrahtzäunen und versteckten Minenfeldern:

Eine Grenze hinter uns: Dreizehn Jahre bevor ich in dieses Land kam, war ein tausendjähriges Mörderreich zusammengestürzt und in Schutt und Asche gelegt worden.
Eine Grenze neben uns: Einige wenige Kilometer östlich von meinen sieben Bergen lag ein dem zurückliegenden ähnliches Reich, undurchdringlich und voller Gefahren – die DDR.

Ich wollte die zerreißenden Grenzziehungen nicht wahrnehmen, aber von dem Tag an, als ich die »Sieben Berge« erreichte, zwangen sie sich in mein Leben.

Auf die erste Grenze, die hinter uns lag, wollte ich nicht zurückblicken; ich wurde aber dazu gezwungen, weil sich die Flammen, das Lodern und die Narben dessen, was geschehen war, um mich herum befanden und so vieles unbegreiflich machten. Ich sah ja, dass der Schmerz tief saß und ohne Kenntnis dieses Hintergrunds kein Mensch und kein Vorgang verstanden werden konnten.

Die Geschichte kennt keinen Schlusspunkt. Es gibt keinen Neubeginn, das lernte ich. Die Geschichte eines Landes ist immer die Geschichte seiner Menschen, die Spuren sind tief in einem Land, in dem die Erinnerungen so oft von Verlusten und Schmerz erfüllt sind. Und ich lernte auch, dass sich diese Spuren an kommende Generationen vererben.

Vor der anderen Grenze, einige wenige Kilometer östlich der »Sieben Berge«, versuchte ich die Augen zu verschließen. Durch ihre brutale Undurchdringlichkeit machte sie mein Land zu einem halben Land, eingeklemmt im Schraubstock des Kalten Krieges. Bis die Mauer fiel, konnte ich so tun, als sähe ich das Land dahinter nicht. Ich durfte auch nicht hineinkommen – nur dreimal wurde mir erlaubt, die Grenze für kurze Besuche zu passieren. Dann aber fiel die Mauer. Und ich wurde eingeladen, direkt hineinzusteigen in das, wovon ich so lange nichts hatte wissen wollen. Und das noch zerrissener sein musste.

Es wurde ein langes Leben hinter den »Sieben Bergen« – und was hier vorgestellt wird, sind nur einige wenige Bilder aus dem Reisealbum von dieser langen Fahrt. Von dieser Fahrt in einem Land, das zwischen zwei so unmenschlichen und doch von der eigenen Bevölkerung verursachten Grenzen eingezwängt war. *Geschichte ist immer die Geschichte von Menschen, das habe ich in Deutsch-*

land gelernt. Ich kam von außen und war gezwungen verstehen zu lernen. Dadurch wurde dieses Land meine Heimat. Die Fragen an Gestern, an die Reisebilder, entstehen aus Fragen der Gegenwart. So fängt auch dieses Buch im Heutigen an.

Kaj Fölster

Dresden

Seit Wochen ist es heiß, und die Hitze des Tages hält sich noch im Dunkel der Nacht. Lucas liegt mit dem Gesicht in das Kissen gedrückt. Sein Atem geht unregelmäßig, und von Zeit zu Zeit holt er tief Luft. Wäre er eine Frau, würde er wohl weinen, denke ich. Fühle jedoch auch, dass ich ihn nicht erreiche. Mit einem Zipfel des weggestrampelten Lakens trockne ich die Schweißtropfen fort, die ihm den bloßen Rücken herunterrinnen.

Draußen vibriert die mir unbekannte Stadt von dumpfen Autogeräuschen. Lucas' Geburtsstadt, die Stadt, in der er Kind war und zur Schule ging – damals in Ruinen, abgebrannt, zerstört bis ins Mark vom Wahnsinn der Gewalt. Sie grollt, diese Stadt, die auf dieselbe Weise wie Coventry, Sankt Petersburg und Hiroshima für Nachfahren die selbstverursachte Vernichtung der Menschen symbolisiert. Aber auch menschliche Ohnmacht. Dresden.

Jetzt, fast fünfzig Jahre später, und vierzig Jahre, nachdem Lucas als politisch verdächtiger Student über die Grenze in den Westen floh, leidet er unter der Qual der Rückkehr.

»Schlaf, kümmere dich nicht um mich«, sagt er.

Ich starre an die Decke. Die Gedanken gleiten in der Zeit zurück. Vor zwei Tagen hetzte ich von der Arbeit im Ministerium in Wiesbaden, nahm von Frankfurt aus den Zug und ließ die unterschiedlichen Landschaften und Städte vorbeisausen: Erfurt, Weimar, Leipzig ... Bislang, bevor nun alles eins geworden ist, waren das für mich unerreichbare und erschreckende, fremde Namen.

Im Hauptbahnhof von Dresden steige ich aus. Ich komme zum ersten Mal in diese Stadt, die vom 13. auf den 14. Februar 1945 mit Phosphorminen und Brandbomben angegriffen wurde und in der 40 000 Menschen in den Flammen starben. 125 000 Menschen (zwischen 65 000 und 250 000 heißt es – die genaue Anzahl war nie festzustellen) wurden verletzt, und fast eine Million flohen. Flohen zum wievielten Mal? Als dies geschah, befanden sich bereits eine halbe Million Flüchtlinge in der Stadt. Fünfzehn Quadratkilometer wurden während der »Bombennacht«, wie sie genannt wird, dem Erdboden gleichgemacht.

Lucas kommt mir mit langen Schritten entgegen. Wir steigen in sein Auto.

»Ich werde dir das Schönste zeigen«, sagt er.

Aber zuerst fahren wir die leblosen Paradestraßen entlang, die das nun gefallene Tyrannenregime unter hässlichen Betonmassen begraben hat: die Stalin- und die Karl-Marx-Allee. »Großplattenbaustil«, wie er in der Architekturgeschichte heißen wird – sogar das Wort klingt gekünstelt und hässlich.

»Warte noch ein bisschen, das Schlimmste haben wir bald überstanden«, sagt er und biegt alsbald an der großen Fassade des Zwingers ab. Wir steigen aus dem Auto an der kleinen Seitenbrücke aus, die sich über den Wallgraben spannt. Es ist Abend.

Als er meine Hand in die seine nimmt, fühle ich die Hitze, ich frage mich, ob er Fieber hat. Oder ist es nur die heiße Luft? Wir stehen da und sehen zu dieser ganzen Vollkommenheit in Neorenaissance auf, und Lucas führt mich langsam zu dem rundbogigen Kronenportal, dem größten Eingang in dieser wieder aufgebauten Pracht. Zu beiden Seiten stehen »Der Herbst« und »Der Winter«, zwei verspielte Statuen, an denen wir vorbeigehen. Im Abenddunkel liegt die Parkanlage des großartigen Innenhofs menschenleer vor uns, und die ganze großartige barocke Fantasie in Stein schlägt gegen den mondhellen Himmel aus. Lebenslust quillt aus all den Arkaden und Galerien voller Putten, Eroten und Amorinen, die um Atlanten und andere Sagenfiguren in Gewölben und Pilastern tanzen.

Langsam gehen wir weiter, ich halte mich an Lucas fest, wir gelangen auf der anderen Seite hinaus, die Treppen zur Brühlschen Terrasse hinauf. Da stehen wir auf dem »Königlichen Balkon«, weitere Zeugnisse des restaurierten Lebenswerks von August dem Starken um uns herum.

Die Elbe fließt vorbei, majestätisch wie all die Jahrhunderte hindurch – wohl Europas einziger Stadtfluss ohne befestigte Ufer – noch jedenfalls. In der Dunkelheit ist keine Vergiftung zu sehen, das Wasser des Flusses schweigt in der Nacht.

Dresden. Auch Elbflorenz genannt, was an die große Sehnsucht in Richtung Süden erinnert, die dies alles geprägt hat. Ich muss mich an Lucas anlehnen – ich verstehe nichts von dieser Stadt oder diesem mächtigen Land Sachsen, nichts davon, wie dies mit dem Rest verwoben werden soll. Mit der Umgebung, mit meinem Deutschland, mit meinem, seinem, unserem Leben.

Gegen Morgen, als sich alles ein wenig abgekühlt hat, schildert Lucas, wie das »Projekt« voranschreitet, das er mit aufbaut, für das er hergekommen ist. Noch ist es die Vision eines Zentrums für die umweltbewussten Gruppen, die aus Dresden eine menschenwürdige Stadt machen möchten. Sie wollen die vielen Ideen in die Praxis umsetzen, eine lebenstaugliche Stadt entstehen zu lassen statt einer kurzsichtigen Wachstumsideologie zu folgen, welche die zukünftigen Möglichkeiten der Menschen zerstört. Sie wollen ihre Freiheit ausprobieren, die Vernunft steuern lassen, sie wollen mit Bürgermitverantwortung – ein neues und verlockendes Wort – Ernst machen. Dies soll ein Modell für eine ökologische Wirtschaft sein, ein Wallfahrtsort für alle Umweltbewussten. Es soll ein Lebens- und Lehrzentrum werden, das Lösungen für die Zukunft nach dem Jahr 2000 aufzeigt! Der Träume sind viele. Lucas beschreibt, wie die Basisgruppen noch unsicher und dabei voller Visionen sind, berichtet aber auch von Illusionen über die Möglichkeiten der Freiheit. Er erzählt davon, wie sie sich bereits unter der Diktatur versammelt haben, um die natürlichen Ressourcen auch unter den allerschwierigsten Verhältnissen zu schützen.

Er berichtet vom Widerstand unter dem alten Regime, auch von den Schwierigkeiten in der neuen Freiheit. Doch die Zeit steht nicht still. Das Selbstvertrauen der eifrigen Neugestalter wächst, sie lernen eigene Strategien, das Projekt schreitet voran. Die Ratsherren der Stadt haben sich für die Pläne eingesetzt und die hohen Summen freigegeben, die für den Start gebraucht werden. Investoren, die sich nicht von den ökologischen Zielsetzungen abschrecken lassen, beginnen sich zu interessieren, und hartnäckig hält man an dem zugewiesenen Grundstück fest. Denn hier geht es darum, sich festzubeißen und nicht dem Druck der Großkonzerne aus dem Westen nachzugeben. Die bauen schließlich nicht für die Zukunft, häufig haben sie kein Interesse an einer menschen- und umweltfreundlichen Stadt. Sie wollen schnelle Gewinne sehen, und man kann sich nicht auf sie verlassen.

»Hast du die Baukräne gesehen?«, sagt Lucas. »Diese riesigen? Alles stammt aus dem Westen – mit Arbeitern aus dem Westen, die Tag und Nacht Schicht leisten. Die hiesigen Arbeiter seien schließlich zu dumm, so wird gesagt. Hast du gesehen, wie sie in kleinen Gruppen am Straßenrand standen? Hast du ihren Gesichtsausdruck gesehen? Sie sind arbeitslos.

Und hast du den Gedenkstein gesehen, den großen, im Glockenpavillon? Die beiden großen Sandsteinplatten zur Erinnerung an unsere Bombennacht? Jetzt nach der Wende sind die alten Platten mit dem Hinweis auf die R.A.F. (Royal Air Force) weggenommen worden. Weggenommen, um die Inschrift zu ändern. Man wollte die englische Königin nicht verletzen, die Dresden besuchen sollte. Der ›große‹ Arthur Harris, der Oberbefehlshaber der Zerstörung, war in seinem Heimatland kurz zuvor so gefeiert worden, wie ein Held nur gefeiert werden kann. Oh, wir Deutschen mit unserem Gewissen!

Und die Ruine der Frauenkirche, die siebenundvierzig Jahre stachlig und schwarzgebrannt dastand und deren zerrissene Gestalt Achtung hervorrief, sie soll aufgebaut und ebenso fein werden wie vor der Zerstörung. Für eine Erinnerung an das Leiden wird es bald keinen Platz mehr geben! Jetzt verkauft man 60 000 Steine von der Kirchenruine aus der Mitte des 18. Jahrhunderts für 2 500 D-Mark das Stück, Wohltätigkeitskonzerte und Goldmedaillons sollen helfen. Die Ostdeutschen verkaufen sich damit selber. Niemand soll die Möglichkeit haben zu trauern, zu weinen, sich zu erinnern. Fort mit den Schatten! Das haben wir, Ost und West, wohl gemeinsam. Vielleicht ist das unsere deutsche Identität!«

Etwas später höre ich ihn sagen: »Ich muss meine Kräfte auf das Äußerste anspannen, ich will das hier tun; ich darf nicht nachgeben und zynisch werden. Verstehst du, was ich meine?«

Den ganzen Tag lang wird mir wie in einem Prisma all das Widersprüchliche bewusst, das dieses Land durchgemacht hat und was es jetzt ganz anders machen will.

Am Vormittag des nächsten Tages fühle ich, dass Lucas' Körper heißer wird, die Augen röter, er sagt aber: »Nein, ich bin nicht krank! Jetzt will ich dir mehr von meiner Wirklichkeit zeigen.«

Wir fahren auf die Brücke »Das blaue Wunder«, die wie eine Vorzeigebrücke aus einem Märklin-Baukasten aussieht. Man erkennt die Ingenieure aus der Zeit des Eiffelturms. Die Brücke war so stabil, dass sie als einzige Brücke über die Elbe die Bombennacht überstand. Mit dem Auto fahren wir durch all die chaotische Betriebsamkeit, die in der Stadt vor sich geht, eine brutale Bautätigkeit in Wildwestmanier. Dazwischen öde, triste, schmutzig graue Gebiete – und dann plötzlich wieder etwas Schönes. Die Bauplätze legen Wunden im Boden frei; sie befinden sich oft dort, wo keine Bebauung mehr übrig ist, zwischen verwilderten Trümmergrundstücken oder Kleingärten.

»Was zuerst dem Erdboden gleichzumachen ist, kommt weg«, sagt Lucas und zeigt mir die Pläne, die Elbaue mit Beton zu bedecken, schöne, etwas verkommene Gartenanlagen abzureißen, um Immobilien hinzuknallen.

»So ist es am leichtesten, sich schnell das Besitzrecht an unbebautem Boden zuzuschanzen – die Verwaltung ist zusammengebrochen. Planungsunterlagen, Grundbücher, Prozessunterlagen – alles befindet sich in einem einzigen Durcheinander oder ist noch immer nicht wieder aufzufinden. Häufig weiß man nicht, wer dafür zuständig ist oder welche Befugnisse hat. Solche Zeiten sind für den, der etwas an sich reißen will, günstig! Benutzt du nicht oft das Wort: ›Wenn der Starke zu sprechen beginnt, ist der Schwache sogleich im Unrecht.‹ Das gilt jetzt hier.« Er fährt fort: »Ganz Deutschland trägt die Schuld an dem, was geschehen ist. Aber nun stehen die Ossis da, unterdrückt und jämmerlich, während die Wessis Lehr- und Lohnmeister sind! Was für ein Karriereschub war es für viele von ihnen, viele wurden kleine Schwindler, andere große Betrüger, und die Klischees wuchern.«

Mit der Hitze des Tages steigt Lucas` Fieber. Er zeigt mir sein Geburtshaus und dann die Mietskaserne, in die er mit seiner Mutter und seinem Bruder umziehen musste, als der Vater, mitten im Krieg, von ihnen nichts mehr wissen wollte. Er erinnert sich, wie sie in der Bombennacht vor den Bränden flohen, wie sie alles, was sie noch besaßen, in Rucksäcken zu Verwandten auf dem Lande schleppten. Er erzählt, welche Last er für seine Mutter war, die mit der Ehe nicht fertig wurde – wie es daher keinen selbstverständlichen, eigenen Platz für ihn gegeben hatte. Er zeigt mir, in welchen Stadtteilen er vergeblich nach seinem Vater und dessen neuer Familie gesucht hatte, voller Sehnsucht nach etwas Kontakt, nach ein paar aufmunternden Worten. Er zeigt mir den Schulweg zwischen den grauen traurigen Miethausreihen, wo er zwischen den Ruinen Krieg und Sterben spielte.

»Hier ging ich barfuß mit meiner Schiefertafel. Es waren Notzeiten. Immer hatte ich vor irgendetwas Angst. An meine Mutter kann ich mich kaum noch erinnern. Sie versuchte unter Mühe und Verzicht, uns satt und sauber zu halten. Sie kümmerte sich um mich, bis ich groß war. Aber ich erreichte sie nie, zeigte mich nie, ich spürte, dass ich unerwünscht war. Ich war immer im Weg, von Anfang an. Auch, als ich diese Eimer mit Knochenkohle trug, für die neuen Hausbauten. Hör dir dieses Wort an: Knochenkohle! Das war hier, wo wir jetzt gehen. Die Aufräumungsarbeiten waren in vollem Gange, und wir mussten meiner Mutter bei dem Teil helfen, den sie wegzuräumen verpflichtet war. Jeden Tag musste ich fünfzehn Eimer tragen, fünfzehn Eimer schwarzgrauer Knochenkohle. Ich hatte einige gekannt, die darin eingebrannt lagen. Jeden Tag nach der Schule gingen mein Bruder und ich hierher. Meine Mutter schaufelte die Eimer voll, wir trugen sie weg. Dafür bekam sie die Karte IV, die niedrigste Kategorie von Lebensmittelkarten. Man nannte sie auch Hungerration. Dagegen war nichts zu machen. Die Frauen standen ganz unten auf der Liste, bis auf diejenigen, die angestellt waren und ihre Arbeitsplätze hatten. Die bekamen die Karten I und II, abhängig davon, wie schwer die körperliche Arbeit war. Die Kinder bekamen Karte III. Dagegen war nichts zu machen. Meine Mutter sah immer aus, als denke sie an etwas anderes und wolle nicht gestört werden. Wir redeten nicht miteinander. Ich hatte Rückenschmerzen, sagte davon jedoch nichts, ließ mir nichts anmerken, denn ich hasste den Arzt, der immer wiederholte, dass mein Rücken ja so schwach sei.«

Am Fluss bleiben wir stehen, und Lucas zeigt mir, wo er schwimmen gelernt hat. Etwas weiter unten am Ufer rettete er sein Selbstvertrauen in der Jungenclique, indem er den großen Fluss gegen die Strömung durchschwamm. Eine Heldentat nach außen, Todesangst im Inneren.

Ich fühle, wie sein Fieber steigt. Der Schweiß rinnt durch seine Kleidung, die Augen sind rot in der Sonnenglut. Lucas versucht zu erklären, warum er zu all dem zurückmuss, zu dieser zerstörten Stadt. Warum er seinen Betrieb, seine Wohnung und alles, was der Westen ihm zu bieten hatte, verlassen musste.

Wir fahren den breiten Fluss entlang. Lucas zeigt mir das Märchenschloss Pillnitz mit den Weingärten an den dahinterliegenden Hängen. Wir gehen hinunter durch die von englischer Gartenkunst inspirierten Anlagen. Dort prunkt die große rotblühende Kamelie. In direkter Folge stammt sie von derjenigen ab, die 1770 als Geschenk von Indiens Südküste mit hierher gebracht wurde. Ich wundere mich darüber, dass ausgerechnet so eine fremde Prachtblume alle Kriege, Brände, Regime und Notzeiten überdauert hat.

Frauenalltag

Im Jahr 1945 war nach dem Krieg die durchschnittliche Essensration für alle Gruppen 800 Kalorien am Tag. Die Frauen trugen die Hauptlast der Arbeit und standen ganz unten auf der Liste. Schwangere Frauen und solche mit Kleinkindern wurden bald vom Arbeitsdienst befreit, ebenso ältere. Nach einer Weile wurden die Frauen an einem Tag in der Woche von dieser Arbeit befreit – dem »Haushaltstag«. Die Frauen, die eine feste Anstellung hatten, mussten sich, wenn ihre Männer zurückkehrten, zur Verfügung stellen. In der ostdeutschen Zone wurden nach und nach alle befreit, außer denjenigen, die als ehemalige Nazis eingestuft worden waren. Dieser Arbeitsdienst für Frauen ist es, der einer ganzen Generation den Namen »Trümmerfrauen« gegeben hat.

Quelle: Ruhl, Klaus-Jörg (Hg.): Unsere verlorenen Jahre. Frauenalltag in Kriegs- und Nachkriegszeit 1939-1945 in Berichten, Dokumenten und Bildern, Darmstadt 1985

Wir gehen an den orientalischen Lusthäusern vorbei, hinunter zu dem ruhig dahinfließenden vergifteten Flusswasser, wo einst die rote Luxusbarkasse mit Goldornamenten an der geschwungenen Kaitreppe mit den Sphinxen anlegte, um das Hofvolk zurück zum Palast zu bringen.

Bei den vergessenen, aber pompösen Gärten von Großseydlitz legt Lucas sein Hemd zum Trocknen auf eine moosbewachsene alte Balustrade. Er zieht sich Schuhe und Strümpfe aus, stellt sie auf die Steinurnen. Wir gehen die Treppe hinunter, die sich fächerförmig öffnet. Hier gab es einst zahlreiche sprudelnde, rauschende Springbrunnen, Kaskaden, kleine Kanäle und Bassins – jetzt alle unter verwilderten Rabatten versiegt. Auf einer grünbemoosten Steinbank ruhen wir uns aus. Und der einzige Mensch, der in diesen spielerisch ausgedachten Parkanlagen zu sehen ist, der alte Gärtner, kommt uns entgegen.

»Schön hier, nicht?«, sagt der Greis. »Ich gehe jetzt in Rente, für mich ist es jetzt vorbei. Zum Herbst geht meine Frau. Wir sind zu nichts mehr zu gebrauchen. Tja, so ist es.«

Er erzählt von den Lebensgeschichten der Gartenteiche, über das Hin- und Hertragen der Statuen, wie sie verschwunden waren und manchmal ersetzt wurden, davon, wie die Pläne ursprünglich aussahen, davon, wie rauschende Feste und sommerwildes Theaterleben die Gärten zum Leben erweckt hatten und wie jeder Regierungswechsel etwas ganz Neues und anderes bedeutet hatte.

»Aber jedenfalls kommen hier keine Nazis und auch keine kommunistischen Offiziere zur Erholung mehr her. Jetzt müssen wohl ein paar Kapitalisten gefunden werden, bevor hier überhaupt etwas passiert. Es gäbe ja schon viel zu tun.«

Und er hebt zwei Finger zum Gruß an die Mütze, bevor er weiterschlendert.

Wir steigen die Treppen wieder hinauf. Die Schritte werden immer schwerer, aber wir begeben uns trotz flirrender Mittagshitze zurück über die Weingärten an den Hängen und dann vorbei an einer nicht endenden Reihe alter abblätternder und verfallener Bürgervillen, wie Gespensterkulissen von Dornröschengärten umgeben entlang den breiten Auen der Elbe.

Als die Sonnenglut verschwindet, legt sich Lucas` heißer Schwindel ein wenig. Am Abend lassen wir es auf der Veranda ruhig angehen. Wir öffnen eine Flasche Elbwein und spüren, wie sich der Nebel auf das Wasser des Flusses legt. Wir müssen die Beine der Korbstühle stützen, damit sie nicht durch ein loses Brett oder ein Loch im Fußboden der Veranda umkippen. Alles ist morsch. Das Haus bewohnt Lucas nur vorübergehend. Ein Wessi hat es gekauft, aber die Papiere sind noch nicht fertig und mit der Renovierung ist noch nicht begonnen worden. So lange darf Lucas zu Gast sein. Am nächsten Tag muss ich wieder acht Stunden zurück nach Westen fahren. Im Dunkel der Nacht sagt Lucas: »Die Stadt ist zerstört. Alles darum herum ebenfalls. Der Fluss ist vergiftet. Die DDR hat ihn zum schmutzigsten Fluss Europas gemacht, voller Schwermetalle und chemischem Abfall. Die Luft ist voll von Schwefel- und Wasserstoffdioxid. Die Menschen sind kaputt. Die chaotischen Verhältnisse fressen mich auf. Von innen, von außen.

… aber sieh dir nur die wunderbaren breiten Blumenwiesen am Wasser an! Mit Stieleiche und Knorrulme. Als ich klein war, lebten an den Nebenflüssen Störche, Kraniche und Biber. Diese Wiesen dürfen nicht zu Beton werden! Verstehst du, dass ich mit dem, was ich weiß und kann, nicht im Westen bleiben darf? Verstehst du das?«

Es klingt bittend, beinahe bettelnd.

Als ob er seinen Entschluss noch einmal erklären müsste, erzählt Lucas, wie im Einigungsvertrag vier Millionen D-Mark für das Verkehrsprogramm Nr. 17 veranschlagt wurden, um den Wasserweg auszubauen. Enorme Interessengruppen sind seitdem dabei, die Elbe zu einem künstlichen, überdimensionierten Kanalsystem in Beton zu machen. Er beschreibt den Widerstand gegen diesen Fehlbau. Es ist eine starke Bewegung entstanden mit den west- und ostdeutschen Gruppen, Hochschulen, Fachleuten – aber auch mit Tschechien, wo die Verantwortlichen ebenfalls grenzübergreifende Sanierungskonzepte vorgelegt haben. Als Lucas auf die neue ökologische Papierfabrik zu sprechen kommt, die Gewinnung des Trinkwassers im oberen Elbtal, und auch noch die Vorteile verschiedener Staumethoden erläutert, rufe ich:»Halt, Halt, Halt!« Und sage ihm, dass ich all diese Unterweisung überhaupt nicht verstehen kann. Das Wesentliche habe ich aber begriffen:»Du sagst Elbe, und du meinst Leben!«

In der Nacht steigt das Fieber noch höher. Ich spüre, wie Lucas zwischen Hoffnung und Wirklichkeit hin- und hergerissen wird, wie er in der stickigen Hitze davon krank wird, dass seine Sehnsucht und seine Vision nicht mit der Kargheit der Wirklichkeit zusammenpassen. Und er will mir das wohl zeigen. Er wird in einen Kampf zwischen der eigenen Stärke und dem Misstrauen sich selbst gegenüber hineingerissen, zwischen seiner Liebe zu diesem Dresden und seiner gleichzeitigen Abscheu. Vielleicht mischt sich auch ein Suchen nach der entbehrten Wärme im Land der Kindheit mit hinein.

Und das in dieser Ex-DDR. *Dee Dee Ärr* – wie es in meinen Ohren immer klingt. Fremd ist mir das, fremder als viele ferne Länder.

Warum gerade hier?, denke ich und spüre, dass es schwankt zwischen uns.

»Ach, lass es sein«, sagt Lucas mit rasselnder Stimme und versinkt in sich selbst, lässt mich, erschlagen von Eindrücken und Gefühlen, zurück. Ich kann nur ein wenig von dem ahnen, wovon er ein Teil ist. Ich höre seine kurzen Atemzüge, wie er abwechselnd flieht und sich nähert.

Ich lasse meine Handfläche seinen Rücken entlangstreichen, als sei er das Flussbett, auf das feuchte Nackenhaar zu. Mit den Fingerspitzen male ich Wildblumen und das hohe Gras auf den Ufern. Auf die mir zugewandte Schulter male ich das Märchenschloss mit den zierlichen Chinoiserien, und dann gleitet die königliche rote Barkasse am Rückgrat entlang den Fluss hinunter. Das Rückgrat, das in den frühen Kindheitsjahren nachts in ein Gipskorsett hineingezwängt wurde, das ihn seinen Rücken hassen ließ.

Dee Dee Ärr, denke ich. Ärr, in meiner Muttersprache bedeutet das »Narben«. Würde ich genug Mut haben, den Kampf aufzunehmen, eine fremde Welt zu erobern wie damals, als ich nach Westdeutschland kam, als das Leben noch vor mir lag? Wieder, noch einmal – ein Land, um das ich nie gebeten oder nach dem ich mich nie gesehnt hatte? Die Grenze überschreiten? Leichtsinnig und unbekümmert, als gebe es keine Hindernisse oder Gefahren? Als habe die abgerissene Mauer auch alle inneren Mauern mitgerissen? Würde ich jetzt, wie damals, zu allem, was kommen mochte, Ja sagen können? Ein unbedingtes JA? Und das gemeinsam mit einem Menschen, der mir so fremd ist in seiner verzweifelten Sehnsucht, sich eine neue Heimat aufbauen zu können, das wiederzubekommen, woraus er ausgewiesen wurde? Aber ein Land, das so schwierig ist. Und – vielleicht gerade deshalb – ihn braucht.

Ich drehe mich auf die Seite, drehe und wende den ganzen Körper – und WEISS, dass die Antwort nie wieder ein JA, sondern nur ein Zögern voller Vorbehalte sein kann. Eine ganze Reihe von Bedingungen sehe ich vor mir. Viele Ereignisse, die zu Lebenserfahrungen geworden sind. Die Umwelt, die ich mir geschaffen habe, fungiert als ein gut zusammengebautes Alarmsystem dagegen, mich von einem Menschen, von seiner Sehnsucht und seiner Welt, einer so fremden Welt, abhängig zu machen. Warum ist man nur ein einziges Mal so jung und unerfahren? Warum begibt man sich nur ein einziges Mal so kühn und furchtlos in eine neue Welt, voller Glaube, Hoffnung und Liebe? »Aber die Liebe ist die größte unter ihnen« – wie das Neue Testament lehrt. Wie aber könnte diese geschützt werden, wenn nicht durch Glaube und Hoffnung?

Überall: Narben

Dee Dee Ärr. Ärr – das schwedische Wort für Narbe. Was sind Narben? Welches sind die Narben hier? Ich starre an die Decke und folge den abblätternden Stuckwindungen. Lasse den Blick durch das Nachtlicht gleiten, während ich Lucas' Halbschlaf spüre. Ich sehe ein Stück des dunkelbraunen Himmels und denke, dass ich nie verstehen werde, warum dieses schwere Deutschland mit seinen ständigen heftigen Brüchen und Identitätskrisen zu meinem Heimatland, meinem Vaterland geworden ist. Mit all diesen Millionen Menschen, die alle tief in ihrem Inneren an schweren Narben tragen; all diesen Millionen, die Schaden genommen haben an der Gewalt um sie herum und die niemals daran glauben dürfen, woran Generationen vor ihnen geglaubt haben. Die ihren Kinderglauben niemals wieder finden können und – so schien es mir – vor ihrer Sehnsucht danach auch zurückscheuen. Und von dem Gewesenen niemals loskommen, es niemals loswerden können. Es gibt nicht einen Menschen, der nicht Wunden hat, vernarbt ist.

Jahrzehntelang kämpfte ich mich in die westliche Hälfte Deutschlands hinein, in den Teil des zweigeteilten Landes, mit dem es das Schicksal besser gemeint hatte. Ich lernte die Sprache, ich lernte zu reden, zu lesen, zu schreiben. Ich lernte zu verstehen und wieder zu erkennen, was in verschiedenen Zusammenhängen gemeint war, auch in unterschiedlichen Situationen und in den noch so deutlichen Schichten und Klassen dieser Gesellschaft. Als ich von einem deutschen Beamten, der meinen Einbürgerungsantrag entgegennehmen sollte, aber gefragt wurde, ob ich deutsch fühle – »Fühlen Sie deutsch, gnädige Frau?« –, antwortete ich trotzig: »Zeigen Sie mir zwei Deutsche, die gleich fühlen!« Aber schon so etwas Einfaches wagt man ja nicht einmal zu sagen, bevor man es aussprechen kann. Zu dem Zeitpunkt lebte ich bereits seit sieben Jahren in Deutschland und fühlte mich sicher genug, eine entsprechende Antwort zu geben. Damals zog ich meinen Antrag übrigens zurück.

Ich brachte drei deutsche Kinder zur Welt und zog sie auf. Und dann wollten sie das Heimatland, das ich so mühevoll lieben gelernt hatte, nicht akzeptieren. Wie es in den Siebzigerjahren bei deutschen Jugendlichen üblich war, als das Schweigen durchbrochen war, protestierten sie gegen all das, was der Nationalsozialismus geschwärzt hatte: Volk, Vaterland, deutsche Geschichte, deutsche Zusammengehörigkeit. Das waren unanständige Wörter. All dieses Gerede von Heimatgefühl, Achtung vor dem Alten zu empfinden, war nur sentimentaler Blödsinn an der Grenze zum Faschismus. Das Alte war ausgebrannt, vergiftet. Und da saß ich, eine ausländische Mutter, und bat meine Kinder, nach den gesunden Wurzeln zu suchen, nach Gold- und Silberadern in dem Grund, in dem ihre Herkunft und ihre Geschichte verwurzelt waren.

»Leugnet es nicht«, sagte ich. »Ihr seid Deutsche und werdet es bleiben. Ihr habt eine Heimat. Nehmt es an, und macht etwas Vernünftiges daraus.«

Ich fühlte, dass es etwas Gefährliches war, überhaupt nichts Gutes über sein Land sagen zu können, selbst wenn das eine zeittypische Haltung war. Die Protestwelle spülte damals über alles hinweg. Die Jugend wollte mit allem Vergangenen brechen. Zu viel Zögern hatte sich aufgestaut. Die Älteren schwiegen und schwiegen. Die Etablierteren verbargen zudem ihre nicht verheilten Wunden, indem sie anfingen, viel historisch Gewachsenes in den Stadtkernen abzureißen. Mit einer Riesengeschwindigkeit wurden ganze Reihen von Fachwerkhäusern, Marktplätze, Stadtmauern und jegliches Kennzeichen einer stabilen alten Kultur von Baggern niedergerissen. Sie waren überall im Einsatz, auch in den Städten, die der Bombardierung entkommen waren. »Wir baggern«, sagten begeisterte Komunalpolitiker und gehorsame Beamte und legten viel von dem noch Vorhandenen in Trümmer.

»Aber im Krieg ist doch schon so viel zerstört worden! Lasst doch etwas übrig!«, tönten die Rufe, die mich zum ersten Mal bei Demos und Protesten, bei Sing- und Straßenketten mitgehen ließen. Später saß ich in Komitees und Arbeitsgruppen. Als das älteste Universitätsgebäude Göttingens, die schöne natursteinerne Reithalle der Stadtjunker des 17. Jahrhunderts, einem großen hässlichen Haus mit fensterlosen Betonmauern vom Erdgeschoss bis in den Himmel weichen sollte, waren es die gewichtigsten Männer im Stadtrat, die uns anderen ungeduldig einzureden versuchten, »das Alte muss weg«. Die Abreißer waren genau dieselben würdevollen Männer, die das respektlose Verhalten der Jugend verurteilten, alles Gewesene niederzutrampeln. Wie konnte man so nahtlos Gewalt an Gewalt fügen? Und wie bricht man diese Kette?

Ich, eine Zugereiste, die noch immer sprachliche Fehler machte, zeigte meinen Kindern, die nicht deutsch sein wollten, so viel Positives in der deutschen Geschichte, wie ich nur konnte. Ich wollte ihnen etwas anbieten, das sie als das Ihre begreifen konnten. Ich bat sie, die Nazizeit nicht späte Triumphe feiern zu lassen, indem wir alle aufhörten, zurück zu sehen. Vergessen bedeutet, gefährlich leben. Ich fühlte, dass dies für die Zukunft nichts Gutes verhieß.

Die Kinder sagten, dass sie nicht Deutsche sein wollten, dass jegliches Nationalgefühl tot sei, dass kein Mensch heutzutage etwas Spezielles für sein eigenes Land empfinden könne, dass diese Zeiten ein für allemal vorbei seien und ich mich mit meiner Einstellung lächerlich mache. Ich versuchte, ihnen zu vermitteln, dass das nicht wahr sei – nicht einmal bei den rebellischsten Jugendlichen auf der internationalen Bühne gelte diese Wertung, wie sehr sie auch auf Fahnen herumtrampelten und sich über die Obrigkeit hinwegsetzten.

Ich las auch laut vor: »In allen Gegensätzen steht – unerschütterlich, ohne Fahne, ohne Leierkasten, ohne Sentimentaliät und ohne gezücktes Schwert, die stille Liebe zu unserer Heimat.« Die Worte stammen von Kurt Tucholsky. Geschrieben von einem, der aus seinem Land hinausgeworfen wurde. Aus unserem Land.

Als die Kinder etwas älter wurden, hörte ich ihre Freunde sagen, dass sie nicht ins Ausland fahren wollten. Sobald sie erwähnten, dass sie Deutsche seien, müssten sie dort ihre Nationalität als Belastung erleben. Eine von ihnen nicht anerkannte Bürde würde ihnen sogleich auferlegt. Sie waren es leid, immer als Vertreter des schuldigen Deutschlands betrachtet zu werden. »Deutschsein« war ein Stempel, der einem in anderen Ländern eine Haltung und ein Verhalten aufdrückte, mit dem sich zu identifizieren sie nicht gewillt waren. Sie wollten dieses Etikett nicht haben. Deswegen nahmen sie so völlig von der Vergangenheit Abstand.

Ich erzählte ihnen, dass ich auf einer Bahnreise nach Frankfurt das Abteil mit einem Mann geteilt hatte, der aus dieser Stadt stammte und nun zum ersten Mal auf dem Weg zurück in seine Heimatstadt war. Unüberlegt und naiv hatte ich gefragt, ob er Verwandte besuchen wolle. Nach einer langen Weile antwortete er, dass sie alle in Auschwitz gestorben seien. Und fügte hinzu: »Mein Zwillingsbruder und ich wurden für Dr. Mengeles Versuchsgruppe aussortiert. Als am 27. Januar 1945 die Befreiung kam, war ich kaum noch am Leben.«

Ich hatte schon bevor ich nach Deutschland kam über die entsetzliche Folter von Kindern im Namen der Wissenschaft gehört und saß ganz still. Nach einer langen Weile holte der Mann tief, sehr tief Luft und sagte: »Dies ist ein schönes Land. Und es gibt so viele gute Deutsche. Ich hasse nicht. Die Nazis haben mich nicht dazu gebracht, ein kleiner Nazi zu werden, ein Mensch voller Hass. *Nur so können wir die Bedeutung der Befreiung retten.*«

Ich sagte zu den Kindern auch, dass dieser Teil von Deutschland noch nie so gut gewesen sei wie jetzt, nie so viel an menschlichen Grundrechten gehabt habe – und dass dies etwas sei, das verteidigt werden müsse. Zum ersten Mal gab es gut verankerte demokratische Institutionen, waren Forderungen erfüllt, die so viele Freiheitskämpfer formuliert hatten, für die sie gekämpft hatten und gestorben waren. Ich erwähnte auch, dass die Verantwortung, aus der eigenen Geschichte zu lernen, auf ihnen, meinen und allen anderen Kindern, ruhe – und dass sie sich erinnern müssten, wie die Freiheit verloren ging. Die ganze Geschichte hindurch hatte es deutsche Freiheitskämpfer gegeben, die sich den Herrschern immer wieder widersetzt hatten – sie brauchten nur etwas tiefer als im normalen Geschichtsunterricht zu graben, dann würden sie entdecken, wie viele sich den Ungerechtigkeiten widersetzt und an die Freiheit geglaubt hatten. Ich versuchte, das Gute und Reiche ausfindig zu machen, das es zwischen Kriegen und niedergeschlagenen Revolutionen gegeben hatte. Ich las laut über Oppositionelle vor. Ich ließ sie meinen eigenen Sprachübungen zuhören: »Und wenn sie mich schlügen, lügen heißt betrügen«, wie der politische Schriftsteller Erich Mühsam schrieb, bevor er ins Konzentrationslager gebracht wurde, wo man ihn bereits 1934 umbrachte. Vielleicht tat ich all das mit einer Art tollpatschiger Unsicherheit, aber ich war ja auch nicht darauf vorbereitet. Wie sollte ich damit fertigwerden, Deutsche zu sein, wenn meine Kinder es nicht sein wollten?

Ich entdeckte, dass gerade dieses Deutschland mit seiner so blutigen Geschichte zugleich auch unendlich reich an Männern und Frauen des Widerstands war, die in Worten und Taten, Dichtung und Kunst für die Menschen und ihre Grundrechte aufgestanden waren. Gab es ein Land, in dem so viele Menschen ehrlich und unter großen Qualen das Furchtbare, das geschehen war, zu verarbeiten versuchten wie Westdeutschland? Menschen, die immer und immer wieder die wichtigen Fragen aufnahmen, die wussten, dass demokratische

Werte nur verteidigt werden können, wenn wir uns immer von Neuem fragen, woher der Gehorsam – bis hin zur Unmenschlichkeit – kommt, wie ganz alltägliche Menschen zu einem »Apparat« werden können. Die sich ständig quälen mit der Frage, woher die Judenfeindlichkeit kommt, die Angst vor dem Unbekannten, vor der Freiheit? Wo hatten der Glaube an das Herrenvolk und die feige Mitläufertradition ihren Ursprung? Wofür hatten eigentlich die christlichen Kirchen gestanden, und warum hatten sich die meisten Vertreter der berühmten deutschen Wissenschaft ihrer Verantwortung entzogen? Warum wurden so viele Menschen Handlanger eines Geschehens, das sie nicht gewollt hatten? Und warum unterstützten die Männer der Industrie die Machtbesessenen? Überall in diesem Land, wo alte Nazi-Parteigrößen hohe staatliche Ämter bekommen hatten – und wo nach 1989 jetzt Politruks und Finanzhaie aus der DDR geschützt werden –, gab es Menschen, die schonungslose Fragen stellten und die in Wort und Schrift diejenigen aufdeckten, die einer schleichenden Wiedereinführung gefährlicher Werte den Weg bereiteten.

In jeder Generation war der einzelne Mensch gezwungen, Stellung zu beziehen. Ob offen oder nicht, ob ehrlich oder nicht, mag erstmal dahingestellt sein; die Gegebenheiten zwangen aber Reaktionen hervor – und manch so einer, oder eine, entdeckte die Notwendigkeit zum Widerstand. In meiner Wahlheimat Göttingen stolperte ich sogar auf die mir bekannten Brüder Grimm, die ich als Vorbilder finden konnte. Sie hatten sich dem Versuch ihres Königs widersetzt, die Verfassung aufzuheben und die Meinungsfreiheit der Universität einzuschränken. Die Märchenbrüder mussten fliehen und wurden auch nicht gut empfangen, als sie in ihr Geburtsland Hessen zurückkehrten. Freiheitskämpfer sind zumeist unwillkommen! Die Ehre, den berühmten »Göttinger Sieben« angehört zu haben, die für Meinungsfreiheit kämpften, kann ihnen keiner nehmen. Es gab viele, viele andere. In jedem Jahrhundert, in jedem Landstrich gab es sie. Jede Region, jede Stadt hat ihre Helden. Aber keine Einigkeit, also gibt es auch keinen Sammelband mit biografischen Angaben über diejenigen, die Vorbilder sein könnten, wie ich es von anderen Ländern gewohnt bin. In der Bibliothek hören sie sich meine Frage verwundert an. Sie zeigen mir »Deutschlands große Dichter«, »Deutschlands große Musiker«, »Deutschlands große Feldherren«, »Deutschlands große Staatsmänner«. Deutschlands große Friedens- und Freiheitskämpfer fehlen.

DEUTSCHE FREIHEITSKÄMPFER – eine ganz persönliche Auswahl

Deutschland hat nicht, wie man oft im Ausland denkt, nur Fürsten und Kaiser, von Hohenzollern, Metternich, Bismarck und Hitler. Es gibt eine lange Reihe mutiger Menschen, welche sich durch die Geschichte hindurch dem Machtmissbrauch widersetzt haben. Die hier Genannten sind nur einige Beispiele, die ich unter Schwierigkeiten aus der Vielfalt ausgewählt habe und die ohne Anspruch auf eine gerechte Verteilung vorgestellt werden:

Von den Bauernkriegen bis zur Zerstörung der Republik in Mainz (1517–1795): Ulrich von Hutten. Thomas Münzer. Schinderhannes. Franz von Säckingen. In dieser Epoche herrschte der Dreißigjährige Krieg, als dessen Folge »Deutschland 200 Jahre lang von der Liste politisch aktiver Nationen gestrichen wurde« (Friedrich Engels).

Von der französischen Okkupation unter Napoleon bis zu den Befreiungskriegen (1799–1815): Johann Gottfried Seume. Friedrich Gottlieb Klopstock. Freiherr vom und zum Stein.

Vom Deutschen Bund bis zur Revolution von 1848 (1815–1849): Die Freiheitskämpfer auf dem Hambacher Schloss. Heinrich Heine. Georg Büchner. Die schlesischen Weber. Robert Blum. Friedrich Hecker.

Von der Restauration und der anschließenden »Einigung von oben« bis zum deutschen Imperialismus (1850–1914): Clara Zetkin. Rosa Luxemburg. Die Textilarbeiter z.B. in Crimmitschau.

Vom Beginn des Ersten Weltkriegs bis zur Novemberrevolution (1914–1918): Karl Liebknecht. 5000 Seeleute im Kieler Aufstand. Die Friedensfrauen. Clara Immerwahr.

Von der Ausrufung der Ersten Republik bis zu Hitlers Machtergreifung (1918–1933): Erich Mühsam. Marie Juchacz. Max Hölz. Carl von Ossietzky.

Widerstand gegen den Nationalsozialismus (1933–1945): Toni Sen-

> der. Martin Niemöller. Marga Meusel. Otto und Elise Hampel. Hans und Sophie Scholl. Julius Leber. Dietrich Bonhoeffer.
>
> Aber die Nation hat sich über ihre Widerstandskämpfer nicht einig werden können, ein Symptom für die Schwierigkeit der regionalen Splitterung und politischen Wertung.
>
> In unserer jüngsten Geschichte werden viele Widerständler gegen den Faschismus von anderen Widerstandsgruppen verschwiegen. Aber wir dürfen nicht vergessen, wie viele verschiedene Menschen sich zu widersetzen wagten. Sie fanden sich im allgemeinen humanitären Widerstand, im Widerstand der Jugend, im Widerstand der Studentengruppen, im kommunistischen Widerstand, im sozialdemokratischen Widerstand, im Widerstand der katholischen Kirche, im Widerstand der Bekennenden Kirche, in der Goerdeler-Gruppe, im Kreisauer Kreis, im Widerstand der Juden, im Widerstand der Frauen, im Widerstand des Militärs, im Widerstand der Gruppe des 20. Juli, im Widerstand der Exilgruppen.
>
> Literaturvorschlag: Ulrike Haß (Hg., unter Mitarbeit von Rainer Dörfert): Ein anderes Deutschland. Texte und Bilder des Widerstands von den Bauernkriegen bis heute, Berlin 1978.

Ich arbeitete auf, was ich in der Geschichte finden konnte, und war froh, dass ich mich mit so vielem identifizieren konnte. Es waren für mich notwendige Entdeckungen, bedeutete auch Identitätssuche. Ich dachte an meine eigene Zweiteilung und wie die verschiedenen Kulturen bei mir eine merkwürdige Mischung aus bereichernden und verlustbetonten Identifikationsmustern geschaffen hatten. Etwas, das andere nicht immer verstanden.

Warum war ich eine von den wenigen, vielleicht die Einzige in unserer Umgebung, die vor den Kindern warm und gut über das Heimatland Deutschland sprach? Die meisten Mütter und Väter schwiegen: unpolitisch zu sein, war »in«. Viele waren allgemein aggressiv, ohne Zuversicht, und hegten großes Misstrauen.

Ich sah die verschiedenen Strömungen zuerst nicht: alle bauten und bauten. Die verstoßene Philosophin Hannah Arendt kam auf Vortragsbesuch und nannte die neue Nationalhymne »Nein, wir haben nichts gehört und nichts gesehen«. Der kollektive Verdrängungsprozess setzte ein, der – wohl in beiden Teilen Deutschlands – dadurch geschehen konnte, dass Menschen fleißig und arbeitsam waren. Tugenden, die gebraucht wurden. Schrittweise lernte ich auch die zu sehen, die an der Vergangenheit arbeiteten, die den Versuch, die Ursachen zu verstehen und aufzuklären, zu ihrer Friedenspflicht machten. Es gab Menschen, die nicht auf die Legende bauen wollten, dass 70 Millionen Menschen 1933 eines Morgens einfach aufgewacht seien und sich von einem Schurken überfallen gefunden hätten, woraufhin nichts mehr zu machen gewesen sei. Und gerade deshalb wollten sie zeigen, wie wichtig es ist, nicht zu leugnen, mit dem Geschehenen etwas zu tun gehabt zu haben, sondern dass alle verantwortlich waren.

Auch für das Unbegreiflichste von allem: Auschwitz – Symbol der totalen Unmenschlichkeit von Menschen. Die Fragen schienen zu groß. Wann hört Menschlichkeit auf? Können Menschen ihre Menschlichkeit wie ein Kleidungsstück ablegen? Damit das Unbegreifliche nie wieder geschieht – in welchem Land auch immer –, müssen wir darüber sprechen, sagten sie. Ich spürte instinktiv, dass nicht nur ein fester, sondern auch ein fruchtbarer Boden notwendig ist, dass ohne diesen Unterbau Kritik nicht möglich ist und Veränderung nicht bewirkt werden kann. Unausgesprochen lag hinter meinen Mahnungen an die Kinder immer auch meine eigene Sehnsucht nach Wurzeln, mein Suchen nach einer Identität.

Aber das Land, mit dem ich zusammenwuchs, war Westdeutschland. Es erstreckte sich östlich von Hamburg nicht weiter als ein Stück elbaufwärts. Was weiter im Osten lag, existierte für mich nur als ein politisches Faktum im Kalten Krieg. Zuerst hieß es »die Besatzungszone«, dann wurde es schlicht und einfach »die Zone«. Man sprach von »denen da drüben«. Am Ende durfte es auch DDR heißen.

Wie konnte man sein Land so hässlich nennen, dachte ich. Sowohl DDR als auch BRD klangen kalt und konstruiert. Das hört man doch deutlich heraus, dass diese Text- und Lautschnörkel nicht für gut verankerte Länder stehen konnten, die ein Heimatgefühl zu vermitteln in der Lage waren!

Ich kannte den abgehackten Teil nicht, hatte keine Verwandten, keine Freunde oder andere Berührungspunkte dort. Somit bekam ich von den eisernen Ostbehörden auch keine Einreisegenehmigung. Menschen, Deutsche, gab es auf der anderen Seite millionenfach, aber sie berührten mich und mein Familienleben nicht, selbst wenn ich begriff, dass viele litten und Sehnsucht nach den Ihren und ihrer alten Heimat empfanden. Im normalen Leben tauchten die Vergleiche zwischen den beiden Blockländern als theoretische Begriffe auf, gepaart mit schlechtem Gewissen – denn man *sollte* schließlich am Leben derer »da drüben« anteilnehmen.

Und im Hintergrund lauerte die allgemeine Unruhe, dass der Kalte Krieg unsere Möglichkeiten aushöhlte, eine friedliche Gesellschaft aufzubauen – eine Gesellschaft, wie ich sie für meine Kinder und die Kinder aller erhoffte. Wir lebten weiter in einer Art Schützengrabenatmosphäre, wo vieles in der offiziellen Diskussion darauf ausgerichtet war, den Gegner zu erniedrigen, wenn nicht gar zu vernichten. Dabei schwang immer mit, dass wir auf unserer Seite – wie die auf der anderen – nicht viel mehr waren als Lakaien für die Großmächte, denen nichts Besseres eingefallen war, als das Land zu zerteilen und auf beiden Seiten der Grenze aufzurüsten. So wurden sie zu gegenseitigen Gefängniswärtern. Beide Teile Deutschlands wurden mit so vielen Waffen ausgerüstet – einem solchen Overkill –, dass die beiden Teilländer den Plänen zufolge innerhalb von höchstens zwei Tagen in die Luft fliegen würden.

Und dann wurde in einer Nacht im August 1961 die Mauer gebaut und biss sich in den Köpfen der Menschen fest, Stein für Stein, Stacheldraht für Stacheldraht. In den ersten sechs Monaten jenes Jahres waren über 100 000 meist junge Menschen aus der DDR geflohen.

Wir wohnten einige wenige Kilometer von der Mauer entfernt, »auf der richtigen Seite«. Die Abschottung – aus Zaun und Stacheldrahtrollen gebaut – lief quer durch die schöne hügelige Landschaft mit einem breiten Streifen Acker- und Waldland, der für die dahinter liegenden Minenfelder kahl geschoren worden war. Dieser Minengürtel, auf dem alle Saat ausgerottet wurde, diente als freies Schussfeld auf eventuelle Westflüchtlinge. Dahinter kam der Korridor, in dem die Hunde liefen, und dann ein extra Stacheldrahtzaun. Flüchtlinge, die so weit gekommen waren, sollten sich in Freiheit wähnen – konnten jedoch gefangen genommen werden, bevor sie in der Dunkelheit das letzte hohe Hindernis erreicht hatten.

An »unserem« kleinen Stück der Grenze im Landkreis Göttingen wurden während der Zeit, in der wir dort wohnten, mindestens sieben Menschen getötet:

Nacht auf den 24. Oktober 1962	unbekannte Person erschossen
Oktober/November 1962	unbekannte Person nach einer Minenexplosion tot aufgefunden
Nacht auf den 1. August 1963	Helmut Kleinert erschossen
18. August 1963	unbekannte hochschwangere Frau erschossen
16. November 1963	unbekannter Grenzpolizist erschossen
Nacht auf den 27. Dezember 1969	unbekannte Person erschossen
Nacht auf den 14. November 1972	Hans-Leo Hoffmann verblutet am letzten Grenzhindernis, nachdem ihm durch eine Selbstschussanlage beide Beine abgeschossen worden waren

Quelle: Sauer, Heiner und Hans-Otto Plumeyer: Der Salzgitterreport. Die Zentrale Erfassungsstelle berichtet über Verbrechen im SED-Staat, Esslingen, München 1991, erweiterte, aktualisierte Ausgabe Frankfurt/Main, Berlin 1993

Im Abstand von vierhundert Metern standen auf dem verwüsteten Boden große eckige, dunkle Wachttürme, auf denen man bisweilen etwas grau Uniformiertes erkennen konnte: Menschen. Auf diese Grenze stießen wir bei unseren Spaziergängen. Ab und zu sahen wir Warnschilder, dass wir uns dem »Todesstreifen« näherten, wie die verminte öde Strecke entlang dem Stacheldraht genannt wurde. Man verspürte keine Lust, sich über die Warnungen hinwegzusetzen.

Die Grenze schnitt das Wasser der Werra und alte Durchgangsstraßen und Verbindungswege ab, auf denen allmählich Winden, Wegerich und zähes Gras den Asphalt durchbrachen. Die Grenze verlief direkt durch kleine Fachwerkdörfer, die sich unter alte Ziegeldächer duckten. Häuser, die in der Mitte geteilt und von Menschen entleert waren, wurden für mich zum Symbol dafür, wie sinnlos Menschen auf dieser Erde Beschlüsse über andere Menschen fassen. Nun ist die Mauer gefallen, die aus Stein und Beton, Stacheldraht, Wachttürmen und Minen, aus Tyrannei, Spionage und Dogmen – und hat mich gezwungen, mich mit all dem Unbekannten auseinanderzusetzen und zu vereinigen, das es dort hinter der bedrohlichen, vielleicht aber auch schützenden Grenze, die sich wie eine Giftschlange von den flachen Stränden hinter Lübeck bis zu den großen Wäldern im Nordosten Bayerns geringelt hatte, schon immer gab.

Die Berliner Mauer ist gestürmt und im Freudentaumel Stück für Stück abgeschlagen – und sogar in kleinen Bärenrucksäcken an Touristen verkauft worden. Wiedersehensfreude und Umarmungen sind von den Problemen des Alltags abgelöst worden.

Alle waren überrumpelt. Ich spürte, dass mein Wissen über das östliche Land mangelhaft war: ein paar Städtenamen und noch einige Kleinigkeiten. Auf dem Weg zur Arbeit kaufte ich IKEAs schnell herausgegebenen »Großen Deutschlandatlas für Kinder«. Er hatte klare, kräftige Farben, blaue Flüsse, grüne Wälder, lustige Fabrikgebäude und kleine gezeichnete Männer, die mal mit diesem, mal mit jenem beschäftigt waren – Frauen hatte man vergessen. Mit Hilfe dieses Kinderatlas versuchte ich mir schnell die geographischen Verhältnisse, die Städte, die Gewässer, die Straßen und die neuen Landesgrenzen einzuprägen.

Dennoch stehe ich vor dem, was noch lange »Ex-DDR« genannt wurde, nach wie vor wie vor einem unbekannten, dunklen Loch. Ich wollte mir Zeit nehmen, mich informieren, in diesem fremden Teil von Deutschland reisen, den ich 1958 auch mitgeheiratet, jedoch nie als mir zugehörig betrachtet hatte. Dieses Land war quasi ein nun erst sichtbarer Teil der Morgengabe, den ich bei der Eheschließung schon bekommen hatte. Welche Reichtümer gibt es? Was ist mottenzerfressen oder schimmelig? Ich weiß gar nichts.

Und nun befinde ich mich plötzlich inmitten all des Neuen. »Komm nur herein und lass dich nieder«, schallt es mir zwischen dem mir so Fremden entgegen. Ich könnte versuchen, es in Besitz zu nehmen. Ich hatte mich gefragt, was meinen Freund zum Aufbruch veranlasst hatte. Ich fange an zu begreifen. Es war nicht nur sein Schaffensdrang, er muss sich auch um schwärende Narben kümmern. Aber es sind nicht meine.

Ich ahne das Wasser der Elbe, das hinter dem Gartenhang durch das Dunkel der Nacht spült und langsam durch die Stadt fließt. Eine Großstadt, die ich mir nur als bombardiert, weit entfernt vorgestellt hatte – Prag näher als meiner Heimat. Und neben mir Lucas, der wohl nur leihweise im Westen gewesen ist und nun einfach zurückkehren muss.

Ankunft, Weihnachten 1958

Dies alles geht mir durch den Kopf, als ich in einer verfallenen Villa in Dresden daliege und einzuschlafen versuche. Es arbeitet in mir bei dem Gedanken, dass ich die Möglichkeit aufgeben muss, ein neues Leben zu wählen, dass ich zu Lucas Nein sagen muss. Nein auch zu seinem Dresden, von dem ich spüre, dass ich es nicht zu meinem machen will. Nein zu einem Land, das jetzt neu genannt wird, das für mich bislang nur etwas Grauschwarzes war, verborgen und ohne Zukunft. Und das nun alle nur denkbaren Anstrengungen brauchen könnte. Aber meine doch wohl nicht? Jedenfalls nicht, solange ich nicht die Bedingungen kennen gelernt habe. Und wie soll ich das, ohne Ja zu sagen? Das zu lernen dauert Jahre. Jahre.

Ich spüre Widerstand bei dem Gedanken, mich noch einmal auf unbekanntes Terrain zu begeben, möchte nicht gewungen sein, wieder alles von Neuem zu lernen. Ein Dickicht von Schwierigkeiten – und wieder ohne Freunde dazustehen. Ich will nicht noch einmal als Außenstehende, als Fremde ankommen! Ich will festhalten an dem, was ich gelebt, gearbeitet, geliebt habe und wo ich mich eingerichtet habe. Und was ich nun meines nenne. Ich habe nicht vor, es unachtsam zur Seite zu werfen, wie ein junger Mensch es tut, der den Sieg noch in sich trägt. Wie ich es einst tat.

Und was lernte ich? Wie wurde das Land mit dem für mich so komplizierten Namen Bundesrepublik Deutschland, BRD, meines? Die Gedanken wandern zurück. Ich liege mit geschlossenen Augen da und mir ist, als schlüge ich ein Album auf. Die Bilder von meinem Deutschland kommen mir entgegen, und ich sehe Bilder aus der Vergangenheit, lauter Teile des Gesamtbilds, das ich in mir trage.

Am 23. Dezember 1958 komme ich in einem Land des Wiederaufbaus an. Ich bin zweiundzwanzig, verliebt und blauäugig. Und trage einen kleinen Embryo in der Gebärmutter, einen zukünftigen deutschen Bürger.

INDIAN AIRLINES steht in Rot über den schön gebogenen Flugzeugkörper gemalt. Bevor ich in Hamburg lande, spähe ich in den grauen Nieselregen hinaus, um die einzige Ursache für mich zu finden, mich und das kleine Leben in mir so fest überzeugt und leichtsinnig diesem geteilten, zerfetzten Land anzuvertrauen. Einem Land, das außerhalb seiner Grenzen alles andere als Sympathie erweckte.

Auf den Aushängen der Zeitungshändler steht: SCHLÄGT CHRUSCHTSCHOW EIN GEEINTES DEUTSCHLAND VOR? 1958 – es war mitten im Kalten Krieg, der Deutschland in zwei unversöhnliche Lager teilte. Auf beiden Seiten war man vollauf damit beschäftigt, sich als gehorsamster Knecht zu erweisen, den die jeweilige Großmacht sich wünschen konnte. Es war die Regierungszeit des großen Frankreichfreunds Konrad Adenauer. Gerade hatte man damit begonnen, die westdeutsche Militärmacht in Übereinstimmung mit den Wünschen konservativer und amerikanischer Spitzenpolitiker wieder aufzubauen (obwohl sich – so die Meinungsuntersuchungen – in jenem Jahr 52 Prozent der Westdeutschen für einen Streik gegen militärische Aufrüstung aussprachen).

Die Bevölkerung wollte keine Aufrüstung, aber nur wenige erhoben ihre Stimme. Die Menschen hatten genug von Politik. Die Sowjets drängten ihren Teil Deutschlands, dasselbe zu tun, und so ging die Aufrüstung voran. Was die Bevölkerung dort dachte, erfuhren wir nie – es war sogar verboten, danach zu fragen.

Die Frauen, die im Krieg alles Menschenmögliche aufrechterhalten hatten, waren wieder an den Kochtopf zurückgekehrt. Sie hatten nachgegeben und ihren oft aufgezwungenen Arbeitsplatz verlassen, wohl auch, um die Männer in ihrer Sehnsucht zu unterstützen, dass alles wieder so sei wie früher. Die wichtigste Verantwortung der Frauen nach der Zerstörung war es gewesen, den ehemaligen Helden und Eroberern wieder auf die Beine zu helfen, diesen Männern, die in verschiedenen Entlassungswellen ruhmlos und stark dezimiert zurückgekommen waren. Die von den Hitler-Anhängern missbrauchte Mutterideologie wurde auf nostalgische, kleinbürgerliche Weise aufpoliert, wie um die Wunden zu lecken, statt sie auseitern zu lassen. Der Frauenüberschuss, insbesondere in den mittleren Altersstufen, ließ sich in Millionen beziffern. Wer einen Mann hatte, gab die Stelle auf und versuchte dadurch dem Heimgekehrten zu versichern, dass er noch im Besitz seiner Manneskraft und seines Entscheidungsrechts war. Im

Großen und Ganzen wollte man vorwärtskommen und nahm sich nicht die Zeit zu durchdenken, zu durchleiden, zu fragen. Schnell in Gang zu kommen, neu aufzubauen und zu vergessen, darauf kam es an.

»Keine Experimente«, lautete das politische Motto. Auch auf den Plakaten. Die meisten empfanden der Politik gegenüber Abscheu. Man stürzte sich mit all seinen Kenntnissen und Fähigkeiten in harte Arbeit, um immer entschlossener das, was während des kurzen »Tausendjährigen Reiches« geschehen war, zu verdrängen. Warum fanden damals diejenigen kein Gehör, die den Spiegel hochhalten wollten, die aufräumen, aber auch über die Trauer sprechen wollten, die nach den Ursachen für das Grässliche, das geschehen war, fragten? Für mich, die ich von außen angeflogen kam, wurden all diese Fragen erst allmählich wichtig.

»Politik ist schmutzig. Politiker haben das Volk schon immer hinters Licht geführt und den kleinen Mann betrogen«, höre ich sie mit hochgezogenen Schultern sagen. Warum sprechen sie über den »kleinen Mann« und nie über die müde Frau, der eine Unzahl von Lasten aufgebürdet wurde?, frage ich mich von Anfang an. Die Frauen werden nicht erwähnt, es wird nicht gesagt, dass sie es waren, die gerettet hatten, was zu retten war. Sie hatten in allen Bereichen ihren Dienst getan und dennoch die Familien zusammengehalten, die von allen anderen Kräften auseinander gerissen wurden. Sie waren ausgebombt worden oder hatten mit Kindern und Kranken flüchten müssen – ohne irgendeinen Anteil an den Beschlüssen über diese Zerstörung gehabt zu haben. Sogar das formale Wahlrecht war ihnen bis 1945 vorenthalten worden.

In den Heldenerzählungen heißt es immer, dass die Männer hinaus in den Krieg ziehen, um Frauen und Kinder zu schützen. Zwar wussten auch deutsche Frauen in diesem Krieg, dass das eine Lüge war, aber sagen konnte man nichts, viele konnten es nicht einmal denken. Ein Tabu. Sie hatten die Ohnmacht gespürt, als die Bomben fielen, Schutt- und Ascheberge sich häuften, die Wasserleitungen platzten. Es war der Krieg der Männer. Die Rolle der Frauen bestand darin, zu heilen und zu pflegen, zu trauern und zu weinen. Wie in allen Kriegen.

DEUTSCHE FLÜCHTLINGE

Bis 1950 waren aus dem Osten 12 Millionen Menschen in den neuen Staat BRD (»Vertriebene«), 4 Millionen Menschen in die DDR gekommen (»Umsiedler«, »Neubürger«). 4,6 Millionen kamen nie ans Ziel. 2,2 Millionen von ihnen mussten mit ziemlicher Gewissheit als tot registriert werden.
In der DDR durften diese Neuankömmlinge keine eigenen Vereinigungen bilden.
In der BRD organisierten sich viele der Neuankömmlinge in starken Vereinigungen, die das Verhältnis der BRD speziell zu Polen politisch erschwerten. Der sozialdemokratischen Ostpolitik unter Willy Brandt wurde von diesen Verbänden, die erst allmählich an Einfluss verloren, durch revanchistische Aktionen entgegengearbeitet.
Hitler und Stalin hatten sich gegenseitig darin überboten, große Menschengruppen zwangsumzusiedeln.
1939 waren bereits 9 Millionen Menschen in von Deutschland okkupierten Gebieten das geworden, was offiziell unter neuen Bezeichnungen lief: rückgesiedelt, umgesiedelt, eingedeutscht, umgevolkt, verschleppt,
– und da waren die Vertriebenen, Deportierten und Vernichteten noch nicht mitgerechnet.

Quelle: Peter Glotz: Der Irrweg des Nationalstaats. Europäische Reden an ein deutsches Publikum, Stuttgart 1990

BEISPIEL
Die Millionen von Menschen, die umgesiedelt wurden, bekamen häufig nur einige wenige Stunden zuvor darüber Bescheid. So lautet eine Bekanntmachung der Stadt Salzbrunn:
1. Am 14. 7. 1945 findet ab 6 Uhr eine Umsiedlung der deutschen Bevölkerung statt.
2. Die deutsche Bevölkerung wird in das Gebiet westlich des Flusses Neiße gebracht.
3. Jeder Deutsche darf höchstens 20 kg Gepäck mitnehmen.
4. Ein Transportmittel (Wagen, Ochse, Pferd, Kuh od. dgl.) darf nicht mitgenommen werden.
5. Alles Inventar, sowohl lebendes als auch totes, muss unbeschadet in polnischen Besitz übergehen.

6. Die gesamte Umsiedlung muss heute vor 10 Uhr geschehen sein.
[...]
9. Sammelplatz am Bahnhof. Marschkolonne mit vier Personen in jeder Reihe.
10. Alle Wohnungen und Häuser müssen unverschlossen gelassen werden, der Haustürschlüssel soll in der Außenseite der Tür im Schloss stecken.

Quelle: Messerschmidt, Rolf: »Wenn wir nur nicht lästig fallen ...« Aufnahme und Eingliederung der Flüchtlinge und Vertriebenen in Hessen (1945 bis 1955), Frankfurt 1991

Allein im Jahr meiner Ankunft in Westdeutschland verlassen – wie in den Jahren zuvor – fast eine Viertelmillion Menschen den immer dogmatischeren Staat DDR. Außerdem kommen binnen Jahresfrist 2,5 Millionen Volksdeutsche dazu, Menschen deutscher Herkunft. Entwurzelt und auf der Flucht waren noch viel mehr Menschen gewesen. Insgesamt nahm Westdeutschland 12 Millionen Flüchtlinge auf. Diejenigen, welche nun kamen, waren lediglich einige Millionen »Nachzügler« nach dem großen Schwall.

Alles wirkt grau, obwohl gewaltige Bewegungen vor sich gehen. Es ist, als suchten die Menschen fieberhaft nach Ruhe, während das Unausgesprochene zugleich immer noch überall vibriert. Für mich, die ich unvorbereitet aus Indien komme, ist Deutschland bislang nur ein unbekanntes Land mit einer Vergangenheit, die in verschiedenen Bereichen wie ein Albtraum aufzutauchen scheint. Und das, obwohl dieser Teil der Geschichte so radikal geendet hatte.

Hätte ich meine Ankunft in Hamburg so leicht genommen, wenn ich gewusst hätte, was ich heute weiß? Hätte ich auf dem Flughafen so eifrig nach H. Ausschau gehalten? Hätte ich mich von dem schwer bewölkten Himmel über der großen Stadt, der mit Kohlenstaub gesättigten schmutzigen Winterluft mehr erschrecken lassen, wenn ich begriffen hätte, dass dies der Beginn eines langen Lebens als Deutsche war, als deutsche Mutter und Ehefrau, als deutsche Studentin und deutsche Arbeitnehmerin? Hätte ich den Freunden und dem Studium in Indien so ruhig Lebewohl gesagt, mich mit dem Vater des Kindes, das ich erwartete, zusammen so sicher gefühlt, wenn ich gewusst hätte, in was für ein problematisches und zerstörtes Land ich kam? Hätte ich ohne zu zögern ein deutsches Kind in diese gedemütigte und zerrissene Gesellschaft geboren? Ich stelle nichts in Frage. Ich plane nicht. Schließlich trage ich die Freude und den Sieg in mir. Wir haben weder Wohnung noch Mobiliar. Das macht nichts, denke ich sorglos. Das Hochzeitsgeschenk – Geld, das eine Heimreise sicherstellt – haben wir in der Brieftasche, und das wollen wir ausgeben. In den Koffern befinden sich Bettwäsche und Handtücher aus Indiens neuer Textilindustrie. Mit den Jahren sind diese Teile das Einzige, das alles, aber auch alles überdauern wird! Als das Flugzeug zur Landung ansetzt, wird mir übel. Das kommende Kind gibt zu verstehen, dass es dabei ist. Als wir die Flugzeugtreppe hinuntersteigen, fällt Schneeregen, und ich versuche, mich in meinem weißen indischen Baumwollkleid mit seinen kleinen roten Elefanten gegen die Kälte zu wehren. Ich laufe unter das Dach, um die Formalitäten zu erledigen.

»Aber sie haben keine Ahnung, dass ich dich mitgebracht habe!«, sage ich insgeheim zu dem kleinen Leben in mir.

Der Vater des Kindes, mein schlanker Jugendfreund, nimmt mich mit zu seiner Mutter. In der kleinen Zweizimmerwohnung, die ihr als Witwe zugeteilt worden ist, schmieden wir Zukunftspläne. Es bleibt viel zu besprechen.

Wir haben nichts, keine Wohnung und kein Einkommen. Was soll ich mit meiner Ausbildung anfangen? Dass ich nach drei Jahren historischer und sozialwissenschaftlicher Studien ein Examen an einer indischen Universität abgelegt habe, mit Praktikum draußen in den Dörfern, beweist eine große, vornehme Pergamenturkunde. Ich bin sicher, dass sie zukünftige Arbeitgeber beeindruckt. Ich habe viele nützliche Kenntnisse.

Und H.? Würde H. auch weiterhin Geld zum Studieren bekommen? Vor dem Indien-Stipendium hatte er vom »Honnefer Modell« gelebt, der einzigen Unterstützung, die mittellose Studenten ohne gutverdienende Eltern damals bekommen konnten. Nach jedem Semester mussten Prüfungen abgelegt werden, damit man Geld für das nächste bekam. Er glaube, sagt er, dass sein Professor, sein »Doktorvater«, dieser allmächtige Mann, der so viel bestimmen sollte, was unser Leben betraf, Wort halten und ihn mit 200 DM im Monat unterstützen werde. Dass es schwer wird, mit diesem Beitrag auszukommen, ist mir klar, aber ich werde schon irgendeinen

Job finden – und gleichzeitig die Sprache lernen –, bevor das Baby kommt. Bis dahin würden alle Probleme gelöst sein! Auch glaube ich nicht, dass es so schwer ist, eine Wohnung zu finden.

Und dann kommt meine Schwiegermutter – ich nenne sie jetzt Mutti – mit der Frage nach der Versicherung und den Kosten für die Entbindung! Ja, die Kosten für die Entbindung. Wieso? Man wird ja wohl eine normale Krankenversicherung bekommen können? Ein normales westeuropäisches Land wird diese Kosten wohl geregelt haben?

Waren wir nur blauäugig, blind vor Zuversicht? Hatte ich so wenig Lebenserfahrung? Oder war ich nur so beschäftigt mit dem großen Wunder, das sich in meinem Körper zutrug? Ich hörte nicht auf Muttis Angebot, bei ihr in Hamburg zu bleiben, das für das Baby Notwendige zu nähen, Deutsch zu sprechen und mit fast nichts Haus halten zu lernen, während H. zum Studienort hinunterfahren solle, um eine Wohnung zu suchen, seinen Professor um eine höhere monatliche Unterstützung zu bitten, mit seinen Studien weiterzukommen und mich dort dann willkommen zu heißen. Nein, das alles wollte ich mit ihm zusammen tun.

Die Bahnfahrkarten bekommen wir als Geschenk von Mutti und machen uns auf den Weg nach Göttingen. Durch die Lüneburger Heide hindurch auf die hügeligere Landschaft zu. Und dort, kurz bevor man nach Göttingen hineinfährt, liegen links die sanften »Sieben Berge«! In der Winterkälte fühlt es sich in mir spannend und warm an, und der kleine »Murkel« beginnt, sich im Unterleib zu bewegen. »Murkel« war der Kosename für den erwarteten Unbekannten in Hans Falladas Roman »Kleiner Mann, was nun?«, dem Weihnachtsgeschenk, das ich zum Durchackern und Deuten bekommen hatte. Das Buch vermittelt mir den Eindruck, dass unsere eigene Situation himmlisch ist im Vergleich zu der von Herrn und Frau Pinneberg in den hoffnungslosen frühen Dreißigerjahren der Arbeitslosigkeit. Meine ich deshalb, dass wir es so gut haben? Um nichts brauchen wir uns Sorgen zu machen. Warum an die Möglichkeit denken, dass es nicht gehen würde? Wir brauchen keine Hilfe, das mache ich in allen Briefen nach Hause klar. Ich bin eine überzeugte Optimistin. Aber manchmal wache ich nachts davon auf, dass H. mit den Zähnen knirscht – und ich frage mich, wie ihm die GROSSE RUHE zu vermitteln ist, die ich empfinde.

Nach drei Nächten auf dem Sofa eines guten Freundes bekommen wir mit etwas Schmu ein klitzekleines Zimmer mit einem riesigen Doppelbett und dem – wie ich noch lernen werde – obligatorischen Engelsbild über dem Kopfende: Gott im Himmel, weißhaarig und gütig, etwas neugierig, lächelt beschützend auf uns herab. Der Text lautet: »Vater, Dein Wille geschehe.« Drumherum Schnörkelwolken und kleine rosa Engel. Die Engel heißen »Putten«, »Puten« sind jedoch Truthühner oder dämliche Frauen – ich sauge all das Neue auf, eine ständige sprachliche Berg- und Talfahrt.

Wir kaufen eine elektrische Kochplatte und stellen sie neben den Waschtisch. Ein Topf, eine Bratpfanne und etwas Zubehör, das Mutti uns eingepackt hat, finden gerade noch Platz. Den Koffer schieben wir unter das Bett. Wir lassen uns in die Vorkriegsfederbetten sinken. Die Matratzen sind dreiteilig und eckig. So sehr ich mich bemühe, finde ich auf den Matratzen doch keine bequeme Lage. Sie sind dick, mit Stahlfedern und Rosshaar gefüllt. Dreigeteilt sind sie – so lerne ich – damit man sie zum Lüften hochheben kann. Aber um auf den vielen Ritzen zu schlafen, braucht man Disziplin. H., als erfahrenes Kriegskind, ist erfindungsreich und geduldig.

Morgens trinken wir »Muckefuck«, ein Ersatzgetränk ohne eine Kaffeebohne, und essen dunkelbraunes Brot, das seit dem Deutsch-Französischen Krieg 1870–71 Pumpernickel heißt. Die Franzosen fanden, dass so grobes Brot sich nur zum Füttern der Pferde verwenden ließe (»Bon-pour-Nicole«). Bei all dem Neuen, das H. erzählt und erklärt, komme ich kaum mit.

An die Geschlechterrollen gewöhnen wir uns gefährlich schnell. In der Gesellschaft ist alles darauf abgestimmt. H. geht zur Universität, und ich versuche, das Bettzeug in Ordnung zu halten, hänge die Wäsche auf kleine aufgereihte Stahldrahtgestelle im einzigen Fenster und wasche in einem Plastikeimer ab, den ich dann in die Toilette der Vermieterin ausleeren muss. Alles ist aufregend, weil es neu ist, und weil es so neu ist, empfinde ich mein Leben als Abenteuer, erlebe Stärke, indem ich es meistere. Wenn ich morgens den Eimer ausleere und in der Küche Wasser hole, bekomme ich die Tageszeitung mit und verschaffe mir die erste Deutschstunde des Tages, indem ich Anzeigen studiere: »Zimmer« und »Aushilfe«. Ein Zimmer und einen Job brauche ich. Dann raus und die Adressen ausfindig machen. Zimmer im Keller, Zimmer auf dem Boden, Zimmer ohne Fenster, Zimmer wie Mauselöcher – aber wie immer das Zimmer auch aussieht, heißt es Nein, Murkels wegen, den ich nicht verheimlichen will.

Die Zeit vergeht. H. experimentiert in seinem Institut und kommt spät nach Hause. Wir tauschen die abenteuerlichen Erzählungen des Tages aus. Wir gewöhnen uns an, ins Kino zu gehen, mit der Entschuldigung, dass wir jede Gelegenheit nutzen müssen, bevor Murkel kommt. Eine Reihe deutscher Filme nimmt das Wirtschaftswunder mit Ironie und Humor auf die Schippe. Hier verschaffte sich die »Aufarbeitung«, wie die Trauerarbeit genannt wurde, Gehör.

Als es bis zu dem großen Ereignis nur noch fünf Monate sind, bekomme ich eine Stelle im Haushalt bei einer Familie, deren Mutter im Krankenhaus liegt. Ich soll für drei bleiche Kinder und eine lebhafte Großmutter sauber machen, mit ihnen spielen, für sie kochen. Es wird eine Zeit des »learning by doing«, denn nichts davon kann ich besonders gut. Abends pauke ich Rezepte, um sie am nächsten Tag in der fremden Küche umzusetzen. Die Großmutter staunt über die merkwürdigen Gerichte, aber die Kinder erholen sich gut – und ich gehe jede Woche mit 30 Mark in der Tasche nach Hause, zufrieden, die Herausforderungen ohne größere Katastrophen gemeistert und etwas mehr Deutsch gelernt zu haben.

Vor allem aber gilt es, eine Wohnung zu finden, wir sind ja nur geduldet. Acht Wochen vor dem angesetzten Geburtstermin kommt die Vermieterin und sagt ganz offen, ich und das Kind dürften aus dem Krankenhaus nicht zurückkommen. Ich gehe zum »Wohnungsamt«. War mein Ehemann ausgebombt? Flüchtling? War er Kriegsgefangener gewesen? Kriegsbeschädigter? Deportiert? Hatte er in der SBZ, der Sowjetischen Besatzungszone, gewohnt? Hatte er im Krieg seine Eltern verloren, war er also eine »Kriegswaise«? War er Volksdeutscher? Das Formular, das ich bekam, konnte ich nur mit Strichen füllen. Und dann kam die Frage, die mir galt: Sind Sie Kriegerwitwe? Nein. Da blieb mir nichts anderes übrig als zu gehen.

»Es ist Ihre eigene Verantwortung, dass Sie sich das nun eingebrockt haben!«

Die Zwangszuweisung von Wohnungen zur Bewältigung der Kriegsfolgen gab es zu dieser Zeit noch immer. Diejenigen, die viel Platz hatten, wurden verpflichtet, Mieter aus den angegebenen Notgruppen aufzunehmen. Unsere Situation war keine Folge des Krieges. Völlig selbstverschuldet!

Aber eines Tages, wieder nach viel Treppensteigen, kommt dann der Glückstag! In einem kleinen schmalen Reihenhaus, in dem der Bodenraum ausgebaut werden soll, um dem Besitzer ein Extraeinkommen zu verschaffen, haben wir Glück. Wir sind bereit, den Rest des Hochzeitsgeldes im Voraus als Baukostenzuschuss zu geben, den wir dann zwei Jahre lang abwohnen werden. Die Wirtsleute können mit dem Geld den Dachgiebel isolieren und eine Wasserleitung hochziehen. Unsicher und verschreckt sitze ich auf dem Plüschsofa und höre Frau Lutz sagen: »Ich hatte mir ganz und gar nicht vorgestellt, Kleinkinder hier unterzubringen – es wird eng. Aber wissen Sie, woran ich gerade denke? Nun, wo sollen Sie denn sonst hin? Und ich muss an meine Flucht aus Schwerin denken. Mein Mann war Jagdflieger und seit einem Jahr vermisst. Ich nahm die beiden Kinder und meine Mutter auf einen Wagen, der mit dem beladen war, was wir in der Eile hineingeworfen hatten.«

Und sie lässt den Blick weit aus dem Fenster schweifen und fährt dann mit leiser Stimme fort: »Ich konnte ihnen keinen Schutz bieten. Die Flugzeuge kamen auf uns zu, und immer wieder mussten wir uns in die Gräben werfen. Mein Jüngster starb an Keuchhusten, er erstickte dort draußen auf dem Acker. Und am nächsten Tag mussten wir weiter … Ja, Sie bekommen den Mietvertrag.«

Unsere Vorauszahlung reicht aus, um einen Verschlag zu bauen, sodass zwei kleine Zimmer mit Dachschräge entstehen. Im Durchlass zwischen den Zimmern gibt es keinen Platz für eine Tür. Ein Waschbecken mit Kaltwasserhahn wird eingebaut. Um die Wände richtig schön zu machen, kaufen wir eine Hartgummirolle, mit der man auf dem weißgekalkten Mörtel Muster rollen kann. Es sieht aus wie gelbweiße Strandkissen. Frau Lutz betrachet das Ergebnis und sagt: »Naja, man sagt ja, dass Skandinavier einen anderen Geschmack haben! Aber schließlich sind Sie jung, und es ist Ihrs!«

Das Fenster lässt sich nicht vergrößern. Das Badezimmer ein Stockwerk tiefer müssen wir mit der Familie teilen. Es gibt dort aber ohnehin nur Platz für eine Person. In den Schornstein wird ein Ofenrohr aus Blech für einen »Kohleofen« eingemauert, ein großes schwarzes Monstrum, das sowohl als Heizquelle als auch zum Essenkochen verwendet werden soll. Dass dieser Herd mein ärgster Feind werden sollte, wusste ich damals noch nicht.

H. baut zwei indische Charpoys als Betten: Rahmen aus Holz mit geflochtenen Jutebändern. Das eine kann unter das andere geschoben werden, denn die Fläche wird tagsüber gebraucht. Am Fußende stellen wir das Babybett auf, das wir uns haben leihen können. Apfelsinenkisten werden rot angemalt, und von Frau Lutz bekomme ich einen rotkarierten Stoff für Vorhänge. Wir gehen zum ehemaligen Militärlager, das zurückgelassenes britisches Mobiliar verkauft, da die Besatzungsmacht nun die Stadt verlässt und die militärischen Anlagen sich leeren. Wir kaufen einen Ess-, Schreib-, Arbeits- und Allzwecktisch und wählen längliche olivgrüne Maschinengewehrkisten als Nachttische und Staumöbel. Der Kleiderschrank ist eine Stange an der Trennwand mit einem wunderbaren, vor Farben sprühenden rot-weiß-grün-blauen Stoff aus Indien, voller Bäume, Affen, Vögel und paradiesischer Fantasieblumen – wie eine indische Bauernmalerei. Eigentlich können wir nur den »Kohleofen« nicht anmalen.

Stürmisch fühle ich in mir, wie wir eine neue Welt betreten, die ebenso glänzend reich wachsen und blühen wird wie der große, herrliche Vorhang. Wir sind zwei und werden bald drei. Wir bekommen Verantwortung für ein ganz neues kleines Leben, ein Leben mit allen Möglichkeiten in sich, das wir durch unsere Liebe schützen werden. Einen kleinen Menschen, der nicht gebeugt oder gelähmt werden soll. Wir werden keine Fehler wiederholen.

Wir spürten den frischen Wind, sogen ihn ein. Viele Grenzen hatten sich geöffnet, überall konnte man frisch zupacken. Was gewesen war, lag hinter uns. Wir lebten in einem Land, das zum ersten Mal in seiner Geschichte die Freiheit Gestalt annehmen lassen konnte, das die Möglichkeiten der Demokratie ausprobierte, in einem Land, das sühnen und verstehen wollte. Wir glaubten, dass viele dieses Gefühle teilten. Wir glaubten, dass Geschichte einen Zweck, einen »Sinn« hat: das deutsche Wort besagte so viel – eine Mischung aus Verstand, Sinnlichkeit, Lebenserfüllung, Kreativität und Vorwärtsgerichtetsein.

Wir spürten, dass wir nicht fertig waren. Wir hatten tausend Ideen, aber keinen Plan, wie wir vorgehen sollten. Um uns herum gab es zerstörungsbedingte Armut. Menschen auf Krücken, Blinde und Gebrechliche – und manche noch immer in Gedanken an die »gute alte Zeit«. Aber überall – so schien es mir in all meiner Sprachlosigkeit – war der Abschied von der Vergangenheit gefärbt von Zuversicht im Hinblick auf das Neue, was man mit Fantasie aufbauen wollte. Beide wollten wir bei der Gestaltung des Neuen dabei sein. Aber genau wie bei dem veralteten schwarzen Schrottofen, den ich nicht hinauswerfen konnte, gab es große Probleme, die ich verdrängte. Ich ließ nicht zu, dass sie meine Welt störten.

Ein verstohlener Blick
durchs Schlüsselloch, Sommer 1956

Bereits zweieinhalb Jahre zuvor hatte ich einen kleinen, verstohlenen Blick durchs Schlüsselloch auf Westdeutschland erhascht, das Land erfahren, die Dimensionen erahnt. Es war mein erster richtiger Besuch in Deutschland gewesen – ein Land, durch das man hindurchfuhr, wenn man wie ich das Glück hatte, Europa durchkreuzen zu dürfen.

In dem Sommer, bevor ich um die halbe Welt zum Studium aufbrechen sollte, nahm H. mich auf eine Radtour durch sein Schleswig-Holstein mit. Wir beschafften uns zuerst zwei dunkelgraue Herrenräder aus dem Überschussverkauf des Militärs, so genanntes »Heeresgut«. Wir trieben dort auch Fahrradtaschen und ein geflicktes graugrünes Zelt auf. Als ich am ersten Abend die Riemen meiner Tasche aufmachte, fiel mir ein Name mit belgischer Adresse entgegen, in das graue ausgewaschene Seidentuch eingeprägt. Meine Gedanken suchten den einstmaligen Besitzer, ihn, der seinen Namen in großen Buchstaben dort mit Tinte geschrieben hatte: Jean Marchand.

War er noch am Leben? Lag er irgendwo begraben, namenlos, an den Ufern der Maas? War er jung und braun gebrannt gewesen oder erprobter Familienvater, vielleicht bereits ein faltiger Alter? Hatte er irgendwann solche wunderbaren Fahrradurlaubswochen verleben dürfen wie wir? Hatte er irgendwann einmal an irgendeinem See in netter Gesellschaft Badehose, Handtuch und Obst hervorholen können? Hatte er vielleicht gehofft, es nach dem Krieg zu tun? Wurde jemals etwas daraus? Jean Marchand verfolgte uns zwei Wochen lang. Jeden Morgen und jeden Abend verstummte ich beim Anblick seines Namens. So schnell ich konnte, gab ich die Tasche weg.

Wir radelten um die norddeutsche Landzunge in Richtung Dänemark – wo im Verlauf der Geschichte die Grenze ein paar Mal neu gezogen worden war und wo über die Schlagbäume hinweg Familienbande geschlungen wurden. H. zeigte mir Schlösser und Küstendörfer, aber am meisten mochte er die flache Bauernlandschaft, wo um die Felder herum »Knicks« – ordentliche Hecken, die den Wind abfangen – wuchsen. Auf dem lang gestreckten Sandrücken zwischen Nord- und Ostseeküste, der »Geest«, besuchten wir H.s Verwandte, die ihre Höfe alle in ein und demselben Dorf hatten. Sie empfingen uns nach Großbauernart in schwarzen Sonntagsröcken oder mit dunklen Schürzen und Knoten im Haar, aber mit hellen, neugierigen Augen, die auf »die Schwedin« gerichtet wurden. Glücklicherweise war ich noch zu neu im Lande, um zu verstehen, welche Aufregung das eine Zelt für uns beide für diese Menschen bedeutete. Sie standen und gingen gewichtig, breit und sicher, und sahen nicht so aus, als liebten sie Veränderungen. Für H.s Familie aus der Stadt war in den Bomben- und Hungerjahren die Verwandtschaft auf dem Lande die Rettung gewesen. Die war sich ihrer vorteilhaften Stellung bewusst, schien jedoch bereits zu begreifen, dass ihre Schufterei in der Landwirtschaft im neu entstehenden »Wirtschaftswunder« kein Schwerpunkt sein konnte.

Mit sehr dicken Suppen, Rouladen, Gulasch, »Rode Grütt« und breitem Lächeln ließen sie mich das Genierliche fast vergessen, so inspiziert zu werden. Untereinander drückten sie sich auf eine gemütliche und poltrige Weise aus, aber hinter ihren lustigen Geschichten gab es ein merkwürdiges Schweigen. Man sollte deftig erzählen, nie jedoch über sich selbst. Man sollte herzlich sein, nicht jedoch gefühlvoll und sensibel. Man wählte seine Worte wohl und war dabei nie schwatzhaft. Man durfte ruhig fremd sein, nicht jedoch anders.

Die Landstraße machte um das nächste Dorf einen Bogen und führte direkt in das dahinterliegende. Das erste Dorf – wohin die Straße also nicht führte – war ein eingesprengtes slawisches Dorf, ein sichtbarer Beleg der Völkerwanderung. Zwischen diesem Dorf und den anderen konnte ich keinen anderen Unterschied sehen, als dass es auf die typisch slawische Weise mit den Hausgiebeln auf einen Dorfteich im Zentrum hin ausgerichtet war. Und in dem Teich schwammen Enten, wie in allen slawischen Dörfern im Osten. Aber der uralte traditionelle Abstand zwischen den Dörfern war in das soziale System fest eingebaut, und niemand konnte sich an eine Heirat über die unsichtbare Grenze hinweg erinnern.

In H.s Verwandtschaft hatten die meisten Familien fünf Kinder. Wichtig war ein Junge, ein »Stammhalter«, der sich also – so klang das fremde Wort – an einem Stamm fest halten sollte. Die Mädchen erschienen mir als Blüten und Blätter an diesem Stamm. Zwischen den Frauen und den Männern gab es Spannungen, das merkte man. Die Frauen waren kräftig und mächtig, die Männer waren von verschiedenen Kriegsfronten heimgekehrt und wiesen die verschiedensten Verletzungen auf. Den Frauen gegenüber waren sie etwas säuerlich lustig.

In jeder Wohnstube hingen in kleinen lackierten Holzrahmen Fotos der Männer aus der Familie, um die man trauerte. Auch die aus dem Ersten Weltkrieg hingen noch dort. Meist waren es Konfirmationsbilder oder Militärfotos – all die jungen Männer sahen so jung und zuversichtlich aus. Es wurde über einen Vetter getuschelt, der wohl nicht im Kampf um sein Vaterland, wie es in den offiziellen Papieren hieß, gefallen war, sondern sich wahrscheinlich in der Kriegsgefangenenschaft nördlich von Wladiwostok erhängt hatte, was einige Heimkehrer angedeutet hatten. In Notzeiten wurde gerade noch akzeptiert, dass jemand sich das Leben nahm; in Friedenszeiten musste der Pastor solche, die den Freitod gewählt hatten, außerhalb der Friedhofsmauer begraben. Das hielten diese Bauern für richtig. Ordentliche Menschen nehmen sich ja auch nicht das Leben!

Offenbar gab es auch zwischen den Familien seit Jahrzehnten, ja, vielleicht seit Jahrhunderten mehr oder weniger gut vergrabene Streitäxte. Die Frauen waren es, die für die Funken sorgten, aber die Männer gaben die Bedingungen für die Kapitulation oder den Vergleich zwischen den Höfen an. Alle waren hier tief puritanisch christlich, waren Mitglieder des Kirchenvorstandes und sprachen das Tischgebet, hatten jedoch während der Hitlerzeit darauf verzichtet, Glaubensfragen überlaut zu erörtern. Mit der Ethik waren sie fertiggeworden, weil sie darauf achteten, dass der äußere Schein gewahrt wurde. Das war das Wichtigste, denn so konnte der Hof erhalten werden. Und das Schweigen bewahren, das konnten sie. Das Schimpfen und Gestikulieren der Nazis hatten sie nicht gemocht. Rechtschaffene Menschen sind ruhig und sagen ihre Meinung nur einmal. Aber wirtschaftlich und als Berufsgruppe waren diese blonden Bauern aus Schleswig-Holstein von den Nazis gehegt und gepflegt worden: »Blut und Boden« war schließlich die Tradition, auf die ihre Höfe sich gründeten. Höfe, die Generation für Generation von starken Familien bewirtschaftet wurden, waren das, was am höchsten geschätzt wurde. Die warme Menschlichkeit, die H.s Verwandte ausstrahlten, umfasste vor allem die nächsten Angehörigen, die Heimat und die Tiere. Die Treue gehörte zu ihren Stärken.

Vor der neuen Politik hatten sie keinen größeren Respekt, obwohl sie den Frieden schätzten. Sie misstrauten den »Emporkömmlingen«, wie sie die Sozialdemokraten nannten, und die anderen waren allzu oft »Katliken«. Viele Flüchtlinge waren ihnen zugewiesen worden, denen sie Unterkunft geben mussten. Nicht Kriegsgefangene wie früher, die hart in der Landwirtschaft hatten arbeiten müssen, als die Männer fort waren, sondern solche, die bezahlte Arbeit suchten. Fremdartige Leute waren das, die aus dem Osten kamen: Pommern, Ostpreußen und auch »Katliken«.

Als wir auf unseren grauen Militärfahrrädern weiterfuhren, hatten wir in unseren Radtaschen außer neuem gutem Klebstoff für die so oft benötigten Gummiflicken auch von Käthes Bludpoding, Suurfleesch, fette Würste und eine Sandtorte. H. hatte zum Frühstück die letzte »Rode Grütt« aufgegessen. Man winkte uns zum Abschied, und als ich zurückblickte, sahen die Verwandten, wie sie da am Hoftor standen, wie stämmige deutsche Eichen aus.

In H.s Zimmer in der Studentenstadt Göttingen, wo ich zu Besuch war, war »Damenbesuch« nicht gestattet. Er war sogar gesetzlich verboten und wurde »Kuppelei« genannt, worauf böse Wirtinnen verwiesen – ein Gesetz, das erst 1976 abgeschafft wurde. Für die Wochen, die mir bei diesem ersten Besuch in deutschen Landen verblieben, suchten wir für mich also ein eigenes Zimmer. Ich durfte das Wohnzimmer einer alten Witwe benutzen, die Geld brauchte, um nicht zu verhungern – obwohl umgeben von feinen Perserteppichen, Biedermeiertischen und echtem Meißner Porzellan. Vor Kriegsende hatte sie zwei Jahre lang mit ihren Kostbarkeiten in einem Keller gelebt und hatte auch nicht vor, sich davon zu trennen! Schließlich mussten die Kinder sie bekommen – sie konnte doch nicht sterben, ohne etwas zu hinterlassen!

Ich meldete mich dann an der Uni für einen Deutschkurs an. Aber dann kam es anders: In der Lokalzeitung, meiner besten Sprachlehre, wohin immer ich auch komme, las ich, dass Züge mit freigelassenen Kriegsgefangenen aus Sibirien in Friedland, Westdeutschlands Durchgangs- oder Sammellager, ankommen sollten. Das 25 Kilometer von Göttingen entfernte Lager hieß so, seit die ersten Baracken aus Wellblech, »Nissenhütten«, nach dem Krieg errichtet worden waren, um die Flüchtlingsströme aus dem Osten aufzufangen.

1956 waren es schon Holzbaracken, die von den vier großen Wohlfahrtsverbänden betrieben wurden: der katholischen Caritas, dem vermögensten und einflussreichsten Verband, der evangelischen Diakonie, ebenfalls reich und mit vielen ehrenamtlich arbeitenden Frauen und dem traditionellen Roten Kreuz, das professionell und international war, aber auch unter großem Einfluss der alten »Vaterlandsstiftung« stand. Diese drei hatten durch verschiedene geschickte Wendungen und Farbenwechsel während des Nazireichs überlebt. Bereits im Januar 1933 war die vierte Organisation verboten worden, die im Lager von Friedland vertreten war – die sozialpolitisch linksgerichtete Arbeiterwohlfahrt. Dieses komplizierte System von sozialen Wohlfahrtsverbänden lernte ich erst später kennen. Als ich selbst Mitglied der Arbeiterwohlfahrt und für sie tätig geworden war, wusste ich aber genau, wer wofür stand – und mit welchen historischen Wurzeln.

Alle, die von Osten hereinströmten, mussten durch das weitgestreckte Lager geschleust werden. Die plötzlichen Ströme von Kriegsgefangenen aus Sibirien kamen 1956, weil Bundeskanzler Konrad Adenauer zum ersten Mal nach Moskau gereist war und durch Verhandlungen mit Nikita Chruschtschow ein Versprechen über die Freilassung von zehntausend Kriegsgefangenen erreicht hatte, die meisten aus Arbeitslagern in Sibirien. Zuerst hatten alle im Krieg gefangen genommenen deutschen Soldaten Stalingrad und andere Städte, die sie zerstört hatten, aufräumen müssen. Als Kriegsverbrecher waren sie zu fünfundzwanzig Jahren Zwangsarbeit verurteilt worden.

Was für ein Warten! Erst 1951, sechs Jahre nach Kriegsende, konnte Westdeutschland als Bundesrepublik Deutschland eine eigene Außenpolitik führen. Zuvor waren die Alliierten für die Verhandlungen über die Kriegsgefangenen und die verschiedenen Flüchtlingsgruppen verantwortlich gewesen. Die Westmächte hatten ihre Flüchtlingslager im Großen und Ganzen aufgelöst. 1953 waren Transporte mit einer großen Anzahl Kriegsgefangener aus der Sowjetunion in Deutschland angekommen, und die Hoffnung erneuerte sich, die Übrigen nach Hause zu bekommen. Um wie viele handelte es sich eigentlich? Niemand wusste, wie viele noch am Leben waren.

1956 wurden nun über zehntausend nach Hause geschickt. Sie wurden »Spätheimkehrer« genannt und waren – den sowjetischen Behörden zufolge – die letzten Überlebenden der deutschen Armee.

Nach dem Umbruch im Jahr 1989 hat man damit begonnen, die Archive zu untersuchen, und darf nun endlich aussprechen, was während des Kalten Krieges viele ahnten – und viele wussten: Bundeskanzler Adenauer hatte in der Nachkriegszeit Verhandlungen über die Kriegsgefangenen in Sibirien verboten und diejenigen, die es dennoch versuchten, zurechtgewiesen. Er brauchte, sagt man heute, den Hass auf die Sowjetunion, um seine Armee aufzubauen und Deutschland im westlichen Militärbündnis zu verankern. Obwohl laut Umfrage im Jahr 1950, fünf Jahre nach Kriegsende, 80 Prozent der Deutschen kein Militär haben wollten, bot Adenauer bereits im August 1950 den Westmächten deutsche Soldaten an. Das war ein Jahr, bevor er die Anerkennung des Deutschen Roten Kreuzes als nationale Schutzorganisation zuließ. Das Rote Kreuz bemühte sich schon lange vorher über internationale Kontakte um Erkenntnisse über das Schicksal der Gefangenen und um Lösungen, denen die Sowjets zustimmen konnten. Die Verhandlungen wurden aber von der Bonner Staatskanzlei blockiert, da eine offizielle Zulassung nicht gegeben worden war. Warum gehorchten hier Presse und Rundfunk wieder so gut? Das Vorgehen der deutschen Armee in der Sowjetunion und die insgesamt 3,5 Millionen sowjetischen Kriegsgefangenen, von denen mehr als die Hälfte während der Kriegsjahre umgekommen waren, wurden ebenfalls verschwiegen – die Sprache des Kalten Krieges war brutal und einseitig. Die nicht aufgearbeitete Geschichte der Wehrmacht wurde, so wie die der Juristen, der Ärzte oder der Kirche, zu schmerzlichen Bumerangs, wie sich später zeigen sollte.

Aber nun kamen also die letzten deutschen Kriegsgefangenen, die überlebt hatten, diese zehntausend Menschen, welche die Sowjetunion schnell loswerden wollte. Schatten von Menschen. Sie kamen in allen Arten von Eisenbahnwagons, derer man habhaft werden konnte. In der Zeitung stand, dass die Lagerleitung nun Freiwillige brauche, die bei allem Möglichen helfen könnten. »Wollen

Sie helfen?«, las ich in der Zeitung. Ich fing meinen Sprachkurs nie an, sondern setzte mich auf mein blaues Moped, tuckerte in die Barackenstadt und meldete mich am Lagereingang. Was ich in den folgenden sechs Wochen zu sehen und zu lernen bekam, ist seitdem auf meiner Netzhaut eingeätzt.

Die Eindrücke dieser Wochen kamen mir vor wie ein vollständiger Katalog menschlichen Leidens. Zu jener Zeit war man von täglichen Fernsehschilderungen noch nicht so abgehärtet wie heute, und außerdem war dies auch kein Bildschirm. Ich bekam einen Querschnitt dessen zu sehen, was dieser Krieg angerichtet hatte. Und dabei lag das Kriegsende elf Jahre zurück! Das Lager war voller soeben angekommener, zerfurchter und wie ausgehöhlt wirkender Menschen, fast nur Männer. Sie sahen gespenstisch alterslos aus, von Sonne, Kälte, Wind und Regen gegerbt mit einer Haut wie Leder. Die meisten hatten kreideweißes Haar, oft nur wenige übrig gebliebene Strähnen. Ihre Körper wiesen eine eigenartige Mischung aus Zerbrechlichkeit und Muskelhärte auf, so abgemagert wie sie waren. Der Blick dieser Menschen war gebrochen und wirkte flatternd, manchmal sahen sie wie leblos durch alles hindurch. Zu Beginn trugen sie alle wattierte, verblichene russische Jacken und hatten manchmal Bestecke bei sich, die sie sich aus Konservendosen zugeschnitten und zurechtgebogen hatten. An den Füßen trugen einige noch Schuhe aus geflochtenem Stroh oder Filzstiefel mit Sohlen aus alten Autoreifen. Jeden Tag kamen zahlreiche Busse mit immer mehr grauen Menschenbündeln.

Über die sonst undurchdringliche DDR-Grenze kamen sie in Bebra an, wo sie vom Zug in Busse umstiegen. Dort wurden sie mit Schokolade, Bonbons und Obst überschüttet. Ihre Körper revoltierten schon lange vor ihrer Ankunft im Lager – die überstrapazierten Gedärme und Mägen hatten sich in die Kleidung, auf die Kleidung, auf Sitze und Beine entleert. Es stank und tropfte, als die Freigelassenen aus den Bussen kletterten und die Rot-Kreuz-Schwestern sich sofort mütterlich um sie kümmerten, sie direkt zum Waschen führten. Bald wurde diese Art der Begrüßung ausgemergelter Menschen verboten. Sollten sie jetzt durch die ungewohnte Nahrungsfülle sterben, nachdem es ihnen mindestens elf, manchmal bis zu fünfzehn Jahren gelungen war, dem Tod in seinen vielfältigen Formen, auch dem Hungertod, zu entgehen? Diese ausgehungerten Heimkehrenden waren nur ein Bruchteil all derer, die einst als siegesgewisse Eroberer in anderer Richtung über die Grenzen gezogen waren.

Tausende und Abertausende von Menschen strömten in das Lagergebiet, um Ehemann, Vater, Sohn oder Bruder zu finden. In Windeseile hatte es sich im Lande herumgesprochen, dass die Freilassung bevorstand. Mit großen selbst gemachten Plakaten, auf denen das letzte Foto – ein prächtiger Soldat in Uniform – befestigt war, gingen diese Menschen von Mann zu Mann mit einem Blick voller Hoffnung und Erwartung. Auf die großen Papp- oder Sperrholzplatten hatten sie in Druckschrift Namen, Militäreinheit und »letzte Nachricht aus ...« geschrieben. Sie suchten, tasteten sich voran. Nicht enden wollend waren die Szenen, die sich abspielten, wenn Menschen sich gegenseitig in die Arme fielen, weinend, einander umschlingend oder sich nur scheu berührend – endlich! Jahre des Wartens lagen zwischen ihnen. Diese Jahre waren nun vorbei.

Aber andere, die nicht fanden, den sie suchten, gingen täglich auf dem großen Lagergelände auf und ab, von morgens bis abends, wochenlang. Sie gingen an jeder neu angekommenen Gruppe vorbei, sie horchten bei jeder Lautsprechermeldung auf, sie versuchten, jedem Heimgekommenen in die Augen zu sehen. Wenn ich morgens ankam, hoffte ich, diejenigen, die ich so lange hatte suchen sehen, nicht mehr zu erblicken. Ich hoffte, sie hätten ihn gefunden. Die Enttäuschten machten neue Plakate und drängten sich in der Menge vor: »Wer weiß etwas über ...? Letzter bekannter Aufenthaltsort ...? Erinnert sich jemand an ...? Sehen Sie sich dieses Bild an, hat irgendjemand irgendwelche Nachrichten ...?« Familien teilten sich auf, um sicherzugehen, dass sie keinen Neuankömmling verpassten.

Unter den »Spätheimkehrern« befanden sich auch zivile Gefangene oder »Verschleppte«, wie die Zivilen genannt wurden, die in Arbeitslager kamen, als die deutsche Ostfront zerbrach. Unter ihnen befanden sich auch Frauen. Verbraucht und greisenhaft, manchmal mit Kindern auf dem Arm, die größeren an der Hand, Kinder, die in Gefangenschaft geboren worden waren. Diese Kinder, die einzigen, die von all den Menschen, die ankamen, gesund aussahen, waren bald nach der Geburt von ihren Müttern getrennt und ihnen jetzt wiedergegeben worden – wenn die Mütter am Leben waren; sonst blieben die Kinder in der Sowjetunion. Sie konnten kein Deutsch und sahen abwartend und verwirrt aus. Die Mütter hielten sie ganz fest. Es waren wenige Männer, die nach diesen Frauen suchten.

Ich wurde in der Kartoffelschälgruppe eingesetzt. Jeden Tag musste unsere Gruppe einhundertzehn Eimer Kartoffeln schälen. Wir saßen auf Bänken entlang den Außenwänden der Baracken – und schälten und schälten. Die Spätsommersonne brannte vom Himmel, und die ungehobelten Holzwände wärmten unsere Rücken wohlig. Wir mussten eigene Schälmesser mitbringen, und ich lernte zu schälen ohne hinzusehen. Die Finger fischten blitzschnell mechanisch die Kartoffeln aus einem Eimer voll Wasser heraus, drehten sie immer weiter, ließen die Schalenspirale in den Korb vor den eigenen Füßen fallen – und dann wurde die weiße Kartoffel in einen Kochtopf geworfen, der sofort von anderen Freiwilligen abgeholt wurde. In diesen sechs Wochen lernte ich, die Bewegungen wie auf Knopfdruck auszuführen, ohne auch nur einen Blick auf die Kartoffeln zu werfen. Die Augen verfolgten das, was sich vor mir abspielte, und ich wollte nichts verpassen. Körperhaltung, Gangart und Blicke bei den Suchenden verrieten die Freude der Hoffnung und gleichzeitig die Angst vor dem Misslingen. Ich sah unruhig die Gefühlsäußerungen, wurde nervös. War dies die richtige Person? Schaut er in die falsche Richtung und sieht sie nicht? Er kann doch wohl nicht wie der schneidige Junge auf dem Foto ausgesehen haben? Hat er sein Kind jemals gesehen? Wie können sie einander wieder erkennen, so bis zur Unkenntlichkeit verbraucht, wie der Mann zu sein scheint?

Manche weinten, dass sie zitterten. Andere konnten nicht weinen. Da waren diejenigen, die ohne Tränen weinten, diejenigen, die riefen, und diejenigen, die nur flüsterten und die Arme ausstreckten – und diejenigen, die völlig verstummt waren.

Es gab welche, die schon für tot erklärt worden waren, ohne es selbst zu wissen – manchmal waren ihre Frauen wieder verheiratet. Alles schien in diesen Tagen unter freiem Himmel auf dem großen Lagerhof zwischen den Baracken aufgedeckt zu werden. Tage, an denen ich Zeugin aller Freude und allen Schmerzes wurde, die Menschen wohl empfinden können.

Nach einigen Wochen waren es jeden Tag mehr, die immer verzweifelter wurden. Sie fragten, fragten und fragten nochmals nach dem, den sie so lange gesucht hatten. Sie mieteten Zimmer in den benachbarten Dörfern und standen jeden Morgen da, wenn die Pforten zum Lagerhof für den Tag geöffnet wurden.

Alle Heimkehrer mussten einige Tage im Lager bleiben, um gewaschen, eingekleidet, registriert, untersucht zu werden, um ärztliche Versorgung und Ratschläge für die Zukunft zu bekommen. Manche wurden direkt ins Krankenhaus gebracht. Bevor die Heimkehrer das Lager verlassen durften, mussten sie endlose Listen mit Namen durchgehen, die der Suchdienst des Roten Kreuzes mit den Namen derjeniger zusammengestellt hatte, die im Laufe der Jahre als vermisst gemeldet worden waren. Vielleicht wusste irgendjemand etwas, vielleicht irgendein vereinzeltes Detail, das bei der weiteren Suche hilfreich sein konnte.

1950 wurde in Westdeutschland und Westberlin eine Untersuchung durchgeführt, deren Ergebnis zeigte, dass zwei Millionen Menschen vermisst wurden.[*]

Als die Grenzen zur DDR und zur Sowjetunion in den Neunzigerjahren geöffnet werden, kommt es zu einer Lawine von Anfragen an die internationale Nachforschungsbehörde. Allein aus der Sowjetunion gehen 350 000 Ersuchen dort ein. In Moskau befinden sich auch Aufstellungen der Toten von Auschwitz und vieler anderer Todeslager. Das Personal ist von 250 auf 380 Menschen aufgestockt worden, da diejenigen, welche die Fragen stellen, zum großen Teil nicht mehr lange zu leben haben.[**]

Bis zum Beginn der Achtzigerjahre konnte man täglich eine einstündige Rundfunksendung über Menschen hören, über die Nachforschungen angestellt wurden. Es ging auch um Kinder, die während Flucht und Bombardierung ihre Angehörigen verloren hatten. Mütter und Väter gaben die Hoffnung nicht auf, geben die Hoffnung wohl nie auf. Sie ließen das Rote Kreuz weitersuchen. Bereits erwachsene Kinder versuchten immer wieder, irgendeinen Anhaltspunkt für ihre Herkunft zu finden. Wie viele Vormittage in meinem (nicht selbstgewählten) Dasein als Hausfrau hörte ich, wie mein eigenes Geburtsjahr genannt wurde, hörte gleichaltrige Menschen sagen, sie glaubten, sie seien um 1936, 1940 usw. her-

---

[*] Quelle: Dieter Struss: Das war 1950. Fakten. Daten. Zahlen. Schicksale. Heyne Jahresbücher. München 1983
[**] Artikel in der Frankfurter Rundschau vom 13.9.1993

um geboren. »Ich war in eine grüne Wolldecke gewickelt, in die mit braunem Garn die Initialen XY eingestickt waren. Von der Kinderheimleitung habe ich diese Wolldecke bekommen, die ich jedem zeigen möchte, der glaubt, mir Informationen darüber geben zu können, woher ich komme.« Name, Adresse …

Von denjenigen, die ins Lager gekommen waren, wurde nicht ein Einziger laufen gelassen, ohne alle verfügbaren Informationen über Kameraden, Nachbarn in Lazarettbetten, Tote und Gräber gegeben zu haben. Nachdem alle praktischen Dinge geregelt und die Papiere ausgestellt waren, wurde ein Gottesdienst für alle, die an dem Tag aus dem Lager entlassen werden sollten, abgehalten. Ich hörte einige gute und würdige Reden, aber auch sentimentale Predigten von Pastoren und schwülstige Reden von Politikern, die die Heimkehrer willkommen hießen.

»Ein langes Kommando ist zu seinem Ende gekommen. Ihnen wird vom ganzen deutschen Volk für Ihre Pflichttreue und Ihren Heldenmut gedankt«, sagte ein Regierungsmitglied, und ich fragte mich, ob diejenigen, die dort standen, direkt auf ihn losstürzen würden. Ich sah jedoch keine Regung. Sie schienen nur unendlich müde.

Abends fuhr ich nach Hause in mein geborgtes Wohnzimmer zu meinem H., sprach mit ihm über den Tag, und las. Ausgehungert und ohne Winterkleidung waren die ursprünglich 330 000 Soldaten in Stalingrad gezwungen auszuhalten, wo man nicht aushalten konnte. Hitler war wahnsinnig, und seine Offiziere gehorchten ihm. Alle um Stalingrad, und mit ihnen die sowjetischen Soldaten und in noch größerer Zahl die Zivilbevölkerung, wurden diesem Elend, diesem Hunger und Kältetod ausgesetzt. Bereits im Januar des Jahres 1942 war vom Führerhauptquartier der Befehl ausgegangen, an Verwundete und Kranke keine Nahrung mehr auszugeben, um die Vorräte zu sparen. Viele Umherirrende wurden als Deserteure erschossen. Einige letzte Flugzeuge kamen, um ein knappes Tausend Spezialisten herauszuholen. Alle wussten, dass eine rechtzeitige Kapitulation – und die Weigerung von Hitlers Generälen, Befehlen blind zu gehorchen – diese sechste deutsche Armee vor Hunger, Erfrierung und Massentod oder aber Gefangenschaft gerettet hätte.

»Sie starben, damit Deutschland lebt«, war die offizielle Parole für die Zuhausegebliebenen. Das Propagandaministerium versuchte, die Gerüchte über die totale Niederlage und all die Toten zu übertönen. Aber das gelang nicht ganz. Die Gegner innerhalb der Armee gruppierten sich insgeheim. Zweiundzwanzig Generäle der Wehrmacht wurden schließlich zusammen mit den hunderttausend Soldaten gefangengenommen. General Paulus, der berühmteste von ihnen, aber auch er einer, der Befehlen bis zuletzt gehorcht hatte, sagte, als er auf die sowjetische Seite gekommen war: »Der Ursprung der Katastrophe war, dass wir Hitler und seinem System in diesen Krieg folgten.«

Unmittelbar vor dem Fall Stalingrads war Paulus von Hitler zum Feldmarschall ernannt worden in der Hoffnung, dass er für Ehre und Gewissen eher Selbstmord begehen als zum Feind überlaufen würde. Aber er hatte endlich begriffen – viel zu spät und erst, als sein eigenes Leben auf dem Spiel stand –, dass es nicht um den Heldenmut von Soldaten oder noch weniger um den eigenen würdigen Gehorsam ging, sondern um ein entsetzliches Massenmorden, für das er mitverantwortlich war. Erst da erlaubte er sich einzusehen, dass er all diese Soldaten in Stalingrad in den Tod und in eine Gefangenschaft getrieben hatte, die so wenige überleben sollten. Nur 6 000 kamen überhaupt nach Hause zurück.

Diese letzten Überlebenden der wahnsinnigen Allmachtsträume eines Diktators befanden sich unter den 10 000, die jetzt, über ein Jahrzehnt später, von den Siegern nach Hause geschickt wurden. Stalingrad war nur eine Stadt im Kampf, aber es war ein Wendepunkt und steht als Symbol – sowohl für Deutsche als auch für Russen – für all das Bittere, das in den langen Kriegsjahren entlang einer endlosen Front geschah. Diese Reste sah ich nun.

480 000 sowjetische Rotgardisten waren es, die allein in dieser Stadt am Ufer der Wolga ihr Leben verloren, und 700 000 wurden verwundet. Alles in allem verlor die Sowjetunion durch die Hitlerdiktatur über 20 Millionen Menschen – um nur dieses Land zu nennen.

Bei aller Lektüre merke ich, dass – wie üblich – kaum etwas über die Not der Frauen, über Vergewaltigungen, Hunger und den verzweifelten Kampf, Kinder und Kranke am Leben zu erhalten, geschrieben wird. Über ihren Tod. Wir wissen jedoch, dass viel mehr Frauen starben als Soldaten! Darüber sprach man aber nicht. Dies wurde als individuelles Schicksal gerechnet – privates Leiden. Und die Frauen schwiegen. Oder werden sie nur nicht gehört?

Niemals sollte ich einen Sohn haben, der Soldat wird!

Drei Jahre später bringe ich in Westdeutschland einen Sohn zur Welt, einen deutschen Sohn. Sein Vater gehört den »weißen Jahrgängen« an, d. h., er war für Hitlers Armee zu jung – und für die später eingerichtete Bundeswehr zu alt. Wir glaubten allerdings fest, dass das Land nie wieder Soldaten brauchen würde.

Es beginnt mit einer kalten Dusche

Der kleine Junge, der *niemals* Soldat werden sollte, kommt in der Mittsommernacht zur Welt. Glücklich und ebenso ruhig überzeugt von der Zukunft wie bei der Landung im wintergrauen Hamburg ein halbes Jahr zuvor nehme ich ihn entgegen. Wir werden es schon gemeinsam schaffen.

Die erste Untersuchung in der Universitätsklinik war aber eine kalte Dusche gewesen. Im Wartezimmer hatte es muffig und nach Schweiß gerochen. Ungefähr zwanzig mehr oder weniger schwangere Frauen hatten aufgereiht auf Holzbänken gesessen, die an den Wänden festgenagelt waren. Sie führten so viele Gespräche auf einmal, dass mir vor lauter weiblichem Austausch ganz schwindlig wurde. Zwei Frauen weinten. Nun bekam ich auch bestätigt, dass ich nicht versichert war, dass keine Krankenversicherung mich vor der Geburt des Kindes aufnehmen würde. Jede Untersuchung während der Schwangerschaft würde 30 DM kosten und die Entbindung dritter Klasse – so hieß das! – 220 DM, aber nur bei komplikationslosem Verlauf.

Wie? Was? Und was bedeutet dritter Klasse? Ich begann zu begreifen, dass nichts so einfach war, wie ich gedacht hatte. Aber ich fuhr ja dritter Klasse Zug, also würde das hier nicht viel anders sein. Und sicher nicht schlimmer als das, was ich in Indien gesehen hatte. Ich begriff auch, dass es unterschiedliche Wartezimmer gab. Solche und solche. Sah ich hier die Umsetzung eines modernen Klassenkonzepts, oder waren es Ruinen aus Zeiten eines vergangenen Ständestaates? Viele Fragen beschäftigten mich. Wir rechneten aus, wie viele Wochen es noch waren, und legten jeden Sonntag 11 DM in einem kleinen Kästchen beiseite. Es musste ganz einfach eine normale Entbindung werden! Ich ließ mich nicht einschüchtern. Die Freude über die Selbstständigkeit und die Abenteuerlust ließen mich eisern daran festhalten, dass wir es schaffen würden.

Aber was war das für ein Land, das mir und dem Kind, das kommen sollte, keine Krankenversicherung geben wollte? Wie funktionierte eigentlich das soziale System? Wie kann man sich Vorsorge überhaupt vorstellen? Warum heißen sie ein Kind nicht willkommen, indem sie dafür sorgen, dass es Schutz erhält? Warum hatte

H. eine studentische Versicherung, während sie mich, die doch Kinder zur Welt bringen kann und wird, außen vor lassen? Und das, obwohl wir ordentlich verheiratet sind. Dieses, so lerne ich bei der Jagd nach Versicherungs-, Steuer- und Rentenpunkten, ist eine tragende Säule des Systems: alles wurde seit der Zeit des alten Bismarck Ende des letzten Jahrhunderts nach dem Ehemann und seiner Unterhaltspflicht für Frau und Kinder berechnet. Dass es knistert im Gebälk, sehe ich bereits in meiner Umgebung. »Die Familie soll geschützt werden«, bekomme ich zur Antwort, als ich wissen will, warum ich nicht als eine eigene Person gezählt werde. Im Grundgesetz ist festgelegt, dass Ehe und Familie zusammengehören (»stehen unter dem besonderen Schutz der staatlichen Ordnung«), und deshalb ist es so schwer, die ökonomischen Voraussetzungen zu verändern.

Es bleibt mir also nichts anderes übrig, als ungeschützt weiterzuleben. Ich bekomme das Versprechen, dass wir, das Baby und ich, nach der Geburt – vorausgesetzt, wir sind gesund – als Angehörige eines Versicherungsnehmers kraft Familie in die Versicherung des Mannes aufgenommen werden. Ich flüstere dem kleinen Unsichtbaren oft zu, ich hoffte, er schaffe es bis dahin. Und, das nehme ich mir vor, ich muss herausfinden, wie das Ganze zusammenhängt.

Und warum weinten die Frauen an jenem ersten Untersuchungstag? Die anderen fielen sich gegenseitig ins Wort, es war schwierig, alle Kommentare und guten Ratschläge zu verstehen. Eine ältere Frau erzählte, dass sie bereits vier Kinder habe und nicht noch mehr haben wolle. Sie hatte versucht, dieses »wegzubaden«, aber nichts hatte geholfen. Die Frau neben ihr warnte vor gröberen Eingriffen, ihre Tante sei dabei verblutet.

»Aber starke Salzlösung in Wasser soll es sein«, sagte die Nächste.

Viele verschiedene Varianten kamen zur Sprache. Meine Ohren fielen vor Anstrengung fast ab. Und in der Ecke saß die zweite weinende Frau und brachte durch die wärmende Anteilnahme der anderen schließlich hervor, dass sie allein stehend sei, ihre Lehrstelle verloren habe und nicht nach Hause kommen dürfe. Nun hatte sie erfahren, dass sie einen Antrag auf »Entbindung vierter Klasse« stellen könne. Vierte Klasse? Was das ist, erfahre ich erst in der Woche, als ich nach der Geburt meines Sohnes im Krankenhaus liege.

Die Mittsommernacht 1959 ist die wärmste seit drei Generationen, steht in der Zeitung. H. und ich müssen mitten in dieser Nacht an der Krankenhauspforte voneinander Abschied nehmen – Männer dürfen so spät in der Nacht nicht hereinkommen. Tagsüber geht es ja gerade noch, sie im Flur sitzen zu haben, aber nicht, wenn »Nachtruhe« sein soll. Es ist zu merken, dass die streng uniformierte Schwester, die uns aufmacht, denkt, Väter seien nur im Weg und hätten in der Frauenklinik nichts zu suchen. So hatte ich mir das nicht vorgestellt, aber der Schwester ist anzusehen, dass sie keine »modernen Albernheiten« zulässt.

Der Schreck darüber, alleingelassen zu werden, bewirkt, dass die Wehen für eine Weile aussetzen. H. geht schlaflos in der hellen Nacht zu dem Kleingarten guter Freunde weiter und pflückt einen großen Korb Erdbeeren, mit dem er mir am nächsten Morgen, als die Pforte geöffnet wird, gratuliert. Eine noch strengere Schwester kommt herein und nimmt mir barsch die Herrlichkeit mit dem Kommentar weg: »Nein, es ist nicht gut für das Kind, wenn Sie Erdbeeren essen! Davon kann es Ausschlag bekommen!«

Das ist nur der Anfang von vielen hundert Befehlen und Ratschlägen, mit denen ich als junge Mutter überschüttet werde.

Ich liege in einem Zimmer dritter Klasse und verstehe nun, was der Unterschied zwischen den Klassen bedeutet: bei uns liegen acht Frauen Bett neben Bett. Hinter einem Schirm befindet sich ein Waschbecken. In der ersten und zweiten Klasse sind es eine oder zwei Frauen pro Zimmer, die Einrichtung hat etwas Stil, es gibt bessere Waschgelegenheiten und besseres Essen. Meine nächsten Kinder steigen automatisch zu »Zweite-Klasse-Kindern« auf, da H. inzwischen Dozent geworden ist und diese Vergünstigung als Universitätsbediensteter nutzen darf. Die Frauen erster Klasse sind Privatpatientinnen der Chefärzte.

Wir in der »Dritten« haben Klassenbewusstsein genug, uns über die »Luxusfrauen« lustig zu machen. Ein Trost ist es dennoch, dass die kleinen eingewickelten Säuglinge, die in drei langen Bettreihen im Kinderzimmer liegen, klassenlos gleich aussehen, sie bekommen die gleichen Windeln, Jäckchen, Nabelbinden – und das gleiche Lächeln von den Kinderschwestern.

Nun sehe ich auch die Frauen der vierten Klasse. Allein stehende Frauen am Ende der Wartezeit, ohne Zuhause und Geld, erhalten Kost und Logis sowie freie Entbindung, wenn sie in den letzten sechs Wochen bis zum Einsetzen der Wehen Eimer und Tabletts tragen und die Schmutzarbeiten verrichten. Sie schleppen, sind allzeit zur Stelle. Mit dicken Bäuchen gehen sie bei uns Bessergestellten zwischen den Betten umher. Alle zusammen liegen sie dann in einem Zimmer, das von den Krankenschwestern flüsternd das »Jungfrauenzimmer« genannt wird. Sie lieben es, uns anderen zu erzählen, was diesen jungen Mädchen »zugestoßen« ist. Aber im Kinderzimmer sehen auch ihre Kinder aus wie die anderen. Mein Entsetzen über die Einteilung wird von meiner Umgebung nicht verstanden. Es sei eine barmherzige Einrichtung, denn wohin sollten diese armen Frauen sonst gehen? Es scheint mir, als ob vieles, was mit Frauen und Kindern zu tun hat, von alten Vorstellungen durchsetzt ist. Aber schließlich war ja auch alles Zukunftsweisende verboten, verfolgt und zerstört worden. In den Zwanzigerjahren hatte Deutschland in vielem eine Vorreiterrolle gehabt.

Wie schnell können von alter Ideologie eingeprägte soziale Vorstellungen fortgespült werden?, denke ich. Warum geht das nicht schneller? Ich spüre, dass der Widerstand, dem ich begegne, in der Einstellung der Menschen liegt und nicht nur auf fehlenden finanziellen Möglichkeiten beruht. Alte Werte sind nicht so leicht wegzufegen und werden auch kaum in Frage gestellt, wenn sie auftauchen.

Warum heißt es »Wiederaufbau« und nicht Neuaufbau? Ein verlorener Krieg ist kein guter Ausgangspunkt, um mit alten Vorurteilen zu brechen und Reformen einzuführen. Es scheint, als müsse die Gesellschaft erst wiederhergestellt werden, bevor an Neubau zu denken ist. Wo standen wir in Schweden zu Beginn der Zwanzigerjahre? Diese Zeit ist es schließlich, die man hervorholen wird, wenn die Rumpelkammern des tausendjährigen Reiches gelüftet werden. Eine Veränderung hin zu etwas Neuem erfordert auch Selbstsicherheit. Und wo soll diese Sicherheit herkommen, wenn die innere und äußere Zerstörung nicht überwunden worden ist, wenn Brutalität und Unterdrückung sich so lange ausgezahlt haben? Ich spüre, dass den Menschen hier tausend Dinge wichtiger sind, als etwas in Frage zu stellen. Es ist wichtiger, Häuser zu bauen, familiäre Strukturen aufzurichten – ein sicheres Idyll zu schaffen. In dieser Situation befinde ich mich ja selbst. Ist es ein kleines Puppenheim? *Wo* liegt eigentlich der Unterschied bei unseren Versuchen zu beschönigen, verdrängen und blauäugig weitergehen?

So liege ich die neun Tage, die ich im Bett bleiben muss, und denke nach. Ich darf meinen kleinen Jungen nur sechs Mal pro Tag für exakt zwanzig Minuten sehen; durch Kneifen an der Nase werden die Säuglinge gezwungen, die Brust zum Atemholen loszulassen. Ich denke an Schwesternmord, sinke aber zerknirscht in die weichen Kissen zurück ... Das Gehorsamkeitsmuster funktioniert. Nachts bekommen die Neugeborenen von den Nachtschwestern Fencheltee. Die Mütter bräuchten ihren Schlaf mehr als Säuglinge satte Mägen, sagen sie zu uns. Wir vermissen unsere Kinder, gehorchen der Autorität aber, ohne aufzumucken. Wenn wir dennoch wie Libellen um das Kinderzimmer schwärmen, um einen Blick zu erhaschen, werden wir barsch zur Rückkehr ins Bett angewiesen.

Die kleinen Bündel werden uns in weißen Baumwolljäckchen mit blau bestickten Blumen für Jungen, rosa für Mädchen, eingewickelt in große, weiche Decken, »Moltontücher«, auf dem Rollwagen gebracht. Wenn uns diese verschnürten Püppchen zum Stillen an die Brust gelegt werden, schauen nur die Hände und der Kopf hervor. Wir Mütter liegen da und versuchen, Zehen zu zählen; wir fühlen durch die dicken Flanelltücher nach den kleinen Beinchen und hoffen, dass alles richtig geformt ist. Erst wenn der große Tag für die Heimfahrt gekommen ist, dürfen wir dabei sein und unser eigenes Kind versorgen, es nackt sehen und ihm die mitgebrachte Babykleidung anziehen. Und die muss vom Feinsten sein, denn nun schauen all die sieben anderen Mütter zu. Das nächste Gesprächsthema ist offensichtlich!

Im Nachbarbett liegt eine gleichaltrige junge Mutter, die einen Spätheimkehrer geheiratet hat. Sie erzählt, dass ihm von der Wohnungsverwaltung bei ihrer Familie ein Zimmer zugeteilt worden sei. Nachdem er zu Kräften gekommen sei, habe er angefangen, in der hauseigenen Schlachterei zu arbeiten. Er habe ihr Leid getan, weil er mit seinem weißen Haar und seinem alterslosen Gesicht so verloren und fremd gewirkt habe. Sie habe ihm geholfen zurechtzukommen und gemerkt, wie ihn das wärmte.

Nun bekomme ich ihn zu sehen – mit obligatorischem Blumenstrauß und Pralinenschachtel betritt er das Zimmer ein wenig steif und schüchtern. Unbeholfen betrachtet er seinen Sohn, der gerade hinausgetragen wird – Herrenbesuch ist natürlich erst nach dem Stillen zugelassen. Er sitzt ganz außen auf der Bettkante, flüstert nur einige wenige Fragen.

Ich spüre, dass etwas Ermunterung gut wäre. Als er gegangen ist, sage ich ihr, er sähe so freundlich aus. »Ja, aber irgendwie sieht er doch älter aus als er ist, oder?«, gibt sie flüsternd zur Antwort.

Eines Tages kommt eine Dame von der Evangelischen Frauenhilfe, eine ehrenamtliche Mitarbeiterin, die mir zu dem göttlichen Ereignis gratuliert. Solche Dienste waren mir, wie so vieles, neu. Sie überreicht mir eine schön eingewickelte Kinderseife und ein Gebetsbüchlein für Kinder. Meine katholische Nachbarin bekommt Besuch von einer anderen Dame und bekommt ein anderes Gebetsbüchlein.

»Jedes Kind ist ein Kind Gottes, das ist gut zu wissen«, sagt meine Dame.

»Ja«, antworte ich.

»Sind Sie nicht sehr froh darüber, dass Sie jetzt Mutter sind? Das sind Sie jetzt Ihr ganzes Leben lang. Das kann Ihnen keiner nehmen. Aber es ist auch eine große Verantwortung. Und kleine Kinder, kleine Sorgen, große Kinder, große Sorgen.«

»Jaa.«

»Aber Sie haben einen guten Ehemann?«

»Oh ja«, antworte ich.

»Wenn es etwas gibt, das Sie bedrückt oder von dem Sie glauben, dass Sie damit nicht fertig werden, haben Sie keine Scheu, zu uns zu kommen. Wir Frauen wissen, dass es nicht immer leicht ist, Mutter zu sein«, sagt die Dame und reicht mir eine kleine Karte mit der Adresse des kirchlichen Sozialbüros.

»Aber nun seien Sie richtig froh und lassen Sie sich diese erste Freude durch keine Sorgen stören«, sagt sie und geht.

Endlich kommt mein großer Ankleidetag, endlich! Ich habe zu lange im Bett gelegen und bin zittrig auf den Beinen, aber H. stützt mich. Ich trage das große schöne Kissen, das mir die Krankenschwester zuletzt reicht, selbst nach Hause. Daraus schaut ein kleines Paar Knopfaugen hervor. Wir können das Krankenhaus verlassen, ohne mehr als die zusammengesparten 220 DM ausgeben zu müssen, die H. am Ausgang bezahlt – als hätten wir das Kind gekauft! Wir nehmen unseren gesunden kleinen Kerl, der keine Schwierigkeiten in Form teurer Eingriffe gemacht hat, fest in die Arme.

Zur Feier des Tages bereitet H. Erdbeersoufflée (ja, Erdbeeren!), was meine Kochkünste bei weitem übertrifft. Und inmitten der

Sommerhitze macht er in dem schwarzen Kohleofen Feuer – ein Jahr noch wird dort ständig ein Wäschetopf voller Windeln stehen.

Drei Wochen später kommt meine eifrige Mutter zu Besuch und bringt einen hochrädrigen senfgelben schwedischen Emmaljunga-Kinderwagen mit. Von dem Moment an, als der Kinderwagen vor der Haustür abgestellt wird, sind wir in der ganzen langen Straße bekannt, die Equipage wird kommentiert und bewundert – und wir obendrein! Die kleinen Mädchen aus den Nachbarhäusern wetteifern darum, mit dem feinen Wagen und unserem Baby spazieren gehen zu dürfen. Die eigentliche Siegerin ist natürlich die Tochter unserer Frau Lutz. Sobald sie aus der Schule kommt, steht sie da und versieht den Wagen mit bestickten Kissen, um auszugehen.

Von meiner Mutter bekomme ich glücklicherweise auch Dr. Spocks Buch über Kinderpflege geschenkt, einen unkonventionellen Ratgeber, der seinen Siegeszug durch die englischsprachige Welt angetreten hatte. Auch meine moderne Mutter kannte die neuesten Ergebnisse und gab mir ganz andere Hinweise als die mir von meiner Umgebung aufgezwungenen. »Man stelle sich vor, dass die Regel ›Nahrung alle vier Stunden – und nicht öfter‹ noch immer gepredigt wird! Dagegen habe ich mit Schwindel erregendem Ungehorsam bereits beim ersten Kind 1927 verstoßen!« Sie ist richtig aufgebracht und bittet mich, auf die Signale des kleinen Kindes zu hören, auf meine eigene Intuition zu vertrauen und nicht auf rigide Vorschriften.

Nach sechs Wochen muss man ins Krankenhaus zur Nachkontrolle. Beim Verlassen der Klinik war mir vom Arzt gesagt worden, meinen »ehelichen Pflichten« nicht vor dieser Untersuchung nachzukommen. Ich brauche kein Wörterbuch um zu erraten, was diese unlogische Umschreibung bedeutet. Das Thema, das ich jetzt zur Sprache bringen muss, konnte ich also in Ruhe vorbereiten. Ich nehme allen Mut zusammen, springe ins kalte Wasser und frage, was ich jetzt tun soll, um nicht allzu bald wieder ein Kind zu bekommen. Ich halte mich an die feierliche Terminologie über »Methoden zur Familienplanung«, wie ich sorgfältig gelernt habe. Als ich mit meinem eingeübten Satz beginne, blickt der Oberarzt rasch auf. Er erscheint plötzlich unsicher und fragt, ob ich Erfahrung mit »so etwas« hätte. Schüchtern lege ich meine kleine Plastikschachtel mit einem in der Hitze Indiens ausgetrockneten Pessar auf den Tisch. (Die Antibabypille kommt erst, als mein drittes Kind auf der Welt ist, revolutioniert dann jedoch das in Westdeutschland so lange mit einem Tabu belegte Thema). Der Arzt sieht auf die Schachtel, wird etwas rot im Gesicht, sagt dann jedoch zwar bestimmt, aber nicht unfreundlich: »So etwas gehört hier nicht zur Beratung. Sie als Schwedin haben sicher Gelegenheit, dort einen Arzt aufzusuchen.«

Dann räuspert er sich und geht wieder zu den medizinisch-hygienischen Ratschlägen über, die zu diesem Besuch gehören.

»Und warten Sie mindestens ein Jahr, bevor Sie wieder ein Kind, bevor Sie …« Da unterbricht er sich und sagt schnell auf Wiedersehen.

Verflixte Ratschläge, denke ich, als ich nach Hause gehe, und verflixtes Land mit seiner Doppelmoral und feigen Ärzten!

Jetzt, mehr als dreißig Jahre später, ist er Chefarzt der größten gynäkologischen Abteilung des Landes – und einer der progressivsten Fachleute in Fragen der Zulassung von FU 486 und anderer Verbesserungen von Verhütungsmitteln in Deutschland, etwas, dem sich die höchsten katholischen Kirchenleute und einige andere frauenfeindliche Gruppierungen widersetzen. Sie versuchen, Meinungsmache zu betreiben, wo immer möglich, aber die Ansichten und Einstellungen der Menschen haben diesen Standpunkt bereits weit hinter sich gelassen.

Ich kam in ein Land, in dem Kondome nur versteckt auf einigen wenigen großen Bahnhofstoiletten für Männer zu bekommen waren, den ekligsten nur denkbaren Plätzen. Information war auf legalen Wegen kaum zugänglich. Die Ärzte sprachen über Verhütung nicht, sie konnten es nicht, wollten es nicht, das Thema fehlte in ihrer Ausbildung: Das anerzogene Tabu der Nazizeit saß felsenfest. Und ebenso die Doppelmoral.

Dieses Land hatte die ganzen Kriegsjahre durchlebt – und damit die Austeilung von Millionen »Parisern« an allen Fronten. Im Krieg der Männer ging es nicht um Geburtenverhütung, sondern um den Schutz vor Geschlechtskrankheiten. Das Leben im Krieg hatte nichts mit dem Leben zu Hause zu tun. Dieses war heilig – es war das Gegenteil des anderen. Nun sollte all das Vergangene verdrängt werden. Mir schien es, als erschallten Wörter wie »Ehre« und »Anstand« gerade deshalb so laut, weil sie in den Schmutz getreten worden waren wie nie zuvor. Bei allen meinen Besuchen bei Frauenärzten in den nächsten Jahrzehnten sprachen die Frauen in den Wartezimmern über Abtreibungen, blutige, heimliche, zu Hause durchgeführt oder bei Ärzten, die es nicht so genau nahmen und dabei viel Geld verdienten. Manchmal, das lernte ich, waren es der Friseur, der Gastwirt oder »Engelmacher«, wie die Quacksalber genannt wurden, die diese Eingriffe vornahmen. Aber die Frauen brachten mir auch den Satz »Besser zehn auf dem Kissen, als eins auf dem Gewissen« bei.

Frauen sprachen darüber nicht mit Männern. Dass es praktische und humane Möglichkeiten gab, sich von solchen Ängsten zu befreien und unabhängig zu machen, wagte ich mit meinem schlechten Deutsch nicht auszusprechen. Und ich war wohl auch viel zu jung, um etwas anderes zu tun als zuzuhören.

Dass ich siebzehn Jahre später als Leiterin der »Arbeiterwohlfahrt« beim Aufbau einer §218-Beratung dabei sein würde, konnte ich damals nicht vorhersehen. Auch nicht, dass alle Erfahrungen, die ich sammelte, von Nutzen sein sollten, als ich nach und nach politisch für eine gerechtere Gesellschaft Stellung bezog.

»Unsere Straße«, Flüchtlinge und »Wirtschaftswunder«

In meinem Fotoalbum finde ich die Bilder von der Heimkehr mit dem Baby aus der Klinik. In »unserer Straße« bin ich nun das Ehrenwerteste, was man in Deutschland sein kann: eine Mutter. Bald sollte ich auch die andere Seite der Medaille kennen lernen: Die Gesellschaft stellt die Mütter und die Kinder keineswegs in den Mittelpunkt, sondern erklärt sie ganz im Gegenteil zur Privatsache. Gefügigkeit wird eingefordert. Ich betrachte mit Staunen, wie die Wertschätzung der Mütter zugleich mit viel Kinderfeindlichkeit verbunden ist. Die Kinder werden dressiert, ihnen wird oft Angst gemacht, ganz bewusst. Ich konnte es nicht ausdrücken, empfand aber stark, dass dieser Mutterbegriff auch viel Menschenverachtung, Frauenverachtung und Ausnutzung enthielt. Hinter dem Bild der »Mutter« versteckt sich jedoch auch ein unbewusster schöner Traum von einer Gesellschaftsordnung, die es nicht gab – und nie gegeben hat –, ein Traum von einer ungestörten und glücklichen Kindheit. Die, um die so viele betrogen worden waren. Ich suche nach Antworten.

Mutter – das Symbol des Wunschdenkens. Die in Trümmer gelegte deutsche Gesellschaft klammerte sich an einer Mutterideologie fest, die aus einem brennenden Verlangen nach der alles wieder gutmachenden Mutter, alle Wunden heilenden Mutter genährt wird. Die Gesellschaft flüchtet sich in ein Idyll, wo – in vor Trauer verschwommenen Erinnerungen – alles warm und von mütterlicher Fürsorge geschützt war. Diese Überhöhung erlaubte keine Kritik überholter Werte und ließ sich nicht so schnell in etwas Befreiendes austauschen wie das politische System. Die Kluft zwischen den wirklichen und den imaginären Müttern, zwischen schwerer Realität und vergangenem Ideal, war die politische Wirklichkeit, die ich vorfand, war die oft hilflose Verlogenheit, die ich spürte, ohne dafür Worte zu finden.

Lag hinter dieser so doppelbödigen Achtung der Mutter nicht auch die gebrochene Idealisierung des Vaters? Der Vaterfigur, die in grandioser Autorität über allen steht, die jedoch so kläglich geschlagen wiedergekommen war, etwas, worüber man nicht offen sprechen durfte. Eine Mutter muss nur für Mann und Kinder da sein, sie hat in der entsetzlichen Welt außerhalb der Familie nichts zu suchen. Und sie muss leiden können. Das höre ich oft.

Ich erlebe die feuchtwarme Gewächshausatmosphäre, die meinen Status als Mutter umgibt. Ich ziehe daraus alle Vorteile, bleibe jedoch skeptisch und beobachtend. Vielleicht sind es nur eigene gestörte Familienbilder, die mich ahnen lassen, dass hier irgendetwas nicht stimmt? Nein, im Gegenteil – genüsslich gebe ich mich dem gefühlsmäßigen und sinnlichen Erlebnis hin, mich ganz einem kleinen wohlriechenden Menschenwunder widmen zu dürfen und gleichzeitig gesellschaftlich so akzeptiert zu sein, ohne irgendwelchen anderen Ansprüchen genügen zu müssen (und natürlich selber keine Ansprüche zu *stellen*!). Ich bin in der Außenwelt nicht eine Person, ich bin eine Mutter.

Eine werdende Mutter muss essen für zwei, schlafen für zwei, frische Luft atmen für zwei. Auch später darf sie an sich selbst nie als etwas Selbstständiges denken, darf keine eigenen Wünsche aufkeimen lassen. Deine Wünsche sind die Bedürfnisse deines Kindes – und sieh nur, wie schön davon dein Gesicht, deine Figur, deine Seele wird! Da es ohnehin nicht möglich ist, irgendeine Art von Berufstätigkeit oder Studium zu ergreifen, passe ich mich dem an, was von einer Mutter hier erwartet wird, lerne die ganze Heiligensprache. Und ich erfahre die Einsamkeit dieses Zustandes.

Nach und nach geht mir auf, wie zerstörerisch diese Mutterideologie sein kann. Mit meinem Sohn und dann mit meinen zwei Töchtern entdecke ich Schritt für Schritt, wie harte Schraubstöcke angelegt werden, um die reine Lehre aufrechtzuerhalten. Ich erkenne, wie Frauen um mich herum gezwungen werden, über ihre Unterordnung zu schweigen und ihr Leben ohne eigene Ansprüche außerhalb der ihnen zugebilligten Rolle zu leben. Ich erfahre, wie die Mutter als Frau durch Schmerz und Leiden edel wird und lerne verstehen, wie ganz alltägliche Ereignisse und oft tragische Wendungen mit dieser andauernden Mutterideologie zusammengehören und das Leben für viele so schwer machen. Wie wichtig es ist, keine Kritik zuzulassen.

Aber jetzt lasse ich mich fallen – nicht ohne Genuss – in die Zuwendung und Neugier der Umgebung. Die ist nicht zuletzt umso größer, weil ich einen Sohn bekommen habe, einen »Stammhalter« – wieder dieses drollige Holzfällerwort, das mir so fremd bleibt.

Ich werde gefeiert und mir wird Achtung gezollt, nur weil ich ein Kind ausgetragen habe, einen Sohn. Ich bin jetzt »Hausfrau und Mutter«, wie es auch heißt.

In der Nachbarschaft sehe ich kaum eine Frau, die außer Haus berufstätig ist, aber alle arbeiten! Frau Pulkewitz, die quer über die Straße wohnt, hat eine richtige Stelle, solch eine, die in der Statistik »Erwerbstätigkeit« genannt wird. Die anderen arbeiten auch außer Haus. Und dennoch nennen sich alle »Hausfrau«. Es gibt aber auch andere Frauen, die feineren Frauen, zu denen ich durch H.s Universitätskontakte nach Hause eingeladen werde. Diese Frauen sind wirkliche Hausfrauen – ohne Arbeit außer Haus (jedoch mit hervorragenden Ausbildungen im Gepäck). Hier ist ein deutlicher Klassenunterschied zu spüren. An schön gedeckten Tischen, mit Silberkännchen und feinem Porzellan oder mit gediegener handgemachter Keramik unterhalten wir uns kultiviert, vom Inhalt her aber über das Gleiche – über die Kinder, über die Männer, über das Heim; nur über das, was vorgezeigt werden kann. Manche fangen an, sich unbehaglich zu fühlen. Machen die Türen einen Spalt auf. Es gibt eine ganze Menge Schwierigkeiten mit der wahren Identität, das merke ich.

Frau Pulkewitz, die »Angestellte« in unserer Straße, leitet im großen Kaufhaus die Porzellanabteilung. Sie ist gewichtig, groß, laut und wird von allen bemerkt. Sie hat Status. Sie schenkt den Nachbarinnen Ausverkaufsware, Kataloge und Rollen mit Einwickelpapier. Die älteren Nachbarsfrauen, die für Töchter sammeln, kaufen von ihr ganz billig Waren zweiter Wahl. Sie hamstern regelrecht, zwanghaft sichern sie alles Materielle für die Ewigkeit. Ich begreife, dass die Zerstörung und die Verluste, die diese Flüchtlingsfrauen erlebt haben, hungrig auf alles machen, was sie ergattern können. Töchter in meinem Alter sollen eine Aussteuer bekommen, das nehmen die Mütter ernst. Von Kindertagen an haben diese Töchter zu jedem Geburtstag und jedem Weihnachtsfest etwas für den späteren Haushalt bekommen. Die Artigen sitzen da und vergleichen die Tischdecken und Löffel; die weniger Angepassten finden, dass sich die Mütter mit diesen Geschenken lächerlich machen oder zeigen sich verärgert, weil sie nicht dasselbe bekommen wie die Brüder. Die Mütter auf »unserer Straße« tratschen viel miteinander über das, was für die Töchter in Schränken, Schubladen, Kisten und Kasten auf dem Boden und unter den Betten auf

Lager gelegt wird. Sie nehmen die Aufgabe, ihre Töchter für das erstrebte Dasein als Hausfrau auszurüsten, sehr ernst.

Frau Pulkewitz wird bewundert, zugleich wird aber auch gestichelt. »Wovor musst du Angst haben, du klebst doch?«, sagen die anderen – die Hausfrauen. »Kleben« verstand ich, war etwas, was man für die Rente tat – und diese Frau besaß also im Gegensatz zu den anderen eigene Rentenansprüche, Marken, die in ein Rentenheft geklebt wurden. Die anderen Frauen zählen als »Familienangehörige« und bekommen ihre Altersversorgung durch den Mann. Nur wenn er tot ist, haben sie ein eigenes Konto. Aber alle misstrauen nach Krieg und Währungsreform dem Wert und der Beständigkeit des Geldes und setzen alles, was sie entbehren können, sofort in Hamsterware um.

Meine liebe Vermieterin nimmt mich – sobald wir einander gefunden haben – mit in ihr Wohnzimmer und bittet mich, die Augen zu schließen. Dann öffnet sie alle Türen ihres Vitrinenschrankes und ruft: »Sehen Sie!!«

Stapel für Stapel, die Fächer voller Handtücher: kleine Frotteehandtücher, große Frotteehandtücher, Leinenhandtücher, Geschirrtücher, Bettwäsche aus Damast, Leinen, Baumwolle – alles. Ich bewundere, streiche mit der Hand über die Textilien, die sie mir entgegenstreckt, und verstehe nicht, wie sie all das jemals in ihrem Leben wird verbrauchen können.

»Nein, aber ich habe dieses alles, falls etwas passiert!«, triumphiert sie.

Dieses Sprüchlein bekomme ich oft zu hören und begreife, dass es auf die aufgeriebenen Nerven nach den Angst erfüllten Jahren, als so viel in Schmutz und Erniedrigung verloren ging, wie Valium wirkt. Einmal sagt sie auch, ja, wenn sie vor ihrem Schrank stehe, dann – ja dann! – sei sie *glücklich*.

»Manchmal gehe ich dorthin und gucke nach, was ich habe. Und das ist Glück.«

Als die beiden deutschen Staaten 1989 wiedervereint werden, sehen die Westdeutschen mit Entsetzen und Abscheu, wie die Ostdeutschen sich auf Bananen, Apfelsinen, Badetücher, geblümtes Toilettenpapier, McDonald's und alles stürzen, was das Auge und den Magen verführen kann. Ich erzähle vielen, wie erstaunt ich war, als ich zum ersten Mal nach Westdeutschland kam. Damals sah ich, wie die Menschen alles, was glänzte und sättigte, begeistert annahmen, all das, was man hatte entbehren müssen, ansammelten. Alles wurde gierig gekauft und gesammelt. Entbehrung schafft Löcher, und das An-sich-Raffen kann als sensueller Genuss, Lebensinhalt und Kompensation verstanden werden.

Ich kam erst nach der »Fresswelle« nach Deutschland. Später gab es die Kleiderwelle, die Möbelwelle, die Haushaltsmaschinenwelle (beginnend mit Staubsauger, Toaster, Brotmaschine). Es ging dann mit Waschmaschine und Kühltruhe weiter. Die Fernsehantennen kamen schneller auf die Dächer als die Fernsehgeräte in die Wohnzimmer. Es ging darum mitzuhalten, zumindest nach außen den Schein zu wahren! Und es dauerte lange, bevor sich die Wellen legten!

Aber zurück zu den Frauen auf »unserer Straße«. Ich sehe sie auf einem Gruppenbild nebeneinander stehen. Alle arbeiten hart: Frau Stankowitsch, die ich täglich treffe, hilft in einem Milchgeschäft, eine andere in einer Gärtnerei, obwohl sie Frostbeulen an den Zehen hat, die nicht heilen wollen. Eine dritte sitzt zu Hause und näht kartonweise Handschuhe. Ihre Fingerspitzen sind gequollen und mit kleinen roten Punkten übersät. Abends reibt sie die Finger mit Honig und Schmalz ein. Jede Woche lädt sie ein großes Paket, voll gepackt mit fertig genähten Handschuhen, auf ihr Fahrrad, zieht damit zur Post und kommt mit einem genauso großen Paket nach Hause, gefüllt mit neuem Rohmaterial. Sie ist froh, eine Heimarbeit gefunden zu haben, damit »der Haushalt nicht leidet«, so heißt es immer.

Eine vierte Nachbarsfrau macht beim Zahnarzt sauber. Zwei Stunden morgens, bevor die Kinder zur Schule sollen, und zwei Stunden abends, wenn der Mann und die Kinder versorgt sind, geht sie dorthin. Sie wagt nicht, ihrem Mann oder ihrem Chef etwas über ihre Rückenbeschwerden zu erzählen. Das notwendige Mitgefühl bringen die anderen Frauen auf. Sie geht nicht zum Arzt, denn dann »würde ja der Mann es erfahren«. Nach und nach wird mir bewusst, dass hier natürlich alle als »Familienangehörige« durch die Männer krankenversichert sind, und ihn deshalb immer um den Krankenschein »bitten« müssen. Manche Männer halten diese Scheine unter Verschluss. Nun verstehe ich auch, warum über Arztbesuche und Rezepte so viel unter den Frauen getuschelt wird.

Wenn man sie nach ihrem Beruf fragt, antworten alle meine neuen Bekannten auf unserer Straße »Hausfrau«. Keine arbeitet in dem Beruf, den sie nach der Schule einmal erlernt hat. Die Ausnahme bildet Frau Pulkewitz, die ihre Kaufmännische Lehre aus Königsberg (später Kaliningrad, jetzt wieder Königsberg) als Grundlage hat.

Die Berufsausbildung der Töchter hingegen wird für sehr wichtig gehalten. Die Mütter berichten über alle Einzelheiten im Leben ihrer Töchter in Schule und Lehre, als beschrieben sie ihr eigenes Leben. Doch eines ist ganz klar: in erster Linie sollen die Töchter gute Hausfrauen werden. Der Beruf wird erlernt – so sagt man mir – da es schließlich »gut ist, einen Beruf zu haben, auf den man zurückgreifen kann, wenn die Kinder groß sind« oder »falls etwas passieren sollte«. Über die Töchter, die darauf bestehen, ganz in ihrem Beruf aufzugehen, sagen die Nachbarsfrauen: »Die bekommt keinen Mann!«, oder »Werd mal ja nicht zu tüchtig«.

Die Frauen sagen »Klar, dass sie einen Mann haben muss. Sonst würde man ja glauben, sie arbeitet, weil sie keinen hat. Und wenn sie einen hat, hat sie schließlich genug zu tun, da kann sie nicht berufstätig sein! Und Kinder muss sie kriegen. Stellen Sie sich vor, man denkt, sie arbeitet, weil sie keine Kinder bekommen kann! Und wenn sie Kinder hat, dann ist sie, wenn sie arbeitet, eine Rabenmutter!« Diese verwickelten Argumentationsketten sind ständige Gesprächsthemen.

Im Gesetzestext steht nach wie vor, dass der Frau die Verantwortung für den Haushalt obliegt. Sie hat ein Recht, berufstätig zu sein, wenn dies mit ihren Pflichten in Ehe und Familie zu vereinbaren ist. Der Mann hat das Recht, ihr die berufliche Tätigkeit zu verbieten.

Als die Mütter, denen ich begegne, in verschiedenen Tonlagen über die Ausbildungswege ihrer Töchter berichten, scheinen sie Wechselbäder von Stolz, Neid und Unsicherheit zu durchlaufen. Aber alle spüren, auch wenn sie es nicht direkt aussprechen, dass nicht nur die Zeiten, sondern offenbar auch die Frauen im Begriff sind, sich zu verändern. Dass es mit der neuen Zeit für junge Frauen dann so schnell vorangehen wird, ahne ich damals nicht. Unsere Tageszeitung, ja, überhaupt keine Zeitung nimmt irgendeine Notiz von der beginnenden Frauenbewegung – die kleinen erniedrigenden Witze als einzige Neuigkeit an dieser Front halten lange an.

> **BERUFSTÄTIGKEIT VON FRAUEN**
>
> 1960 waren in der BRD bereits 75 Prozent aller 20-jährigen Frauen in der Ausbildung oder hatten eine sozialversicherungspflichtige Tätigkeit, dagegen aber nur 34% aller 50-jährigen Frauen – Mütter oder nicht. 1999 lag die Erwerbsquote in Deutschland bei 63,8% aller Frauen im erwerbstätigen Alter.
>
> Quelle: Statistisches Bundesamt

Ja, mit der Berufsausbildung der jungen Mädchen geht es in diesen Jahren schnell voran. Nicht so schnell voran geht es mit der Berufstätigkeit von Frauen. Und fast überhaupt nicht voran geht es mit der Arbeit von Männern in der Familie. Aber dass eine richtige Frau durch Mutterschaft und Erduldung von Schmerz erst zur Frau wird, *das* hält sich.

Die Tochter meiner Freundin bekommt noch 1967 im Abitur folgende Aufsatzthemen zur Auswahl:
1. Vergleichen Sie die beiden Gemälde: Pablo Picassos »Mutter und Kind« und Georges Rouaults »Mutterschaft«.
2. Interpretieren Sie die folgenden beiden Zitate und nehmen Sie dazu Stellung – Lenin: »Die Aufgabe der marxistischen Revolution ist es, alle Schmerzen zu überwinden.« Stifter: »Durch Schmerzen ist der Mensch reicher geworden als durch alle Freude in dieser Welt.«

Frau Lutz ist es, die mich in den Kreis »Wir auf dieser Straße« einführt. Es fängt an mit Geburtstagsfeiern. Niemand überspringt seinen Ehrentag. Dazu ziehen sie sich das Neueste an, lassen sich beim Friseur das Haar legen – das kostet 5 DM. Aber die Frau mit »richtiger« Arbeit kann an diesen Nachmittagen nicht dabei sein. »Ihr habt es gut, ihr Hausfrauen!«, sagt sie mit ein wenig Ironie.

Die Gastgeberin verwandelt sich zur Feier des Tages in eine Dame. Die ausgeleierte Strickjacke und der Kittel sind verschwunden, der Haarknoten ist gelöst, die Schlappen sind gegen feine Schuhe ausgetauscht und der Duft von 4711 Echt Kölnisch Wasser zieht durch die Wohnung. Die Gastgeberin faltet kleine Servietten aus japanischem Seidenpapier auf eine sinnreiche Weise in die Zinken der Kuchengabel. Der kleine Sofatisch ist überladen mit allem, was gastfreundlich wirkt.

Da stehen die »Sammeltassen«. Jede Frau hier wünscht sich solche, und zu jedem Geburtstag bekommt sie noch einige dazu – oder passende Platten, Sahnekännchen, die Nachbarinnen wissen schon, was ansteht.

Alle drängen sich mit viel Gelächter in das Wohnzimmer hinein. Diese winzigen Reihenhäuser von insgesamt 60 Quadratmetern ähneln Streichholzschachteln, eines genauso wie das andere. Kaffee, »Bohnenkaffee« (»Richtiger Kaffee, kein Muckefuck!«, sagt man, sodass alle es hören) wird aufgegossen. Überwältigt bin ich von den Torten! Diesen hohen Kreationen, bei denen alles an diesem Tag echt sein muss. »Ahs« und »Ohs« und Rezepte von der Oma in Danzig, von der Patentante in Heringsdorf an der vorpommerschen Küste und von der mit einem GI verheirateten Schwester in Florida gehen von Hand zu Hand. Die Flucht- und Wanderbewegungen können hier nachvollzogen werden.

Die Vorbereitungen für das Kuchenbacken sprengen das sonst so strenge Sparverhalten. Es gibt immer mehrere verschiedene Sorten Gebäck, mit vielen Böden, Füllungen und geschickten Verzierungen. Und immer muss es dazu Berge von Schlagsahne in großen Schalen geben. Sonntags haben die Geschäfte nur für Schlagsahne auf – nichts anderes darf verkauft werden, nur Schlagsahne! Alles ist so gründlich geregelt. Die Kleinkinder wandern von Schoß zu Schoß und kneifen den Mund bald zusammen, um nicht noch mehr hineingestopft zu bekommen.

Und dann kommt der »Apfelkorn« zum Vorschein, in besonders kleinen Schnapsgläsern, die zunächst bewundert und kommentiert werden. Das wird hier »ein bisschen süppeln« genannt, und wenn man sich zugeprostet hat, wird das Gespräch lebhafter, die Wangen röter, das Lachen ausgelassener – und dann kommt bald zum Vorschein, was sie nun wirklich von ihren Männern halten. Das ist anders als bei den Universitätsfrauen, bei denen der Schein immer – bei einem Glas Wein oder Likörchen – gewahrt wird.

Aller Respekt entfleucht in Gelächter wie Rauch durch einen erhitzten Schornstein, und wenn die Ventile erst einmal geöffnet sind, fallen nicht gerade romantische Bemerkungen. Ich begreife, dass hier und jetzt alles erlaubt ist. Deutlich ist zu erkennen, dass diese Frauen, die alle als Flüchtlinge aus dem Osten gekommen sind, rauere Zusammenhänge im Leben gesehen haben. Sie haben Spaß, und sie akzeptieren mich ein bisschen wie einen fremden Vogel. Manchmal rufen sie mir auch zu, Ohren zuhalten, denn neben allem anderen bin ich auch noch die Jüngste. Besonders lustig wird es, wenn sie bemerken, dass ich die frecheren Ausdrücke nicht alle verstehe; sie reißen sich darum, sie mir durch Tonfall und Gesten begreifbar zu machen. Mein Wortschatz wächst in weitaus größerem Maße als es die Wörterbücher hergeben könnten.

Verwundert bin ich über den großen Unterschied zwischen ihrem strengen, peinlich ordentlichen Alltag und dieser unbändigen Freude, abwechselnd vermischt mit streitlustiger Feindseligkeit und Trauer. Wie sollten sie es sonst schaffen, ihre Enttäuschungen für sich zu behalten? Enttäuschungen über ihre Männer, die sie stützen müssen, und die oft so zerrissen sind. Ich spüre, dass die Frauen ihr persönliches Schicksal meistern, indem sie ihren Mann bei Laune halten, sein Selbstwertgefühl flicken und ihn bemuttern. Die Männer nennen ihre eigenen Frauen oft »Mutti«! Aber ich spüre auch, wie aggressiv sie gegenüber eigenen Erniedrigungen sind. Noch immer scheint es für sie lebenswichtig zu sein, nach außen am alten Wertmaßstab festzuhalten. Eine Frau ohne Ehemann ist in ihren Augen kaum was wert.

In den Tagen nach solchen Feiern redet meine Frau Lutz über das, was nicht zur Sprache gekommen ist, um den Schein und natürlich auch die Festfreude trotz allem aufrechtzuerhalten. Sie erzählt von dem, der seine Frau grün und blau schlägt, dem Alkoholiker, der sich an seiner Stieftochter vergriffen hat, und von dem, der aus dem Krieg Syphilis mitgebracht hat.

»Haben Sie gesehen, wie ihre Tochter aussieht? Das war ein Schock für sie, als sie von ihrer Ansteckung erfuhr, was es überhaupt war – und es ist unheilbar, wird immer nur schlimmer.«

Aber ich erfahre auch, welche der Freundinnen in der Magdeburger Börde von Kindesbeinen an über den Kartoffelacker gekrochen ist, wer fast wie eine Leibeigene auf einem Großgrundbesitz im Osten aufgewachsen ist und wer, bevor Krieg und Flucht kamen, »etwas Besseres« war.

Durch die Gesetze zur Verteilung der Kriegslasten, den finanziellen »Lastenausgleich«, konnten die Häuschen in unserer Straße gebaut werden. Die kleinen Reihenhäuser mit Gärtchen und Werkzeugschuppen (manchmal auch Hühner- oder Kaninchenstall) waren nach Examenszeichnungen von Architekturstudenten billig gebaut worden, und viele Menschen, die alles verloren hatten, konnten auf diese Weise in der neuen Heimat Hausbesitzer werden. Hier hatten sie als Flüchtlinge aus Gebieten, die nicht mehr deutsch waren, gelernt, zusammenzuhalten, woher sie auch kamen. Nach dem Zusammenbruch.

Alle, denen ich in dieser Siedlung begegne, sprechen von Zusammenbruch, nicht von Befreiung. Aber ich will nicht übereilt urteilen. Die Sehnsucht nach dem Ende des endlosen, lange schon verlorenen Kriegs war allgemein verbreitet. Die meisten hatten das, was kommen sollte, auch befürchtet, viele wussten, warum Rache zu erwarten war, und viele Millionen hatten damit gerechnet, dass sie dann alles würden verlassen und fliehen müssen. Man war sich dessen bewusst, wer im Grunde die Schuld an der ganzen Zerstörung trug, es war nicht völlig zu verdrängen. Darüber sprach man aber wenig.

Und nun vermischten sich diese kaum ausgesprochenen Vorstellungen mit dem Hass auf die Russen. Ich erlebte ihn als den *erlaubten* Hass. Die Regierung, die Bündnispolitik mit der westlichen Welt im wachsenden, die Vertreibung, die Teilung des eigenen Landes schürten die Feindbilder, Bilder, die ganz offiziell belohnt wurden – ideell und für viele auch materiell. Was die Verdrängung dessen, was gerade gewesen war, um vieles leichter machte – oberflächlich betrachtet.

Auf meinen langen Kinderwagenspaziergängen als »Hausfrau und Mutter« komme ich mit vielen ins Gespräch und höre dann oft, wie die aus dem Osten, »die Flüchtlinge«, abgewertet werden. Auf Grund meines süßen Babys, der indisch bestickten Decke, des schikken Kinderwagens und der offenen Art der Leute, mit mir ein Gespräch zu beginnen, erlebe ich viele Plauderstündchen. Meist sind es alte Menschen, die mir als offensichtlichem Neuling gerne ihre etwas blank polierten Lebensgeschichten erzählen, ihren Vorurteilen Luft machen und auf andere schimpfen. Die Tatsache, dass ich aus einem »richtigen« Ausland, aus Schweden, komme, wird positiv zur Kenntnis genommen, bisweilen jedoch auch mit Lob für »die nordische Rasse«, für mein Blondsein. Ich übe einen Standardsatz ein: »Die meisten Menschen in Schweden sind gar nicht blond, und das Wort Rasse verwendet man dort nur in Bezug auf Hunde und Pferde.« Ich fühle mich feige, und mir fehlen die Worte.

Viele, viele sind es auch, die »die Flüchtlinge« heruntermachen. Sie seien verlaust, hätten so viele Kinder, sie würden die Wohnungen anderer blockieren, sie seien ungehobelt, der reine Pöbel, sie sprächen Dialekt, sodass man die eigenen Kinder von ihnen fernhalten müsse, sie seien boshaft, listig, verschlagen, hätten früher mit Russen und Polacken zusammengehaust – und könnten ordentliche Leute ja anstecken. Ich begreife, was all diese Menschen auf »unserer Straße«, die in den Westen gekommen sind, ausstehen müssen, und gehe verbittert nach Hause. Dass manche in ihrem Gefühl der Heimatlosigkeit und Trauer über das Verlorene gelegentlich mit Prahlerei und Übertreibungen über das, was sie im Osten alles besessen hatten, angaben, vertiefte die Vorurteile nur noch.

Von Frau Lutz' Tochter erfahre ich, wie schwierig es sein kann, in unserer idyllischen Stadt Flüchtlingskind zu sein. Die Spannungen sind da, das Aufeinanderzugehen fällt schwer. Zu Hause übe ich kurze Rückfragen ein, um gewappnet zu sein. Diese Rückfragen – so stelle ich mir vor – führen vielleicht nicht zur Einsicht, zeigen aber zumindest meinen Widerstand gegenüber der Intoleranz, von der ich auf meinen Spaziergängen erfahre.

Aber natürlich treffe ich auch andere. Diejenigen, die sogleich zum Ausdruck bringen, dass sie Schwedens Neutralität schätzen, die über die »braune Zeit« sprechen und darüber, wie nicht wenige, die am meisten gejubelt hätten, nun wieder sicher im Sattel säßen. Ich lerne das Wort »Persilschein«. Sie berichten auch, wie manche trotz allem versucht hätten, Menschen in Not zu helfen. Wie schwer es ist, sich mitschuldig fühlen zu müssen. Aber vor allem: Dass es nie wieder Krieg geben dürfe! Eine Meinungsumfrage belegt, dass 80 Prozent der Westdeutschen kein Militär haben wollen.

Meist höre ich jedoch die entschiedene Ansicht, dass man sich aus der Politik heraushalten solle. Der kleine Mann, da ist er wieder, »der kleine Mann« werde immer betrogen – so sei es nun einmal. »Politik ist schmutzig!« Wolle man rechtschaffen bleiben, solle man sich nicht einmischen! Mir wird eiskalt vor Angst, und ich versuche zu protestieren: »Mischen Sie sich ein, mischen Sie sich ein! Jetzt dürfen Sie das ja. Schweigen Sie nicht still!«, versuche ich zu sagen. Aber das kann ich noch nicht, also muss ich es zu mir selbst sagen. Ich fange an zu untersuchen, wie man mitmacht. Wie man sich einmischt. Wie man versucht, die Fäden zu finden. Und die Fragen werden bloß größer.

Wie war es gekommen, dass der Widerstand gegen die vernichtende Entwicklung nicht genügend erstarkte? Hatten die Nationalsozialisten 1933 die Mehrheit der Deutschen doch hinter sich gehabt? Aber was geschah mit den Gegenkräften? Sicher ist es immer einfacher, seinen ganzen Mut aufzubringen und seine Ehre dareinzusetzen, gegen einen Angreifer von außen Widerstand zu leisten. Ein innerer Angreifer hingegen scheint viele in Loyalitätskonflikte zu stürzen, die wir anderen nur schwer verstehen können. Hatten sich so viele von den ersten Scheinerfolgen blenden lassen? War man durch die Arbeitslosigkeit und die Unmöglichkeit für Deutschland, die Kriegsschuld zurückzuzahlen, gelähmt? Wie schnell und mit welchen Argumenten verletzten Juristen und Ärzte ihr Berufsethos und wurden zu Mordgehilfen? Wie viele von denen, die öffentlich Nein sagten, verschwanden in Gefängnissen und Konzentrationslagern, und schwächten damit die Möglichkeiten zum Widerstand? Das geschah bereits 1933, dann in immer größerem Ausmaß. Ich las die Rede von Otto Wels, dem Vorsitzenden der sozialdemokratischen Fraktion im Reichstag am schicksalhaften 30. Januar 1933, als es um Hitlers »Ermächtigungsgesetz« ging: »Wir bekennen uns zu den Prinzipien von Menschlichkeit und Gerechtigkeit. Kein Ermächtigungsgesetz der Welt kann Ihnen die Macht verleihen, Ideen zu vernichten, die ewig und unzerstörbar sind.«

Und sie gingen alle aus seiner Fraktion aus dem Saal hinaus. Gingen hinaus in die Unfreiheit, qualvolle Gefängniszeiten, in Tod oder Flucht. Die vielen Tausende, die sich vom ersten Anfang widersetzten, dürfen nicht vergessen werden.

Ich versuche diejenigen zu verstehen, die betonen, dass der Machtapparat in sich nicht so perfekt gewesen sei, wie er nachträglich oft beschrieben wird, sondern dass die Ausrottung von Juden, Roma, Freireligiösen, politischen Widerständlern, Behinderten, Homosexuellen und »Asozialen« nicht hätte geschehen können ohne eine devote Schar gehorsamer Untergebener und eine folgsame Bevölkerung. Wer ist der »Apparat«, dieses merkwürdige Wort?

Langsam fange ich an zu begreifen, dass das Ganze viel komplizierter ist als das, was ich mir in trockenen theoretischen Beschreibungen anlesen kann. Aber ich hätte auch diese nie verstanden, wenn nicht Menschen sich mir geöffnet, mir erzählt, sich gezeigt hätten. Die Studien der deutschen Wissenschaftler, die sich in den Fünziger- und Sechzigerjahren dieser Fragen ernsthaft annehmen – und dann auch anecken –, kann ich noch nicht lesen. Die kritische Auseinandersetzung ist da. Aber ich befinde mich noch auf einem anderen Erfahrungs- und Sprachniveau.

Ich verstehe, dass es viel mehr Widerständler, Verweigerer und Ungehorsame gegeben hat, als man allgemein in Presse und Rundfunk berichtet. Es erscheint mir merkwürdig, dass so wenige von all denen, die Zivilcourage gezeigt hatten, ans Licht der Öffentlichkeit gebracht und geehrt werden. Eigentlich sind es nur die strammen, standesgemäßen und ruhmreichen »Männer des 20. Juli 1944«, die als Nationalhelden vorgezeigt werden, und die sympathische Studentengruppe »Weiße Rose« mit den Geschwistern Scholl, die offiziell als Beispiele dafür genommen werden, dass Deutschland gewissenhafte Menschen gehabt hatte. Schon die jugendlichen »Edelweißpiraten« oder das Reichsbanner Schwarz-Rot-Gold aus den Arbeitervierteln werden nicht erwähnt. In kritisch geschulteren Kreisen liest man natürlich auch Texte von Anna Seghers, Kurt Tucholsky, Carl von Ossietsky und anderen Widerständlern. Selbstverständlich gab es viele mehr, Privatpersonen, Männer und Frauen aus allen politischen Gruppen, vor allem aber innerhalb der Linken, die sich insgeheim zur Wehr setzten oder Sabotage verübten, selbst im Kleinen – in der Nachbarschaft, der Familie, der Kirchengemeinde. Menschen mit politischer Überzeugung, aber auch Menschen mit normal reagierenden Herzen gibt es überall, also auch in Deutschland – trotz der Gehorsamsstrukturen. Zu Beginn der Sechzigerjahre des Wiederaufbaus werden sie in der Presse oder in öffentlichen Erklärungen nicht erwähnt. Warum? Auf meinen Spaziergängen höre ich einige über Personen erzählen, die alles riskiert und keinen Dank und keine Ehrenrettung erhalten haben. Erst nach Jahrzehnten des Schweigens gerät langsam etwas in Bewegung.

Warum werden diese Mutigen den heranwachsenden Generationen nicht als Vorbilder vorgestellt? Wollen die stillen Mitläufer, die Schweigsamen, die nun in den Fünfziger- und Sechzigerjahren dabei sind, das Land aufzubauen, nicht vor die Frage gestellt werden: »Und warum nicht DU?« Im Radio höre ich unseren Bundespräsidenten Theodor Heuss Fragen und Antworten verlangen, was mich beruhigt. Und es gibt viele wie ihn, die in der neuen Republik politische Verantwortung in den vordersten Reihen ergreifen. Sie stehen jedoch Seite an Seite mit denen, die, so sehr es auch verheimlicht werden soll, doch als Hitlers Handlanger gesehen werden müssen.

Das Verhängnisvolle war vor allem der Gehorsam. Und in Sandkästen, auf Spielplätzen, in Kaufhäusern, in Sportvereinen, in Familien, in Museen, auf Kindergeburtstagen – überall sehe ich, wie er zwar auch oft liebevoll, aber doch frühzeitig eingeübt wird. Ich sehe auch zum ersten Mal, wie Kinder geschlagen werden – und niemand greift ein.

Als ich später Erfahrungen im Arbeitsleben mache, bekommen meine ersten Erklärungsversuche eine tiefere Dimension. Pflichttreue und Gehorsam Vorgesetzten gegenüber sind fest eingewurzelt, selbst wenn die eigenen Ziele, Erfahrungen und der eigene Wille klar in eine andere Richtung weisen. Viele tief verankerte Demokraten mit einer glühenden Überzeugung – die in ihrer Freizeit mit ganzem Herzen in Fackelzügen demonstrieren – sehen es am Arbeitsplatz als ihre vornehmlichste Pflicht an, den Gehorsam gegenüber der Obrigkeit nicht in Frage zu stellen, an dem Spiel mit der Hierarchie nicht zu rütteln. Das wird auch so erwartet. Ich sehe viele Angestellte und Beamte im Konflikt, da sie sich der Unvereinbarkeit des Gehorsams mit ihren eigentlichen Zielen bewusst sind. Viele regenerieren sich außerhalb der Institutionen, viele gehen innerlich zu Grunde. Ich habe Abteilungsleiter mit beiden Füßen zugleich in die Luft springen und dabei schreien sehen: »Vergessen Sie nicht, dass es ihre vorrangigste Pflicht ist zu gehorchen – dafür werden Sie schließlich bezahlt!« Ich habe hohe Betriebsleiter nach einem Kurs über modernen Führungsstil sagen hören: »Und dennoch: nur Zuckerbrot und Peitsche greifen.«

Damals begann ich bereits zu ahnen, was heute meine feste Überzeugung ist: Die größte Gefahr liegt in den fest verwebten Strukturen des Gehorsams. Deshalb ist es so wichtig, dass Paragraf 1 des Grundgesetzes unablässig wiederholt wird: »Die Würde des Menschen ist unantastbar.«

Ein späterer Bundespräsident fügte hinzu: »Und das ist der Kern der eigenen Freiheit. Um sie zu schützen, lohnt sich jede Zivilcourage. Sie ist die vornehmlichste Tugend der demokratischen Mitbürgerschaft und ihre beste Garantie.« (Richard von Weizsäcker). Aber kann man sie vermitteln? In der Familie, in der Schule, am Arbeitsplatz? Diese Frage wird in diesem Land, auch das ist neu für mich, ständig diskutiert.

Außer H. habe ich niemanden, dem ich mich anvertrauen und mit dem ich über diese Mischung von Geschehenem, Gelesenem und Gehörtem diskutieren kann. Er, überempfindlich gegenüber Dominanz, kann nicht einmal die Trompetenmusik der Freiwilligen Feuerwehr ertragen, denn sie erinnert ihn an die Marschmusik seiner Kindheit und ihre Forderung nach sinnloser Disziplin. Er reagiert allergisch auf jeden schöngefärbten roten Abendhimmel, auch auf die glutrotflackernde Mitternachtsonne in meiner Heimat (»… sah Hamburg brennen. Fast zwei Jahre lang rüttelte man uns aus dem Schlaf, und wir mussten mit Kopfkissen, Decke und Teddy unter dem Arm in den Keller laufen …«) – oder auf das einfarbige Turnzeug der Kinder – (»… aber siehst du denn nicht die Uniformierung?!«).

Er hat Verständnis für vieles, was hinter den aufkommenden Jugendprotesten liegt. An der Universität, wo der politische Kampf gegen alles Autoritäre und Morsche von früher Vermittler und Fürsprecher braucht, hat er damit voll zu tun. Wir sind uns nicht bewusst, welch unterschiedliche Ausgangspunkte wir für unsere Beobachtungen haben. Ich »mache den Haushalt«, wie es heißt, und überall gibt es Familienaustausch, Netzwerke, Nachbarschaftsarbeit, Hausaufgabenhilfen, Elternmitarbeit, Festvorbereitungen, Aufträge in Kindergarten und Schule – und tausend andere Pflichten, die natürlich auch Freuden bedeuten. Aber es ist eine geschlossene Kinder- und Frauenwelt. Das sehe ich jedoch nicht, da die Erlebnisse so bereichernd sind und waches Bewusstsein erfordern. Im Rahmen dieser Arbeit führen meine Erfahrungen zu Fragen. Wenn das nicht gesellschaftszugewandt und politisch ist?

Aber so wird es nicht gewertet. Wir fallen in vorgefertigte Rollen. Ich begreife nicht, wie unversehens ich in die ererbte weibliche Rolle hineingleite. Die Verantwortung für die Harmonie schultere ich, damit im Familienleben alles stimmt. Ungeplant und eher beiläufig, als dürfe das, womit ich mich beschäftige, nicht so wichtig sein, beginne ich tastend ein eigenes Berufsleben aufzubauen. Ich spüre das Dickicht, suche jedoch nach offenen Türen.

Meiner Freundin geht es weitaus schlechter. Sie wagt nur insgeheim und mit schlechtem Gewissen, für einen späteren Beruf zu planen. Eines Tages zeigt sie mir einen Brillantring und sagt:

»Mein Mann hat gesagt, ich sei der angenehmere Teil seiner Karriere – und verdiene ein Dankeschön!« Die Tränen sind nicht fern. An unserer Bushaltestelle hängt lange ein großes Reklameschild mit dem Bild einer schönen Dame, die ein Pflegemittel für Fußböden in der Hand hält. Mit all ihren Perlmuttzähnen strahlt die Dame uns entgegen: »Meine schönste Anerkennung! Meine Fußböden glänzen!« Solche alltäglichen Erinnerungen an die Aufrechthaltung der so unnötigen Machtverhältnisse sind überall zu finden. Ich fühle die Botschaft wie eine Faust in der Magengegend.

Aber es geschieht so viel Wichtigeres, das uns beide und die um uns herum berührt. Nun kommt der Widerstand gegen den Beschluss der Regierungsparteien, amerikanische Atomwaffen auf deutschem Boden zuzulassen. Der Kalte Krieg schleicht sich mehr und mehr in unseren Alltag hinein.

Wir schließen uns den Ostermärschen an wie viele, die nicht mit ansehen wollen, wie Westdeutschland seine Rolle als mögliche Nation des Friedens vergisst. Am ersten Ostermarsch für Frieden und Abrüstung im Jahre 1960 nehmen 1 000 Menschen teil, einige Jahre später versammeln sich über 300 000. Wir glauben wirklich, dass die Geschichte des Menschen einen Sinn hat. Wir hoffen, diskutieren, glauben an die Kräfte, die Versöhnung suchen, die sich militärischen Lösungen, der atomaren Aufrüstung, dem Aufbau der Waffenindustrie widersetzen. Wir erleben den eisenharten Griff der USA um unseren Teil Deutschlands als Bollwerk gen Osten, wo Diktatur auf Diktatur folgt. Wir versuchen, Zeit für das Diskutieren mit Freunden zu finden, wir kämpfen uns gemeinsam durch Dogmen – von Kindererziehung bis Außenpolitik, wir sehen die Einigung Europas als eine Vision und werden früh Mitglieder in einer europäischen Studentenvereinigung, die zum Ziel hat, dem Nationalstaatsdenken entgegenzuwirken und europäische Friedenspolitik zu fördern (der später aufgelöste ISSF).

Abends, »freigelassen« aus der Familienarbeit, besuche ich Vorträge und komme in der völligen Überzeugung nach Hause, dass es doch so viele gibt, die ihre Erfahrungen zum Angehen gegen überkommene Denkmuster verwenden.

Ich beneide H., der zu festen Zeiten kommen, gehen, studieren und schreiben, in der großen stillen Bibliothek verschwinden kann, ohne sich Gedanken zu machen, wie es dem Kleinen geht, ohne jede Minute für ihn da sein zu müssen. »Für ihn da sein« steht tatsächlich in der kleinen Zeitung für Mütter, die ich regelmäßig in der Drogerie bekomme. Beim Kauf der vielen Babypuder, Seifen und Poposalben wird aber auch »für junge Mütter« Baldriantee gegen Schlaflosigkeit empfohlen. Der freundliche Drogist scheint sich auszukennen mit dieser Klientel.

Dass die Doktorarbeit eines Ehemannes die Familie tyrannisieren kann, ist die eine Sache. Aber dass dieser Doktortitel eine so starke Außenwirkung hat, verstehe ich erst allmählich. Auch meine Schwiegermutter hält einen Doktortitel für wertvoller als irgendwelche Leistungen von Frauen (obwohl sie in Notzeiten fünf Kinder zur Welt gebracht und aufgezogen hat). Deshalb müsse dieser Dokortitel mit dem Namen eins werden, wie deutsches Verwaltungsrecht es vorschreibt. Wir entgegnen, dass das mit nichts anderem als altem deutschen Klassengeist in der Gesellschaft zu tun habe. Zu zeigen, welcher Schicht man angehöre, sich von den »Ungebildeten« abzugrenzen. Es gab immer noch, trotz großer Umwälzungen durch den Krieg, wenig soziale Mobilität oder sie wurde nicht wahr genommen. Aber das änderte sich – und belebte dann die Diskussionen. Die Frauen, gleich welcher Gesellschaftsgruppe, sollten aber zu Hause bleiben. Die schönste Aufgabe der Frau war es, für ihn dazusein. »Für ihn da sein« hieß es in allen Schichten.

Manchmal sagen die Frauen auf »unserer Straße« zu mir: »Ja, Sie werden uns bald nicht mehr ansehen. Sie gehören einer anderen Schicht an. Nun ja, abwarten. Aber bleiben Sie ruhig bei uns, solange Sie wollen.«

Und sie bringen mir das Wiegenlied, das jedes deutsche Kind auswendig kann, in ihrer Fassung bei:

Schlaf, Kindchen, schlaf.
Dein` Mutter hüt` die Schaf.
Dein Vater ist in Pommernland.
Pommernland ist abgebrannt!
Schlaf, Kindchen, schlaf.

Kinder, Kindheiten und Kinderheime

Viel zu früh kriecht dieser letzte Dresdentag durch die undichten Fensterläden. Das Licht spielt sich zwischen den kaputten Brettern hindurch. Die Gedanken stürmen noch immer in unendlichen Kreisen und Schlingen. Drehen und wenden sich wie in Marmormustern. Der Wachstumsschmerz, der durch die vielen Bilder ausgelöst wird, kommt ebenfalls zurück, gehört hinein in all die Erinnerungen an die Bilder, die ich bewahrt habe. Ich kenne ihn von früher und deute ihn jetzt als Warnung.

Es hat Kräfte gekostet, von Neuem zu lernen, umzulernen, sich zu verwurzeln, wie »eine von ihnen« zu werden und diese Mischung nach außen – persönlich oder kulturell – vermitteln zu wollen, aber nicht zu können.

Es galt, jeden Tag auf dem Sprung zu sein. Der Konflikt, den ich nur spüren, über den ich jedoch nicht sprechen konnte, war die Unsicherheit angesichts meines eigenen Balancierens. Es war viel auf einmal, das Lernen, das Anpassen ohne sich zu fügen. Es war wie Ebbe und Flut, im Inneren. Nicht nach außen.

Dass ich Verantwortung für kleine Kinder hatte, bedeutete, täglich viele Male – ohne Möglichkeit zum Aufschub – vor dem Dilemma zu stehen, Anpassung und Einwand zusammenzufügen. So vieles wirkte merkwürdig geschraubt, abgrenzend oder veraltet. Vieles bot jedoch auch Tiefe, Wärme und Gelächter. Mit vielen inneren Fragezeichen suchte ich nach den Erklärungen und entdeckte mein Privileg, vergleichen, aber auch an die Vernunft und Güte in der Zukunft glauben zu können. Das war auch eine Erbschaft, die ich aus meinem Land mitbekommen hatte. Die Menschen um mich herum waren eher ungläubig, illusionslos. Zynismus wurde als Zeichen von Reife betrachtet. Das war neu.

»Ungetrübt«, sagte jemand freundlich über mich. Ich nahm es als Vor- und als Nachteil. Mit den Jahren begegnete ich Menschen, für die ich große Bewunderung spürte – für ihren Einsatz, ihre Wärme und Glaubwürdigkeit. Viele dieser Menschen sagten aber auch: »Nein, an das Gute im Menschen kann ich nicht mehr glauben.«

Lotte Lemke, Pionierin auf dem Gebiet der Sozialarbeit, war bereits 1926 von der Arbeiterwohlfahrt, der großen volksnahen

Selbsthilfeorganisation, eingesetzt worden, um die Arbeit zu organisieren. 1933 ging sie, um sich der Verhaftung zu entziehen, in den Untergrund und war während der Hitlerzeit Geheimbotin der Widerstandsbewegung zwischen Berlin und Prag. 1945 war sie wiederum verantwortlich dafür, die damals so notwendige soziale Organisation aufzubauen. Sie erzählte mir, wie sie an der Schmalseite von Kurt Schumachers Schreibtisch ihre Aufbauarbeit begann. Sie war es, die mir die Worte beibrachte:

»*Investiere in Menschen. Sie sind das Kapital, das nicht die Bankkontos anwachsen lässt, aber weit höhere Zinsen bringt als jede andere Anlage.*«

Aber als ich sie später im Altenheim in Bonn besuchte – sie, die Feuer in die Stimme bekommen konnte, wenn sie über die gemeinsame Arbeit sprach, sie, die ein so wärmendes Lächeln und weiche Wangen hatte –, sagte sie auch: »An das Gute im Menschen zu glauben, ist etwas Wunderbares. Aber ich habe diesen Glauben verloren.«

Und ich begriff, dass sie etwas in die Seele gebrannt bekommen hatte, das tiefer ging als das, was ich nachempfinden konnte. Daran glauben zu können, dass es das Gute im Menschen gab – ich begriff, dass das ein seltenes Privileg war.

Ich dagegen war ganz einfach vom Leben so ausgefüllt, dass ich in meine Eindrücke oder meine Art, darauf zu reagieren, keine Ordnung bekam. Mein Ziel war es zurechtzukommen. Arbeit? Das Leben in meiner Nähe! Kinder!

Bei dem Versuch, meine in meinen Augen doch so qualifizierte indische Ausbildung anerkannt zu bekommen, war ich einer Reihe von Widerständen begegnet – man hatte mir ein Aufbaustudium verweigert, Aufsicht für Kinder war nicht zu bekommen, ich war voller Unruhe gewesen. Schließlich hatte ich nach Schweden geschrieben. Dorthin dürfe ich kommen und das Examen an der Hochschule für Sozialwissenschaften ablegen, war die Antwort. Wir hatten damals hin- und herdiskutiert, stunden- und tagelang. Ich hatte das, worauf ich mich eingelassen hatte, nicht so abrupt abbrechen wollen. H. betonte sowohl meine starke Sehnsucht nach einem Beruf, zweifelte aber an der Machbarkeit meiner Pläne. Diesem Widerstand musste ich die Stirn bieten. Also fuhr ich nach Stockholm. Über ein Jahr lang pendelten wir und schrieben uns Briefe. Unser Einjähriger war in der Kindertagesstätte – dem schwedischen

Wunder! Ich fühlte mich ermuntert statt abgewiesen. Das Ganze hatte funktioniert: Ich hatte ein Examen. Ich würde einen Job suchen können. Glaubten wir. Dieser Plan musste auf Eis gelegt werden: kein Krippenplatz.

Aber als das Kind drei Jahre alt ist, ist die Jagd auf einen Kindergartenplatz erlaubt! Mit vielen Eisen gleichzeitig im Feuer gelingt es mir schließlich, eine Lösung zu finden, und im Triumph darüber erklimme ich die nächste Sprosse der Leiter: Arbeit! Was für ein Glück, dass ich nicht für den Unterhalt der Familie aufkommen muss! Dann wären die drei Stunden, die uns Müttern zur Verfügung stehen – uns, die wir das Glück haben, einen Kindergartenplatz zu ergattern –, nicht viel gewesen. Aber so ist es nun einmal – für viele auch noch heute, mehr als dreißig Jahre später.

»Haben Sie nun schon Kinder in die Welt gesetzt, werden Sie ja wohl nicht erwarten, dass sich die Gesellschaft um sie kümmert! Damit Sie Ihre Freiheit haben!«, hieß es.

»Ein Kind braucht Mutterliebe! Dass moderne Mütter ihre Verantwortung nicht spüren!«

Allen Verurteilungen muss ich mich entgegenstemmen. Es geht, ganz klar empfinde ich es so, um Geschlechterkampf. Und um Macht. Das Land sucht seine Rolle und Vorbilder in der Vergangenheit. Es fällt mir schwer, inmitten so moralischer Bastionen für Zukunftsvisionen, kinderpsychologische internationale Studien und das Recht, tatsächlich eigene Verantwortung zu übernehmen, Gehör zu finden. Sicher treffe ich Mütter, die ähnlich denken, und sie haben es schlechter als ich, die ich von Haus aus mit Argumenten und Diskussionsgrundlagen gut vorbereitet bin. Sie hingegen sind mit Normen aufgewachsen, die sie unter brennenden Gewissensqualen selbst brechen müssen. Aber es ist nicht leicht, gegen Überzeugungen Stellung zu beziehen, die im näheren Umkreis mit moralischer Indignation als Argument vorgetragen werden – und mit den Wortführern in der Gesellschaft als richtender Instanz. Und außerdem gibt es ja den ausschlaggebenden Hinderungsgrund: die Verantwortung für das eigene Kind. Die besteht.

Meine Nachbarin erzählt stolz, dass ihre kleine Tochter wirklich keine schlechte Betreuung in irgendeiner Aufbewahrungsinstitution zu bekommen brauche, die Schule beginne schon früh genug. Welch schlimmen Erfahrungen haben hier Pate gestanden? Es gibt tatsächlich Ganztagsplätze, reserviert für Kinder, deren Mütter sich

»aus sozialen Gründen nicht um ihr eigenes Kind kümmern« können, aber zu denen will man schließlich nicht gezählt werden!

Ich schreibe an meine Mutter und berichte ihr von diesem täglichen Gegenwind. Ich beschreibe die Widerstände als »lustige Geschichten«, auch um die beunruhigende Wut zu beherrschen. Ich möchte auch nicht mein neues Land anschwärzen, das ich schließlich zu dem meinen machen will und das so viele Probleme zu lösen hat. Sie antwortet, dass sie genau wiedererkenne, wie dieses Gespaltensein sich anfühle, und wie unmöglich es sei, im eigenen Alltag konsequent zu sein. Sie teilt mir auch die einfache Wahrheit mit, dass es in der Geschichte der Menschheit noch nie so eingerichtet war, dass ein einsamer Erwachsener mit einem einsamen Kleinen in einer einsamen Wohnung sitzen soll, abgegrenzt von anderen – »the silent killing« –, und bietet mir dadurch einen willkommenen Gegenpol zum Schuldgefühl. Nämlich, dass ich ja eigentlich in der gegebenen Gesellschaftssituation gute Arbeit leiste. Das ist wichtig, um auch das nahe Beisammensein und die Verantwortung ohne Qual genießen zu können, um den Reichtum im Dasein zu sehen.

Aber dann finde ich eines Tages, endlich, nach vielen Erkundigungen und mehreren Rückschlägen Tante Hansi! Sie geht ein wenig gebückt, trägt schwarze Schnürstiefel an den Füßen und hat schönes, silbergraues Haar. Zwei strahlendblaue Augen leuchten aus ihrem Gesicht. Von der Gemeinde hat sie die Erlaubnis bekommen, oben im Stadtwald eine Holzbaracke zu benutzen. Der Spaziergang dorthin mit fast zwanzig Kindern, die unter ihrer Leitung durch die Buchenwälder traben, dauert eine Stunde.

Mitten im grünen Wald gibt es eine Pause mit Ringelreihen und Gesang, Blumen- oder Blätterpflücken, Schneeballschlachten oder Kastaniensammeln – je nach Jahreszeit. Tante Hansi kann aus Tannenzapfen und Eicheln Hähne, aus Kastanienschalen Igel und aus Bucheckern, Vogelfedern und Farnwedeln lustige Männeken basteln. Sie kennt die Namen aller Blumen, Bäume und Vögel. Sie antwortet auf alle Fragen der kleinen Entdeckungsreisenden. Immer reicht die Zeit für eine kleine Ruhepause, und wenn es regnet, kann das Häuschen benutzt werden. Die Kinder packen dann zusammengeklappte Brothälften mit Käse oder Wurst, einen Apfel und eine Tasse aus den kleinen mitgebrachten Butterbrottaschen aus. Tante Hansi ist verantwortlich für die Milch, die sie auf dem Weg zum Wald in einer Aluminiumkanne aus einem Milchgeschäft holt.

Dann geht es wieder nach Hause, mit Gesang und Wanderspielen. Die Kinder werden einzeln nach Hause gebracht, und nach einer weiteren Stunde Rückweg kehren sie zufrieden und ermüdet heim, voller neuer Eindrücke und Erzählungen. Wir freuen uns, für unseren robusten Kleinen, der für allzu enge Räume nicht besonders geeignet ist und dem die vorherrschende Mutterideologie nicht ausreichend viele Erlebnisse bietet, diese Lösung gefunden zu haben. Allein mit Mama in einer klitzekleinen Wohnung zu sein: er findet nicht, dass das für ein Kind am besten sei – aller Mutterliebe zum Trotz. Er will hinaus, die Welt sehen und Freunde finden. Eigentlich ebenso sehr wie ich! Bei Tante Hansi werden die Kinder abgehärtet wie die Freilandschafe, die üblichen Infektionen gehen zum großen Teil an ihnen vorüber.

Als das zweite Kind groß genug geworden war, gab es keine Tante Hansi mehr. Die moderne Pädagogik hatte ihr definitiv den Rang abgelaufen. Aber es gab mehr Kindergärten, von deren Wert nun auch die meisten Mütter überzeugt waren. Aber an dem straffen dreistündigen Zeitplan wurde noch immer festgehalten – und besonders die kirchlichen Träger beharrten auf dem Recht der Kinder, von »Mutter« nicht länger getrennt sein zu müssen. Wieder war es die »Mutter«, die durch alle Diskussionen spukte. Die neuesten pyschlogischen Muttertheorien aus den USA waren weitverbreitet, vor allem René Spitz und Harry Harlows empirische Versuche mit kleinen Affenkindern, die eine warme Affenmutterbrust einer mit Eisendraht versehenen Flasche vorzogen.

»Um das zu finden, braucht man ja wohl kein Affenkind zu sein«, sagt meine kluge kleine Tochter, nachdem sie die Erklärung für all die Bilder erhalten hatte, die in der Presse gezeigt wurden. Mit drei Jahren auf dem Buckel kann man auch in der Wissenschaft übliche subtile Unterdrückungsmechanismen nicht verstehen, glücklicherweise!

Nachdem ich dem Tante Hansi-Kind zum Abschied gewunken habe, renne ich wie eine Besessene zu dem Job, den ich gefunden habe. Ich soll bei einer Feldstudie Ursachenforschung betreiben. Untersucht werden soll, warum Frauen, die sich zur Volksschullehrerin haben ausbilden lassen, oft direkt nach dem Examen oder nach einigen wenigen Jahren im Dienst aufhören. Der Lehrermangel ist groß. Das Kultusministerium muss Lösungen finden. Meine Arbeit wird stundenweise bezahlt – etwas anderes kann ich nicht bekommen. Der Verdienst wird steuerlich als Ergänzung des Einkommens meines Mannes behandelt. Rein gesetzlich gehört er noch immer ihm. Ich denke nicht daran, dass für mich keine eigenen Versicherungsbeträge bezahlt werden, keine sozialen Vergünstigungen genutzt werden können oder Pensionsansprüche gesammelt werden. An Ungerechtigkeit denke ich nicht. Ich bin froh über die Aufgabe. Mein Chef, Willy Strzelewicz, ist ein inspirierender Soziologieprofessor, der aus Schweden, wo er als politischer Flüchtling lebte, nach Hause zurückgekehrt ist.

Im Bundesland Niedersachsen gibt es neun Lehrer-Studienseminare, acht staatliche und ein katholisches. Nachdem H. die Möglichkeit bekommen hat, nachmittags einzuspringen, um sich um den Jungen zu kümmern, muss ich zuerst mit dem Zug in alle Himmelsrichtungen fahren, um zu allen hinzufinden. Ich soll eine Stichprobe an 800 Lehramtskandidatinnen machen, die ihren Lehrerberuf kurz nach dem Examen an den Nagel gehängt haben. Es sind alles Frauen. Danach soll ich ihre Bewerbungsunterlagen und ihre Kündigungsschreiben ausfindig machen. Warum haben sie aufgehört? Dass sie heirateten, Kinder bekamen und deswegen aufhörten, kann ich unschwer auch im Kopf ausrechnen, und ich kann mir auch Lösungen für dieses Problem vorstellen. Aber dieser Teil gehört nicht zu meinem Auftrag. Nach Vorlage dieser Untersuchung durch meinen Professor kam es jedoch zu einer Reform, die Lehrerinnen, die ein Kind bekommen hatten, eine auf drei Jahre garantierte Beurlaubung bot. Das war der Anfang zur Einführung des Erziehungsurlaubs.

Nach dem Hin-und-Her-Reisen muss ich in meinem Arbeitszimmer an der Universität Göttingen sitzen und die 800 Lehrerinnen in Altersgruppen, nach Schulbildung, Zensuren, Herkunft, Berufs- und praktischer Erfahrung und anderen Hintergrundinformationen einteilen. Alle hatten sie mit ihren Bewerbungsunterlagen einen handgeschriebenen Lebenslauf eingereicht. Da sitze ich mit achthundert Schicksalen vor mir. Oben in der rechten Ecke eines jedes Bewerbungsschreibens gibt es ein Foto der jungen Frau, deren Bedingungen ich mir vorzustellen versuche. Sie sitzt als Hausfrau mit Kindern jetzt irgendwo im Lande, ohne zu wissen, dass ich versuche, ihrem Leben auf die Spur zu kommen. Keine meiner jungen Lehrerinnen ist nach 1944 geboren, die meisten während des

Krieges, alle während der Nazizeit. Für mich bedeutet das zunächst einmal das Lesen Tausender von Seiten, alle in sauberer, schöner Handschrift geschrieben. Das lässt mich, die ich in Schönschreiben immer mit einer fünf gekämpft habe, vor Bewunderung schwindeln. Hinter einer jeden dieser Handschriften befindet sich eine junge Frau, die ebenso alt ist wie ich.

Ich werde erneut in ein Meer deutscher Gegenwartsgeschichte gestürzt, die ich in den Griff bekommen soll. Genau wie damals, als 10 000 »Spätheimkehrer« aus sibirischen Gefangenenlagern zurückkamen und ich beim Kartoffelschälen Zeugin dessen wurde, was dieses Land durchgemacht hatte und was Menschen während des langen Tausendjährigen Reiches hatten aushalten müssen, bekomme ich hier die Szenarien der Töchter, die Erfahrungen der nächsten Generation. Der Töchtergeneration!

Sachlich und in chronologischer Folge schildern diese Frauen, die mir von den Passbildern so keck und »bewerbungsmutig« entgegenschauen, Meilensteine in ihrem Leben. Diese »Meilensteine« dienen oft als Entschuldigung für schlechte Zensuren, abgebrochenen Schulbesuch, verlorene Schulzeugnisse und persönliche Papiere – oder als Erklärung dafür, warum sie gerade den Lehrerberuf gewählt haben. Ich lese von: Bombenangriffen, Evakuierungen, Brandnächten, verlorenen Vätern und Brüdern, Flucht vor brennenden Granaten über Äcker, Felder und Wasserläufe, tage-, wochen-, monatelang, über abgebrochenen oder zusammengestoppelten Schulbesuch hier und da, Einquartierungen und Hunger. Krankheiten auf Grund von Unterernährung, Versuche, nahe Stehende und damit Lebensunterhalt für die Familie zu finden, werden als Etappen des eigenen Lebens beschrieben. Die Rolle der Mütter für das Überleben wird überdeutlich. Die Frauen hinter diesen voll geschrieben Seiten berichten seitenlang über all das – als ob es eben einfach so gewesen sei, ohne Klage, Protest oder Analyse. Diejenigen, die geschrieben haben, kommen aus verschiedenen Teilen des ehemaligen »Deutschen Reichs« – manchmal sogar aus der Tschechoslowakei, Estland oder anderen Ländern mit deutscher Bevölkerung, die geflohen war. Sie drücken sich meist sachlich und positiv aus:

»Wir hatten Glück, Vater kam zurück.«

»Nachdem die Schule abgebrannt war, konnte mir meine Großmutter Lesen und Schreiben beibringen.«

»Meine beiden Schwestern starben, meiner Mutter gelang es jedoch, mich zu retten.«

»Meine Eltern habe ich seitdem nicht mehr gesehen, aber im Kinderheim wurde gut für mich gesorgt.«

»Wir konnten weiter in der stehen gebliebenen Hälfte unseres Hauses wohnen.«

»Wir bekamen die Erlaubnis, im Keller meiner Tante zu wohnen, wo es Essensvorräte gab, die meine Mutter nutzte.«

»Ich spielte mit meinen kleinen Schwestern jeden Tag Schule, damit sie nicht allzu sehr zurückblieben.«

»Meine Mutter und ich kamen mit ins Aufräumungslager und bekamen dadurch Essensrationen.«

»Mein Vater starb an den Folgen, aber in derselben Nacht gelang es meiner Mutter, mit uns zu fliehen.«

»Mein Vater, den ich nie gesehen hatte, kam nach Hause und war nach einiger Zeit wieder arbeitsfähig.«

»Meine Mutter hatte es schwer, brachte mir jedoch bei, dass die Kriegsgefangenen auf dem Hof Menschenwürde besaßen.«

»Meine Mutter und meine beiden Großmütter zogen zusammen und kümmerten sich um uns.«

»Mein Vater kam als Kriegsblinder zurück, daher war meine Mutter froh, eine feste Arbeit gefunden zu haben.«

»Ich kam in eine Kinderkolonie, um mich herauszufuttern, und dort konnte ich auch die verlorenen Schulkenntnisse wieder aufholen.«

Ich lese, mache mir Notizen, lese – es scheint niemals ein Ende zu geben. Auf dem Heimweg, an der Bushaltestelle, im Bus schaue ich jeden Tag in Gesichter aus meiner Altersgruppe und sehe gewissermaßen die Frauen, die aus den Unterlagen zu mir gesprochen haben. Und dennoch weiß ich, dass sie nicht von ihren nächtlichen Albträumen, ihren Schreien im Schlaf, ihrer Angst, die nicht vergangen ist, sondern im Erwachsenenleben hervorkriecht, berichtet haben. Später in meinem Berufsleben erhielt ich ausreichende Beweise dafür, wie Menschen von dem, was verdrängt worden ist, verfolgt werden. In den Lebensberichten, die 1962 vor mir liegen, kann ich mich zwischen den Zeilen nur ratend an das herantasten, was diejenigen, die damals Lehrerinnen werden wollten, als Kinder erleben mußten.

Nach der Tageslektüre eile ich zu der Straßenecke, wo genau um zwölf Uhr mein kleiner Wanderer zu stehen pflegt. Ich bin froh, mich ihm und meinem praktischen Familienleben widmen zu können, vielleicht gerade deshalb, weil meine Altersgenossinnen, die Lehrerinnen werden wollten, noch immer in mir ziehen und zerren, sich in meinen Gedanken befinden.

Tante Hansi kommt aus dem östlichen Pommern. Ich lade sie zum Kaffee (»Bohnenkaffee«!) ein und lerne sie als einen der wirklich guten Menschen kennen. Sie war ursprünglich Kindergärtnerin und an dem berühmten Fröbel-Institut in Blankenburg ausgebildet worden, einem Begriff in die Geschichte des Kindergartens. Später wurde sie als Begleiterin für Kindertransporte von Kinderheim zu Kinderheim, kreuz und quer durch die östlichen Teile Deutschlands und die besetzten Länder, zum Kriegsdienst einberufen. Sie erzählt, dass sie noch immer Magenschmerzen bekomme, wenn sie einen Schlagbaum oder Grenzbeamte sehe. Solange es diese gebe, wolle sie nirgendwohin reisen.

Kurz vor Ende des Krieges erlebte sie, wie die Kinder – die Kinderheime in Brandenburg, wo sie zuletzt untergebracht war, befanden sich plötzlich auf der Seite der Russen – zu Großtransporten zusammengefasst wurden. Sie war geblieben und bekam nun den Befehl, die Kinder für die Abfahrt in Richtung Minsk fertig zu machen. Bis zuletzt versuchte sie, zu trösten und hilfreich zu sein. Sie hatte gewinkt und geweint, als die sowjetischen Busse mit den deutschen Heimkindern weggefahren waren. »Aber wäre ich nicht geblieben, bis man sich um sie kümmerte«, hatte sie gedacht, »wer in aller Welt hätte sich ihrer dann wohl angenommen, dort im Land der Verwüstung?

Sie waren übrigens freundlich zu den Kindern, die Russen. Ich glaube fast, sie nahmen die Kinder, um richtige Russen aus ihnen zu machen, nicht als Strafe, sondern auf eine etwas merkwürdige Weise aus Fürsorge. Der Hunger war schließlich auch zu groß, wir hatten bereits Kinder verloren. Sie sahen so klein und elend aus.«

Sie selbst hatte zuletzt einen Passierschein erhalten, um zurück nach Westdeutschland kommen zu können.

»Ich weiß in Wirklichkeit nicht, wie das ging, es war ja eigentlich unmöglich«, sagte sie, noch immer mit Verwunderung in der Stimme. Irgendein Zuhause, wohin sie hätte zurückkehren können, hatte sie nicht mehr.

Der Kriegsdienst war endlich zu Ende. Sie suchte Arbeit in einer Familie. Als die Kinder dort groß waren, begann sie mit der Kindergruppe im Freien, denn die Rente reichte nicht aus.

»Der Kriegsdienst und die Arbeit in der Familie die letzten fünfzehn Jahre brachten keine Rentenansprüche, und geheiratet hatte ich nicht. Ich wurde schließlich so sehr bei den Kindern gebraucht«, sagte sie ein wenig müde, ohne jedoch eine Spur von Enttäuschung sichtbar werden zu lassen.

Tante Hansi bleibt die fröhlichste, ruhigste Erzieherin, der ich je begegnet bin, aber natürlich wurde ihre Bescheidenheit von allen auch ausgenutzt. Ich denke darüber nach, was Güte ist: Der gute Mensch, der so stark ist, so bereichernd, wird jedoch auch so grundsätzlich ausgenutzt.

»Ich tue, was ich kann, solange ich noch kann«, sagt Tante Hansi mit einem Lächeln, das Tausenden von Kleinen und Großen geholfen hat.

Jahre später hörte ich, dass Tante Hansi Sozialhilfe beantragen musste, um den letzten Teil ihres Alters zu überstehen. Sie hatte das zu vermeiden versucht, hatte sich dafür geschämt. Sie wollte niemandem zur Last fallen, sie, die immer anderen geholfen, immer gearbeitet hatte. Bis dahin hatte ich nicht daran gedacht, dass sie sich ohne Arbeitsvertrag oder Anspruch auf Rente um unsere Kleinen kümmerte. Obwohl mir bewusst wird, dass ich es hätte wissen oder zumindest danach hätte fragen müssen, als ich ihr 20 DM im Monat dafür bezahlte, dass sie sich meines unbändigen Kindes so gut annahm.

Ich wusste damals noch nicht viel darüber, wie man das »deutsche Wunder« an denen vorübergehen ließ, die alles zusammengehalten hatten, die ihren »Dienst« getan hatten, die nicht an sich hatten denken können, weil sie für andere gebraucht worden waren. Später erfuhr ich mehr darüber. Und ekelte mich immer mehr davor, wenn man am Muttertag mit zunehmend größeren Blumensträußen, Reden und Verbeugungen der Chefs an ihren großen Einsatz erinnerte, während man sie politisch ignorierte. Die Ellenbogengesellschaft behauptet, es seien private Schicksale, welche diese Frauen aushalten müssten.

Kaum ein Sachbuch über die Nachkriegszeit erwähnt Frauen oder ihren Arbeitseinsatz. Die Romane, die in den Sechziger- und Siebzigerjahren die schwere Zeit thematisieren, sind voll von Männern.

Werden von Männern erzählt, verlegt, rezensiert. Ihre Geschichte ist es, die berichtet, zumeist jedoch von Frauen gelesen wird, glaube ich. Ich höre diese Frauengeschichten – aber sie finden, dass ihre eigenen Geschichten nichts wert seien oder dass sie nichts erreichten. Eine Ausnahme, in der die ganze vaterlose Gesellschaft beschrieben wird, finde ich in Heinrich Bölls Roman »Haus ohne Hüter«, in dem die Frauengeneration, die ALLES tat, aber nie gesehen wurde, als stark und ideenreich festgehalten ist.

Mehrere Jahrzehnte später, es ist 1986, erzähle ich einem Mitreisenden im Zug nach Bonn von Tante Hansi. Ich will zu einer Konferenz über die Rentenansprüche älterer Frauen, der so genannten »Trümmerfrauen«, welche die Ruinen wegräumten. Ein erster Durchbruch war geschehen. Der Vorschlag, den die ach so frauenfreundliche Regierung vorgelegt hatte, sah vor, dass die Mütter, die jetzt das Rentenalter erreichten, als erste einen Rentenzuschuss von 25 DM im Monat pro Kind erhalten sollten, wenn sie nachweisen konnten, dass sie sich die ersten zwölf Monate ohne anderen Verdienst um ihr Kind gekümmert hatten. Im ersten Entwurf zu dieser Einführung einer Rentenberechnung für das erste Jahr der häuslichen Kinderbetreuung waren alle vor 1926 geborenen Frauen unberücksichtigt geblieben: Vor der Gruppe, die auch die größte Anzahl der Sozialhilfeempfänger in Westdeutschland ausmachte, hatte man geglaubt, wie üblich vor traditionell diskriminierenden Einsparungen die Augen verschließen zu können. Die unsichtbaren alten Frauen – die geehrten Mütter!

Als das bekannt wird, fegt eine tosende Welle weiblicher Empörung über das Land. Nun bin ich unterwegs und soll die Frauenbeauftragten meines Bundeslandes auf einer politischen Konferenz zur gerechteren Finanzierung, ohne Ausschluss der Allerältesten, vertreten.

Der Zug nimmt sich Zeit auf seinem Weg durch das Rheintal. Hinter Koblenz kommt ein Gespräch mit dem Mann mir gegenüber in Gang. Als er fragt, ob er sein Jackett ausziehen dürfe (»Höflichkeit alten Stils Damen gegenüber«, denke ich), höre ich seinen starken russischen Akzent, und dann ist das Gespräch da. Der Mann holt einen alten makulierten Pass hervor, ausgetrocknet und abgenutzt. Da steht: Pjotr Junfinowitsch Scharikow.

»Das war ich«, sagte er, während er einen schönen, neuen, grünen Pass aufschlägt. »Und dies hier bin ich! Erich Sperik, geboren 1939!«

Er strahlt mich an – »wie neugeboren«, denke ich. Er, Erich oder Pjotr, erzählt holprig in seinem Russisch-Deutsch, dass er nun nach der Perestroika endlich die Möglichkeit erhalten habe, »nach meinem Leben zu suchen.

Wir sind aus deutschen Kinderheimen nach Russland gekommen. Wir fuhren mehrere Tage in Bussen. Die Sprache war zuerst so merkwürdig, aber die Schwestern waren freundlich und fürsorglich. Ich wuchs in Minsk auf und erhielt eine Ausbildung als Klempner. Wir aus dem Kinderheim in Brandenburg haben, nachdem wir erwachsen waren, den Kontakt zueinander verloren. Das Protokoll, die Transportlisten, die Verwaltungsregister weisen 80 Namen von Kindern auf, die in mein russisches Kinderheim gebracht wurden, alle damals zwischen 4 und 13 Jahren. Ich habe die Akten jetzt einsehen können.«

Und dann erzählt er weiter, wie er lernen musste, Stalin zu lieben, wie die Kinderschwestern sie umarmten und lachten, wenn sie auf Russisch dumme Fehler machten. Wie sie versuchten, herauszufinden, wo sie hergekommen waren. Und eines Tages dann, als er größer geworden war, war er unerwartet zum Rektor bestellt worden und hatte seine Akte einsehen dürfen. Da stand es: Erich Sperik, geboren in Chernvakhovki (Insterburg) am 2.9.1939.

»Ein Blitz durchfuhr mich«, sagt er. »Verstehen Sie, wie sich das anfühlt? Innerhalb einer Sekunde ein anderer zu werden? Ein anderer, als man bis dahin gewesen ist?«

Als Erwachsener begann er, nach seiner Herkunft zu forschen. Er schrieb an das Rote Kreuz in Moskau um zu hören, ob man seine Verwandten ausfindig machen konnte.

»Aber da ich sowjetischer Mitbürger war, bearbeiteten sie meinen Antrag nicht«, sagt er und fügt hinzu: Immer, wenn ich versuche, an meine Kindheit zu denken oder mich an meine Eltern zu erinnern – ich war immerhin sechs Jahre, bevor ich russisch wurde, und war nur etwas über ein Jahr in dem deutschen Kinderheim gewesen – da türmt sich so etwas wie eine große Wolke in meinem Kopf.«

Nun sucht er, hat seinen ursprünglichen Namen wieder angenommen, hat Visum und Pass bekommen, um »mein Leben zu suchen«, wie er immer wieder sagt. Er hat seine russische Lieblingsschwester aus dem Kinderheim gefunden, die ihm bei der Suche eine große Hilfe wurde. Er hat andere aus seinem Kinderheim gefunden. Sie haben sich zusammengetan.

»Wir müssen weitersuchen«, sagt Erich Sperik. Da erzähle ich ihm von Tante Hansi.

»Ja, was wäre aus uns geworden, wenn es nicht auch gute Menschen gegeben hätte?«, sagt er da.

Spurensucher und Wurzeln

Zwei Wochen vor der Dresdenreise war ich auf einem EU-Treffen in Brüssel gewesen. Dort hatte man im Rahmen einer Konferenz in der Pause die Frage diskutiert, ob es möglich sei, politische Verantwortung zu empfinden, wenn man nicht Teil der Bevölkerung ist, um die es geht.

Würden diejenigen, die angeflogen waren und nun eine schwedische Volvo-Fabrik in Gent bauen oder für die McDonald's-Kette in nordhessischen Kleinstädten Innenstadthäuser aufkaufen wollten – alle, die um der Expertise und des Geldes wegen kommen und gehen – irgendeine wirkliche Zukunftsverantwortung empfinden können für die Städte, bei deren Umplanung sie zugegen sind? Für die Menschen, die dort wohnen? Kann eine instrumentelle Planung von oben ohne eine gefühlsmäßige Verankerung von innen funktionieren? Verantwortung für die Gesellschaft entsteht doch wohl erst, wenn man sich als Teil der Region versteht, in die man eingreift.

Wir kamen überein, dass man nur Verantwortung empfinden kann, wenn man mit den Menschen, um die es geht – großen und kleinen, alten und jungen, Frauen und Männern –, zusammenlebt. Geht man ohne Wurzeln weiter in eine Gesellschaft hinein, sieht man den Menschen wohl nur als Funktion, als Konglomerat von Funktionen. Die Menschen werden zu statistischen Aggregaten. Kommt man von außen, schwimmt man oben und ist nicht gezwungen, hat auch nicht einmal die Möglichkeiten oder den Wunsch, sozial verantwortungsvoll zu denken. Es ist dann leicht, die Rechenexempel, die Gewinnmöglichkeiten losgelöst von den Betroffenen zu sehen. Die Menschen werden zu Objekten, nicht Subjekten.

Die Beteiligung der Frauen ist gerade deshalb eine Notwendigkeit – wie sollen die ihnen zugewiesenen Verantwortungsbereiche, ihre Perspektiven sonst in die Entscheidungsfindung eingehen, ihre Erfahrungen, die mit der Übernahme der täglichen sozialen Verantwortung einhergehen? Warum fällt es Frauen so schwer, sich politisch Gehör zu verschaffen?

Und warum glauben diese Männer, dass sie die Entwicklung allein schaffen? An wessen Zukunft denken sie? All diese Aktentaschenträger, die mit ihren internationalen Gewinnberechnungen und Investitionsplänen um die Welt fliegen, diese Männer, die so entscheidend für Menschen sind, für die sie aber kaum Verantwortung empfinden, müssen begreifen, dass für zukunftsgerichete Beschlüsse Verankerung notwendig ist. Zusammenwachsen, das tut man durch Kinder, durch Verantwortung in der Familie, durch Arbeit in der Gesellschaft, in der man wohnt. Mitmachen. Dass Entscheidungsträger vielfach außerhalb stehen und die »Topjobs« innehaben, ist eine Entwicklung, die viele von uns in Frage stellen.

Nun kommen die Bilder mir entgegen, die Bilder, die diese Überzeugung in mir haben wachsen lassen. Bilder – bunt durcheinander gewirbelt – von meinem Deutschland, von der Wirklichkeit, in der ich mich täglich befinde, Bilder, die zeigen, wie meine Wurzeln wachsen.

Wohnung, Kinder, Familienleben! Ab und zu bekomme ich einen interessanten Job, stundenweise bezahlt, anderes geht schließlich nicht. Ich vervollständige meine Ausbildung, denke daran, in welch hohem Maß die Gesellschaft es als gegeben hinnimmt, dass ich täglich zur Verfügung stehe. Ich kenne die Begrenzungen, lerne die Baupläne und all die kleinen Räume meiner Gesellschaft verstehen. Ich lerne die historischen und politischen Bedingungen, betrachte das Ganze jedoch realistisch und beschwere den Alltag nicht damit.

Ich vergesse jedoch mein Lebtag nicht all den Schmutz und den Dreck und die Schlepperei, all das Flicken und Waschen und Weinen und Placken und Saubermachen und Fensterputzen und Bratpfannenschrubben und den Zank über vieles, was ebenso schnell wuchs wie die Familie. Ich vergesse nicht das unmerkliche Hineingleiten in ein historisch entstandenes System, das eine Neuverteilung der Verantwortung unmöglich zu machen scheint und außerdem diejenigen, die die Verantwortung für all das Unspektakuläre tragen, allein im Kampf stehen lässt, trotz all der potenziell hilfsbereiten Verbraucher, der lieben Fürsorgekonsumenten, und all derer, die ideelle Unterstützung geben.

Kurz bevor die erste Tochter kommt – und das nun auf der Entbindungsstation zweiter Klasse –, ziehen wir aus dem Minidoppelzimmer mit schrägem Dach und der Nachbarschaft, die »unsere Straße« geworden ist, fort. H. fährt zu einer Konferenz nach Rumänien. Die Grenze dorthin ist nach wie vor offen, aber es ist nur noch eine Frage der Zeit, wann der eiserne Vorhang hermetisch abgeriegelt wird. Warum soll H. die Gelegenheit also nicht nutzen? Das Umzugsgut ist mit einem geliehenen Anhänger leicht zu bewältigen. Und der schwarze Kohleofen kommt definitiv nicht mit! Nun wird es in den Zimmern moderne Gasheizkörper (auch schwarz, aber mit Goldrand) geben. Und das Gas braucht ja nicht vom Keller hochgetragen oder mit einer Unzahl feuchter oder abgebrochener Streichhölzer angezündet zu werden. Das Gas kommt aus einer Leitung in der Erde, und wenn man an einem Knopf dreht, sagt es »klick-psscchtt«.

Ich kaufe meinen ersten Kühlschrank und eine Waschmaschine und verspüre Freude am »Haben«. So fühlt es sich an, inmitten eines »Wirtschaftswunders« zu leben, denke ich. Wir haben ein Leihklavier gefunden, das Kleinod der neuen Wohnung – endlich soll H. etwas von den Fertigkeiten, die er als Pastorensohn gelernt hat, vermitteln und genießen können.

Die Wohnung liegt diesmal in einem älteren herrschaftlichen Haus. Es ist eine große Fünf-Zimmer-Wohnung, in der wir drei Zimmer mit Parkettfußboden und zwei großen Balkons bekommen. Die Wohnung werden wir mit Frau Lenz teilen, der alten Witwe, die ursprünglich die ganze Wohnung besaß. Später wohnte sie mit Flüchtlingen und Ausgebombten zusammen, nun hatte man unter die Zwangswirtschaft der Krisenzeit einen Schlussstrich gezogen, und sie durfte frei vermieten. Frau Lenz zeigte mir das Papier, das ihr der Bürgermeister der Stadt 1946 bei der Beschlagnahmung von drei Zimmern zugeschickt hatte:

Männer und Frauen!
23 000 Menschen wollen in unsere Stadt gelassen werden. Ohne Zuhause und Scholle, gezwungen, alles, was ihnen lieb war, zu verlassen ... SAGEN SIE NICHT NEIN.
Männer und Frauen!
Haltet fest an der einzig richtigen Einsicht, dass sie keine Schuld haben ..., sondern einzig und allein die Kräfte, denen sich das deutsche Volk 1933 anvertraute, mit der Folge, dass unser Land nun aus tausend Wunden blutet und in der ganzen Welt verachtet wird. Denkt daran, wenn ihr nun Unterkunft und Brot mit den Flüchtlingen teilen müsst!

Aber noch war die Wohnungsnot nicht beendet. Es war schwierig gewesen, etwas Eigenes zu finden. Mit Frau Lenz teilen wir das Küchenwasser, die Toilette und den langen Flur, der unser Renn- und Purzelbaumspielplatz wurde. Außer natürlich, wenn die gebrechliche kleine Frau Lenz sich hindurchbewegt. Dann müssen wir ihren Eimer oder ihr Tablett ergreifen und ihr behilflich sein.

Ich versuche, den Kommentar des Hausbesitzers zu vergessen – dass wir die ganze Wohnung haben können, wenn sie gestorben ist. »Sie stellt eine Wertminderung dar«, hatte er gesagt. Aber dann war es auch seine muffige Krämerart, die uns schließlich nach nur drei Jahren erneut umziehen ließ. Der Hausbesitzer wohnt mit seiner herausgeputzten Ehefrau in der Wohnung über uns. Er ist ein äußerst schwieriger Herr, Besitzer des größten Knopfgeschäfts in der Stadt. Unter seinem wohlgekämmten Borstenhaar sieht er wie erstarrt aus.

Nach einigen abgewehrten Anmacheversuchen tritt er mir gegenüber stattdessen als Bevormunder auf. Die unangenehme Art meiner Kinder, auf dem Kies statt auf den symmetrisch ausgelegten Betonplatten auf dem Weg hinaus zur Straße zu gehen, ist das Erste, was kommentiert wird. Was den Weg betrifft, so gelingt es unserem Jungen – genau an dem Tag, an dem wir wieder ausziehen –, die frisch gepflanzten Stiefmütterchen, die in perfekten parallelen Reihen entlang der schnurgeraden Graskante gesetzt worden waren, vorsätzlich herauszureißen. Rebellen werden geboren, wo rohe Macht ausgeübt wird!

Das Saubermachen der »Treppe« ist das nächste große Gesprächsthema. Ein Thema, das sich als unerschöpflich erweist. Die Treppe ist in allen deutschen Mietshäusern der »verwöhnteste« und arbeitsintensivste Teil. Sie muss jede Woche gefegt, mit Schmierseife gewischt, geschrubbt, trockengewischt, eingerieben, gebohnert und nachpoliert werden – nicht zu vergessen, dass auf dem verzierten Treppengeländer bis in die Schnörkel hinein Staub gewischt werden muss. Ganz unten muss man ein säuberlich gefaltetes Scheuertuch hinlegen, das neu aussehen muss, denn die untersten Treppenstufen müssen unablässig trockengewischt werden. Es gibt eine »Hausordnung«, die regelt, wer die Verantwortung für welche Teile der Treppe in welcher Woche hat und wie es gemacht wird. Zwischendurch muss man mit einem frischgewaschenen Tuch ein paar Mal pro Woche über die Treppe gehen.

Die Treppe muss immer glänzen. Am besten vermeidet man, auf ihr zu gehen – zumindest auf dem Weg nach oben oder unten. Kinder mit nassen Stiefeln werden hochgetragen, Hunde sind verboten, damit die Treppe keine Spuren bekommt. Geschieht es unverhofft, dass ein Radieschen aus der Einkaufstasche trudelt oder ein Kind hinaufgelaufen kommt, so ist die Reaktion gewiss: immer gibt es jemanden, der es sieht, und immer ist es ganz entsetzlich. Die Treppe muss immer tadellos glänzend und blank bleiben. Damit bei all den vorkommenden Ausrutschunfällen die Versicherungsfrage nie zu einer Zweifelsfrage wird, steht in allen deutschen Mietshäusern deutlich angeschlagen: »Vorsicht! Die Treppe ist frisch gebohnert. Benutzung auf eigene Gefahr!«

Meine Schwiegermutter wundert sich über meine aufrührerischen Gedanken angesichts dieser Art von missverstandener Sauberkeit. Sie hält sie für selbstverständlich und erzählt, dass sie als Pastorenfrau zwanzig Jahre lang jeden Tag der umständlichen Prozedur folgte, selbst während der Bombennächte, »denn die Gemeindeglieder würden aufhören, an Gott zu glauben, wenn die Treppe nicht vor Bohnerwachs glänzte«. Da gebe ich meinen Trotz auf und beschließe, das Treppenritual als eines von vielen anderen kulturellen Geboten zu sehen. Später, als ich mich an der Universität eingeschrieben hatte, um endlich ein hier anerkanntes Examen zu bekommen, und über Wilhelm Reichs Theorie über die Sexualfrustration als Triebkraft für Neurosen referieren soll, denke ich an die Reinlichkeitsfixierung und kann dem Gedankengang des alten verfolgten Psychoanalytikers gut folgen. Dabei empfinde ich die Befriedigung, den Hauswirt wissenschaftlich als Neurotiker, nicht nur als allgemein übergeschnappt abstempeln zu können.

Das Studium hilft mir, Verhaltensweisen und die dahinterliegende nationale Angst zu verstehen, die, wenn sie hervorbricht, politisch so gefährlich wird. Es gibt so viele Gesellschaftswissenschaftler, die versuchen, jetzt Erklärungsmodelle für die deutsche Geschichte zu finden. Die Autoritätstheorien, die Schuldfragen werden immer wieder bearbeitet. Die Verbindung zu dem, was ich erlebe, ist nicht schwierig. Sogar die einfachsten Alltagserlebnisse werden für mich Beweise für gesellschaftliche Zusammenhänge. In einem kleinen Heft mit dem Titel »Ratschläge für die Hausfrau«, das ich von meinem Drogisten bekomme, ist auf der ersten Seite folgender Brief vom Beginn des Jahrhunderts wiedergegeben:

Meine liebe Tochter,

könnte ich folgende Tugend in so herrlichen Farben schildern und loben, dass es nie aus deinen Ohren verschwindet, sondern vom frühen Morgen bis zum späten Abend in dir ist. Liebe Reinlichkeit und Ordnung über alles. Die Reinlichkeit ist die Beschützerin der Gesundheit, die Wohnstatt der Rechtschaffenheit, die Grundlage aller Schönheit – auch deiner eigenen. [...] Ohne sie wird dein Haus widerwärtig [...] und das ganze Familienleben unbehaglich. Also schütze und pflege diese Tugenden ständig. Spare nie an Wasser, dieser kostbaren Gabe, die Gott dir so billig und reichlich gibt. Spare nie an Seife und stelle Besen, Scheuereimer und Staubwedel nie außer Reichweite. Sie sollst du achten wie der Schmied seinen Hammer, der Tischler seine Säge und der Weber seine Schiffchen. Halte alles, was du hast und was es in deinem Reich gibt, in Ordnung – und auch dich selbst. [...] Beginne so schön mit Fleiß, Sparsamkeit, Reinlichkeit und Ordnungssinn. Du wirst in ihnen bald deine größte Freude empfinden, wenn du nur ausdauernd und mit Ernst danach strebst. Jede Tugend – auch die, welche ich dir nun anrate – lernt man erst schätzen und lieben, indem man sie ausübt.*

Aber dann ist »Hausfrau« auch auf allen Formularen als richtiger Beruf aufgenommen, und bald kommt auch eine feministische Gewerkschaft für Frauen in Gang, die zumindest den Mindestlohn eines Handwerkers verlangt. Das eine bedingt das andere.

Die große eichenbraune, glänzende, saubergeleckte Treppe knackt auch in der Nacht. Das klingt nicht wie ein Dank für die intensive Behandlung. Ich hatte es mir zunächst so vorzustellen versucht. Stattdessen beginne ich mich mehr und mehr zu fragen, ob es nicht spukt, so, wie man es in Gespenstergeschichten gelesen hat. Geht jemand um? Und wer sollte das sein? Von unfreundlich gesinnten Nachbarn höre ich durch Zufall, dass der Vermieter ein Jahr vor Kriegsausbruch das Haus für ein Spottgeld bekommen hat. Ich gehe zum Wohnungsamt im Rathaus und frage nach dem Voreigentümer und nach der Geschichte des Hauses. Ich bekomme knappe

---

*Aus: »Das häusliche Glück«, wiedergegeben in: Ihr Drogist. Rogner & Bernhard. München 1965.

Auskünfte, die den Verkauf 1938 bestätigen – die Stadt hatte das Eigentum »requiriert« und es an den Meistbietenden verkauft.

»Wie hieß der vorherige Besitzer?«

»Isaac Rosenberg.«

In der Einwohnerliste steht »Isaac Rosenberg, Ehefrau Else Rosenberg, geb. Cohn. 1937 ausgewandert.« Ausgewandert? Waren das meine Gespenster?

Einige Jahre später, während der befreienden Siebzigerjahre, finden wir – von einem längeren Auslandsaufenthalt nach Hause gekommen – unser Westdeutschland in Aufbruchstimmung. Endlich entsteht unter der Jugend ein heftiger Widerstand gegen alles Autoritäre, Verdrängte, Bemäntelte – und das in rasender Geschwindigkeit. Nun kommen auch die »Spurensucher«. Sie wollen über Judenverfolgung nicht nur lesen, sondern erfahren, was da, wo sie leben, konkret geschehen ist.

»Grabe, wo du stehst!«, war eine internationale Bewegung für die Aufarbeitung der eigenen Geschichte geworden. In Schweden war das die Heimatgeschichte. In Westdeutschland ist es eine Auseinandersetzung mit dem örtlichen Geschehen während der Naziherrschaft. Die Frage der Kollektivschuld, welche die Deutschen gequält hat und immer quälen wird, wird von einer neuen Generation neu diskutiert. Es können nicht sechs Millionen Menschen in die Flucht gejagt, deportiert und vergast werden, wenn nicht viele andere daran beteiligt sind. Diese nationale Ausrottungskampagne kann nicht nur von einer aktiven Minderheit in der Bevölkerung durchgeführt worden sein.

Die Jüngeren wollen dies nicht länger ungesagt lassen. Findet man auch die, welche sich gewehrt haben, die Befehlen nicht gehorcht, die Menschlichkeit gezeigt haben? Welche politischen Vereinigungen haben den Ausweg gefunden, sich schnell zu Kleingartenvereinen oder Kaninchenzüchtervereinen umzuwandeln? Das heißt »umfunktionieren«, eine neue Funktion geben, um zu überleben – ein deutsches Wort, das sich gehalten hat und das wohl überall da unvermeidbar ist, wo Macht auf Widerstand trifft und Hintertreppen gefunden werden müssen. Ich lerne eine alte Frau kennen, die immer noch vor Stolz glühend erzählt, wie sie während der ganzen Nazizeit eine Liste der örtlichen Mitglieder der Arbeiterwohlfahrt, der sozialistischen Hilfsorganisation, im Schlüpfer versteckt gehabt habe. Sie bildeten einen Sängerchor. Sie kümmerten sich um ihre Mitglieder, so gut es ging, die ganze Zeit hindurch!

Sich auf diese Weise mit der eigenen Geschichte zu beschäftigen, herauszufinden, wie Menschen tatsächlich dachten und handelten, dies in Schulen, Jugendgruppen, Studentengruppen zu diskutieren, um diejenigen, die sich auf der einen oder anderen Seite befunden (oder sich still verhalten) hatten, dazu zu bringen, über diese Zeit zu sprechen – all dies setzt die neue Generation in Gang. Viele helfen dabei. Überall beginnen Lehrerinnen und Lehrer Gymnasialkurse mit einer neuen Art von »Heimatprojekten«, die auch zu Entladungen zwischen den Generationen führen – denn die Anschuldigungen nehmen drastische Formen an. »Trau keinem über 30« steht auf den Transparenten. »Kritikfähigkeit« wird als offizielles Lernziel für die Schulen aufgenommen. Das ist eine Kriegserklärung gegen die trügerische Ruhe. Die Wellen rollen weiter. Am heftigsten werden die Auseinandersetzungen in den Universitätsstädten. Alles wird in Frage gestellt, und die Medien schildern eifrig die immer heftiger werdenden Ausbrüche, mit denen die Jugendlichen die Gesellschaft gerne schockieren. Auch in unserer Stadt sind die Studenten in Aufruhr. Die Universitätsprofessoren werden zu Symbolen der Restauration der Nachkriegszeit.

»Unter den Talaren der Muff von 1000 Jahren« ist einer der Streitrufe, wenn Vorlesungen boykottiert und Seminare gesprengt werden.

Als ich einmal an der Treppe zum Auditorium Maximum der Universität stehe und ein Strom von Studenten vorbeirauscht, um den Rektor am Sprechen zu hindern, kippt der Kinderwagen um. Tomaten und alte Brotreste fliegen uns um die Ohren, und ich bürste die Reste von dem gestickten Kissen fort, auf dem meine jüngste Tochter ruhig weiterschläft. Meine ältere Tochter stellt sich wie immer schützend neben ihre kleine Schwester. Ich versuche ihr zu erklären, was geschieht.

Wir werden alle in die Diskussionen um uns herum mit einbezogen. Endlich weht ein frischer Wind. Aber sind die immer heftiger werdenden Wellen des Hasses ein guter Weg, das eigene Gleichgewicht zu finden und zu einer offeneren und menschlicheren Gesellschaft zu gelangen? Ich halte es für gefährlich, den eigenen Dogmen und einer gewalttätigen Verhaltensweise gegenüber unkritisch zu sein. Ich habe einen tief sitzenden Schrecken und Abscheu vor der Sprache der Gewalt, aber gleichzeitig lässt sie ja so viel Verdrängtes heraus. Überdruckventile, die geöffnet werden.

Auf allen Gebieten bringen die Diskussionen Entladungen mit sich. Wie kann man Sperren sonst brechen, frage ich? Aber wie bricht man gleichzeitig die Tradition der Gewalt? Wie erreicht man ein Gleichgewicht? Erzeugt Gewalt immer Gegengewalt? Ist es das, wovon ich Zeugin werde? Oder wird all das Gute, das jetzt entsteht, siegen – obwohl es mit einer solchen Kraft hervorbrechen musste? Überall entstehen Initiativen.

»Die Spurensucher« sind emsig. Sie zeigen, dass es in unserer kleinen idyllischen Stadt 34 Sammellager für Zwangsarbeiter aus den besetzten osteuropäischen Ländern gab. Alle größeren Betriebe haben sich dieser Sklavenarbeiter bedient, die sich, einmal abgesehen davon, dass sie verachtet und herabgewürdigt wurden, nicht einmal satt essen durften.
Es gelingt, Namenslisten der Zwangsarbeiter zu finden, die in den vier großen Industrieunternehmen der Stadt gearbeitet haben. Man sucht die vielen Begräbnisstätten auf. Von Polen bis in die Balkanstaaten beginnt man nach Überlebenden oder Hinterbliebenen zu suchen. Man verlangt, dass die Unternehmen als kleine symbolische Wiedergutmachung für den unbezahlten Lohn wenigstens Schadenersatz leisten. Die Wiedergutmachung für die vielen, die gestorben sind, für die Säuglingsskelette, die in einem Stadtteil auf der anderen Seite der Friedhofsmauer in einem Gemeinschaftsgrab gefunden werden, kann niemals ausbezahlt werden.

Unsere »Spurensucher« haben Listen der jüdischen Einwohner Göttingens von 1933 erarbeitet. Sie machen ausfindig, welche von ihnen überhaupt noch am Leben sind und wo sie Zuflucht gefunden haben. Sie lernen, mit lokalen Initiativen anderswo, in anderen Städten, in Netzwerken zusammenzuarbeiten. Bereits am 28. März 1933 wurde in der Stadt das erste jüdische Geschäft geplündert. Im selben Monat wurden sechs Professoren und zwei Staatsanwälte jüdischer Herkunft entlassen. Als James Franck, deutscher Nobelpreisträger in Physik, vom nationalsozialistischen Verbot von Juden im Staatsdienst erfuhr, reichte er sofort solidarisch sein Abschiedsgesuch ein. Seine Sekretärin berichtet, wie er vergeblich auf irgendeine Reaktion wartete, aber »nichts passierte, niemand schrieb, niemand rief an, auch nicht aus dem Ausland.«[*]

---

[*]Quelle: Geschichtswerkstatt (Hrsg.): Verewigt und vergessen. Kriegsdenkmäler, Mahnmale und Gedenksteine in Göttingen. Göttingen 1992

> AUSZUG AUS EINEM BRIEF AN DIE GEMEINDEVERWALTUNG VOM 8.6.1944
>
> In den letzten Wochen haben die Klagen über diejenigen Ostarbeiter und deren Kinder zugenommen, die um Nahrung betteln. Mit Tüten, ja sogar mit Säcken ziehen diese Menschen umher, in Lumpen gekleidet, nur um Kartoffeln und Brot zu erbetteln. [...] Trotz einer breit angelegten Aufklärung über den deutschen Menschen scheinen dennoch arme Irre, meist Frauen, diesem umherwandernden Pack ihre letzten Stücke Brot zu geben.
> Über die Polizeieinsätze hinaus bitte ich darum, dass in einer Zeitungsmitteilung klargestellt wird, dass den Volksangehörigen klar gemacht wird, dass diejenigen, welche den Ostarbeitern Brot oder andere Lebensmittel geben, damit rechnen können, ihre eigenen Lebensmittelkarten eingezogen zu bekommen, da sie erwiesenermaßen zu viel haben.
> Heil Hitler
> Ludwig Dette
> (Ortsgruppenleiter)
>
> Aus: Materialsammlung zur Ausstellung »Wir haben doch die Fabriken wieder aufgebaut«. Göttingen Mai 1985.
>
> Als der Krieg zu Ende ging, veranschlagte man, dass 8 Millionen Zwangsarbeiter und Kriegsgefangene in Arbeit standen. Dieses Kapitel der deutschen Geschichte ist in der Bevölkerung verdrängt (»derealisiert« ist das neue Wort für das Phänomen) worden.
>
> Quelle: Dorn, Fred und Klaus Heuer (Hg.): »Ich war immer gut zu meiner Russin.« Struktur und Praxis des Zwangsarbeitssystems im Zweiten Weltkrieg in der Region Südhessen, Pfaffenweiler 1991. – Dahner, Helmut: »Derealisierung und Wiederholung«, in: Psyche 2/90, S. 133f.

1937 war die Universität »judenfrei«. 1939 waren noch 173 Mitglieder der jüdischen Gemeinde in Göttingen. 1942 wurden 138 von ihnen nach Warschau und Theresienstadt transportiert. »Sie wanderten aus«, wie es offiziell hieß. Zwei kehrten zurück.

Man will wissen, wie die alte Synagoge aussah. Seit 1973 steht auf dem alten Platz ein großes, eindrucksvolles Mahnmal in Form eines Davidssterns. Auf Treppen kann man unter dem sechszackigen Aluminiumstern und durch ihn hindurch gehen, der sich in vielen Variationen wieder findet und der das Ganze geräumig und luftig macht. Die Inschrift lautet: »Denn es sollen wohl Berge weichen und Hügel hinfallen; aber meine Gnade soll nicht von dir weichen.« (Jesaja 54, 10)

In dieser Zeit kommen Beweise dafür ans Licht, was in der Nacht des 9. November 1938 geschah, dem Judenpogrom, das so lange unter dem nazistischen Namen »Reichskristallnacht« laufen musste. Schulklassen, Studenten- und Jugendgruppen, Geschichtsvereine sind überall in Bewegung und suchen, interviewen, gehen alte Zeitungsbände, Register und Fotoalben durch – und schaffen einen andersartigen Heimatkundeunterricht. Im Stadtrat werden Gelder bewilligt, um Busfahrten für Jugendliche an erinnerungswerte Stätten in Gemeinde und Kreis zu finanzieren, geführt von Älteren, die erzählen können, und von engagierten Lehrerinnen und Lehrern, die sich eingelesen haben. Durch die Suche findet man Nachkommen alter Göttinger Bürgerinnen und Bürger in den USA, Israel oder anderswo. Sie werden eingeladen, und ihre Besuche tragen dazu bei, den so notwendigen Dialog zwischen den Generationen in Bewegung zu bringen.

Jedes Jahr am »9. November« nehme ich die Kinder, die mitkommen können und wollen, zur Gedenkstunde am Davidsstern mit. Immer mehr treffen sich dort, die der Ermordeten und Verfolgten gedenken wollen und das, was in dieser eigenen Stadt geschehen ist, noch einmal ins Bewusstsein holen. Geschichte wird wirklich, wenn sie die Geschichte der Menschen wird. Und so muss auch an sie erinnert werden.

Als ich an einem sonnigen Novembertag einmal von einer solchen Gedenkstunde nach Hause komme, höre ich meine neunjährige Niki bereits von weitem. Mit schallendem Gesang kommt sie aus der Schule. Kraftvoll schmettert sie das alte volkstümliche Freiheitslied »Die Gedanken sind frei«. Die Lehrerin hat mit ihrer Klasse alle Strophen eingeübt. Da spüre ich unbändige Zuversicht in die Zukunft der Kinder.

Die Gedanken sind frei

Die Gedanken sind frei, wer kann sie erraten?

Sie fliehen vorbei wie nächtliche Schatten.
Kein Mensch kann sie wissen,
kein Jäger erschießen mit Pulver und Blei;
die Gedanken sind frei!

Und sperrt man mich ein im finsteren Kerker,
das alles sind rein vergebliche Werke!
Denn meine Gedanken
zerreißen die Schranken und Mauern entzwei:
Die Gedanken sind frei.

Ich denke oft daran, wie anders und künstlich mein Deutschlandbild ohne die Kinder geworden wäre. Durch sie erlebe ich nicht nur viele menschliche Situationen innerhalb der Familie, in Kindergärten, Schulen, Sportvereinen, Elternvereinigungen, Stadtteilgruppen, Sommerfesten, Theatervorstellungen, Zeltlagern und noch vielen anderen Netzwerken. Sie vermitteln mir auch größere Einsicht und Verständnis für dieses Land, als es irgendwelche Studien hätten tun können. In Büchern fehlt immer so viel.

Einmal fand ich die Worte, die Carl Snoilsky, der große schwedische Schriftsteller, 1889 über meine Stadt geschrieben hatte – und merke, dass die Poesie meines Lebens eine völlig andere ist. Er schrieb:

Stilles Göttingen, wo Musen traulich
wohnen und bauen
hinter lauschig schattiger Bastion!
Auf den alten
Festungswällen, Promenaden geworden
stehen Linden, eine Garnison des Friedens!

Aber auf Mauern, kaum von der Erde sich erhebend
zielen Blicke,
dorthin gezogen durch marmorfelsige Schrift;
Namen, hoch auf dem Arm des Ruhms getragen,
haben hier den hellen Morgen oder friedlichen
Abend der Ehre gesehen.

Göttingen, gegen deine grünen Wälle

schwillt gedämpft
das schlaflos wilde Brausen der Fehde und des Tands;
tief unten
funkelt zwischen Holunderbuschen
die Studienlampe in des Gelehrten Haus.[*]

»Dort hat die gelehrte Person gesessen«, denke ich fast ein wenig böse, »und direkt in die Luft hinaus gedichtet. Diese Zeit hätte ich auch gern zur Verfügung. Dann würde ich bestimmt auch ein Bild geben können, aber das wäre nicht so friedlich, sondern voller quicklebendiger Strömungen. Carl Snoilsky sitzt da auf gelehrter Männer Weise und lässt andere sich um den Rest kümmern.«

Auf den »Promenaden gewordenen Festungswällen« gehe ich, laufe ich mit meinen Kindern Hunderte von Malen. Mit oder ohne Kinderwagen. Auf dem Weg zu verschiedenen Kindergärten, Jahrmärkten, Karussells, Zuckerwatte, gebrannten Mandeln, Kasperletheater, Weihnachtsfeiern und Volksfesten, auf dem Weg zu H.s Institut, »wo Papa arbeitet«, zu Kindertheater, Zirkus und Erster-Mai-Zug.

Immer, wenn wir uns die Zeit nehmen, zu Fuß zu gehen, nehmen wir die Runde über den Wall, die Stadtmauer aus dem 13. Jahrhundert, welche die mittelalterliche Stadt »hinter den sieben Bergen« umschließt. Wie verschieden die Wirklichkeiten doch sind! Und mir wird klar, wie die ganze Umgebung, mit all ihrer Geschichte und Gegenwart, sich verändert, vor Leben braust, wenn man sie auf diese Weise entdecken kann.

Als ich mit Familie und Freunden in den Buchenwäldern umherstreife, wird mir immer stärker bewusst, dass ich Wurzeln geschlagen habe. Es hat etwas gedauert, bis ich mich an eine Landschaft ohne Wasser, ohne See oder ungezähmten Fluss gewöhnt habe, akzeptiert habe, dass eine Landschaft trotzdem schön sein kann. Die Warnschilder vor dem »Todesstreifen« lassen uns einen Kompass verwenden, halten jedoch auch das Bewusstsein für das Geschenk der Freiheit wach. Wir wandern von einer Ritterburg zur anderen. Die Kinder haben kleine Rucksäcke mit Apfelsaft und Butterbroten dabei. Wir spielen in den moosigen mittelalterlichen Ruinen, wir klettern, wo wir nicht klettern dürfen, wir lernen, wie innere

---

[*]Übersetzung: B. Sellinat

Mauer und äußere Mauern in einem ausgeklügelten System verbunden sind, und wir suchen nach den verfallenen Ziehbrunnen. Wir schlängeln uns durch Waffengänge und Wallgräben, entdecken Reste von Zugbrücken.

In einem unserer Ausflugswälder finden wir ein vergessenes Freilichttheater, sinnreich eingelassen in die steilen Klippen, die sich als rotbraune Wände von den Sitzplätzen des gedachten Publikums erheben, die unter wild wachsenden Büschen verschwunden sind. Dort spielen wir unsere eigenen Märchenfassungen. Dornröschen huscht auf die Spitze der Klippe hinauf, in einem Anorak, der als Sammetkleid dient, und mit einem geflochtenen Kranz aus Mehlbeeren als Krone. Sie legt sich schlafen – und sieht fröhlich zu, wie der Prinz klettert und klettert, gegen die hundertjährigen Rosenhecken ankämpft.

Der Schneiderbursche des Märchens spielt seine Streiche, aber unsere pfiffige Prinzessin sieht dennoch zu, dass niemand sie zur Braut bekommt – und auch nicht das halbe Königreich. Hänsel und Gretel entledigen sich schnell ihrer Eltern und sperren genüsslich die Hexe ein, die sie mit Trauben schwarzer Fliederbeeren mästen. In der Gastwirtschaft des Nachbardorfs höre ich, dass vor einhundertfünfzig Jahren die alten Frauen hier in den Dörfern die Märchen sammelten und dafür entlohnt wurden, wenn sie sie an die gelehrten Professoren Grimm ablieferten. Eine der alten Frauen konnte sogar schreiben und bekam etwas mehr Geld für die Niederschrift dessen, was die anderen erzählten.

Das Feudalsystem, die verlorenen Bauernkriege, der verarmte Adel, der gegen die wachsenden Städte ankämpfte, der Anteil der Kirchen am Machtkampf, alles, was so anders als die Geschichte war, die ich gelernt hatte, wurde deutlicher mit den Erklärungen für die Burgen der Raubritter: Diese Raubritter hatten sie gebaut, um sich damit gegen die hereinbrechende moderne Zeit schützen zu können. Die Dörfer der Burg Plesse am Rande der Stadt hatten siebenmal ihre Religion wechseln müssen, weil die Schicksale der Burgherren so wechselhaft waren und die Macht hierhin und dorthin umverteilt wurde.

Göttingen war ebenfalls siebenmal von Kleinfürsten und mächtigen Rittern angegriffen worden, es war der Stadt jedoch gelungen, die Stadtprivilegien zu erhalten und als aufwärtsstrebende Kaufmanns- und Bürgerstadt Mitglied der Hanse zu werden. In Göttingens altem Rathaus mit Turmhaube und Erkern, noch aus der Zeit vor Columbus' Entdeckung von Amerika stammend, finden wir die Wappen aller Mitgliedsstädte um das Dachgesims der vier Wände gemalt: Göttingen steht an erster Stelle – und Visby an letzter!

Hinter dem Spielplatz entdecken wir einen mit Unkraut und Heckenrosen überwachsenen Steinhaufen mit einem umgefallenen rostigen Schild: »Schwedendenkmal«. In der Stadtbücherei schlage ich nach, wie König Gustav II. Adolf, die Feldmarschälle Wallenstein und Tilly während des Dreißigjährigen Krieges hierher und dorthin über die Hügel und durch unsere Stadt gezogen sind. Während des Krieges starben drei Viertel der Bevölkerung – sie wurden erschlagen, sie verbrannten, verbluteten, wurden gefoltert und vergewaltigt, hungerten zu Tode, starben an Fieber, Typhus und Ruhr und dann Pest. Kinder und Frauen vor allem, wie in allen Kriegen. Für alle Zeiten heißen seitdem Gefängnisgitter im Deutschen »Schwedische Gardinen«. Unsere Kinder statten ihre Freunde mit schwedischen Fahnen aus, und im Eifer des Gefechts hören wir sie singen: »Hier kommen die Schweden mit Krach und Radau …«

Es ist allgemein erlaubt, und die Jungen genießen es, mit Schwert und Donnerkanonen kämpfen zu dürfen, ohne sofort als nazistische Militaristen eingestuft zu werden. Deutsche Jungen mit deutschen Fahnen Krieg spielen zu lassen ist so undenkbar, dass sie nicht einmal selbst darauf kommen. Dankbar verwandeln sie sich hier am Steinhaufen in schwedische Raufbolde und toben sich aus.

Wie hätte es mir gelingen sollen, mehr als nur ansatzweise die historische Vielfalt zu verstehen, wenn ich auf den Mauern der Stadt gesessen und – entschuldige, Snoilsky! – den Rest in Büchern gelesen hätte? Ich danke allen Dichtern, die das getan haben, spüre jedoch, dass ich dank der vielen Ereignisse im bunten Familienleben weitergekommen bin. Und ich entdecke, welcher Reichtum dadurch hinter mir aufgetan wird, etwas, womit man sich identifizieren, wogegen man verstoßen und was man verbinden kann. Die Wurzeln graben sich noch tiefer, verzweigen sich, finden Wasseradern und nährstoffreichen Boden. Eine stille Liebe zu einer Heimat kann wachsen.

Mit einem Stich ins Herz sehe ich wieder das Bild, wie ich zum ersten Mal, nach sieben Jahren hinter den sieben Bergen, versuchte, die deutsche Staatsbürgerschaft anzunehmen. Zuvor hatte ich jedes Jahr zum Ausländeramt gehen müssen, um die Aufenthaltserlaubnis in den Pass gestempelt zu bekommen – ich glaube, es war die reine Bosheit, mit der sie mich Jahr für Jahr zwangen, dorthin zu gehen. Nun stehe ich also vor dem Abteilungsleiter, der sagt: »Ja, aber fühlen Sie deutsch?« Ich starre ihn an. Wie auf einem Röntgenbild sehe ich in seinem Gesicht das Gewimmel von Franken, Slawen, Hugenotten, Alemannen, Juden, Polen, Zigeunern und vielen anderen seiner Vorfahren in ständiger Bewegung.

»Zeigen Sie mir zwei Deutsche, die gleich fühlen!«, antworte ich. Traurig, aber voller Trotz – so bekommt er mich jedenfalls nicht dazu, deutsch zu werden, so nicht! – gehe ich die Rathaustreppe hinunter. Zehn Jahre später, mit all diesen jährlichen Stempeln im Pass, stehe ich wieder im selben Zimmer, diesmal ohne dumme Fragen gestellt zu bekommen. Ich wollte aus freiem Willen deutsch werden. Ich durfte – das hatten die beiden Länder bestimmt – die deutsche Staatsbürgerschaft nicht zur schwedischen hinzunehmen. Es durfte nur eine geben. Zwar machten sie gemeinsam meine Identität aus, aber wieder sollten Formulare und Verwaltungspapiere beweisen, dass ein Mensch nicht das ist, was er ist, sondern das, was in einem kleinen abgegrenzten Feld steht. Meine Wahl war bewusst: Ich hatte tiefe Wurzeln bekommen.

Und ich wollte nicht jemand sein, der danebensteht und urteilt, ohne Verantwortung für das eigene Handeln tragen zu müssen. Diese Freiheit ist keine richtige Freiheit.

Freiheit, dieses große Wort, hat auch mit dem Wagnis zu tun, sich berühren zu lassen.

Teilnehmen

Teilnehmen bedeutet, sich einen Teil von etwas zu nehmen. Es bedeutet auch, ein Teil des Ganzen zu werden. Teilzunehmen – das bedeutet, Teile des Lebens dort zu ergreifen, wo man wohnt. Teile des Lebens, die bei Menschen oft fehlen, die an neue Orte ziehen, die nicht in die Netzwerke hineinkommen, die draußen oder oberhalb bleiben. Dann wachsen keine Wurzeln in den Boden hinunter. Teilzunehmen bedeutet also, sich zu kümmern, sich zu engagieren, zusammen mit anderen beim Formen und Gestalten dabei sein zu wollen.

Nach einigen Jahren mische ich mich in die Lokalpolitik ein, denn irgendwo muss ich sagen dürfen, wie falsch ich vieles finde. So vieles im Alltag der Familien wird aus einer falschen Richtung bestimmt, ausgehend von falschen Bewertungen, einer falschen Realität. Ist man für Kleinkinder verantwortlich, dann weiß man, wo vieles fehlt. Und diejenigen, welche die Macht haben, sehen diese Verantwortungsbereiche nicht. Das ist ausschließlich Aufgabe der Frauen. Das ist paradox! In meiner Umgebung erlebe ich täglich die Gewohnheit der Männer, das Wort zu ergreifen, und das Stillschweigen und den Gehorsam der Frauen, ihre Unsicherheit, wenn es darum geht, sich zu äußern.

Als ich zum ersten Mal, das war im Jahr 1971, an einem örtlichen Parteitreffen teilnehme, liegt das in Wirklichkeit daran, dass ich mich in der Zeitung verlesen habe! Ich möchte einen Vortrag über alte Modelltheater aus Pappe anhören und lande in einem falschen Hörsaal, inmitten einer parteipolitischen Diskussion und Vorstellung des Kandidaten für die nächste Bundestagswahl. Die Frau neben mir nimmt sich meiner an, merkt, dass ich mich nicht zu Hause fühle, erklärt. Dann gehe ich auch auf die nächste Versammlung. Damals fegt Willy Brandts offenere Politik über das Land. Ihm gelingt es, die Jugend, die Friedensaktivisten, Künstler und Schriftsteller, kritische Neugestalter, Männer und Frauen unterschiedlichster Provenienz mit sich zu reißen. Ich spüre den Zusammenhang zwischen den Konflikten, welche die großen Visionen und die lokalen Alltagsprobleme betreffen. Vieles, was geschieht, möchte ich unterstützen. Ich trete in eine Partei ein.

Bald beginne ich die komplizierten Labyrinthe innerhalb von

Parteistrukturen, Ausschüssen und Ämtern, bei Behörden, Hierarchien und Cliquen kennen zu lernen. Hier verschwinden denn auch die Angelegenheiten, die wir vorantreiben wollen, um eine Änderung zu Stande zu bringen. Gemeinsam mit anderen stolpere ich Hunderte und Aberhunderte von Treppenstufen hinauf, um zu denen zu gelangen, welche die »Befugnis« haben oder unsere Wünsche in Protokolle und Anträge hineinschreiben können. Dass die Bürokratie ein einzigartiges System mit vererbten Obrigkeitsmechanismen ist – ein »Staat im Staate«, sagt man selbstironisch –, wird dadurch nicht leichter, dass die Organisation von Bundesland zu Bundesland unterschiedlich ist. Unterschiedlich in Funktionen, Zuständigkeitsbereichen, Verwaltungswegen und Bezeichnungen. Wie in meiner deutschen Schulgrammatik gibt es nicht eine einzige Regel ohne sehr viele Ausnahmen.

Ich wohne im Bundesland Niedersachsen. Mehrere Jahre, nachdem ich angefangen habe »teilzunehmen«, werde ich in den Kreistag gewählt. Im Süden grenzt unser Landkreis an das eher progressive Hessen. Viele Einwohner pendeln, arbeiten oder verschaffen sich eine Berufsausbildung über die Landesgrenze hinweg. Wir vergleichen unser eher konservatives, ärmeres, biertrinkendes Agrarland immer mit dem eher linksrebellischen, weintrinkenden, reicheren und hoch industrialisierten Hessen.

Wichtige Unterschiede waren u. a. dadurch entstanden, dass die Engländer die Besatzungsmacht Niedersachsens gewesen waren und ihre Auffassung von Demokratie hier durchgesetzt hatten, während das Nachbarland Hessen von den USA befreit und besetzt worden war. Die Amerikaner hatten andere Traditionen, mit denen sie die Westdeutschen überzeugten – dieses Volk, das einen demokratischen Staatsaufbau so schnell lernen sollte. Die Amerikaner verlegten die hessische Landeshauptstadt nach Wiesbaden, weil der historische Regierungssitz Darmstadt so zerstört war, dass sie keine Möglichkeit sahen, die Stadt wieder aufzubauen. »[...] die Stadt ist buchstäblich nur noch eine einzige qualmende Ruine dessen, was einst eine reiche und wohlhabende Stadt von 125 000 Einwohnern war«, steht im ersten Bericht des amerikanischen Majors vom 22. April 1945.[*]

[*]Quelle: Moritz Neumann: 1945 nachgetragen. In den Trümmern von Darmstadt. Darmstadt: Roether 1995

Aber sie sollten sich täuschen. Zwar verlor Darmstadt den Anspruch auf den Regierungssitz, wurde jedoch wieder eine wohlhabende Stadt.

Deutsche sind überzeugte Föderalisten. Wenn man von außerhalb kommt, versteht man das erst allmählich. Sie, die Deutschen, können sich keine Regierungsform ohne die Nahdemokratie vorstellen, die das eigene Bundesland bietet –, auch wenn das zahlreiche übergreifende praktische Lösungen erschwert. Sogar die Schulsysteme sind so unterschiedlich, dass Schüler, Direktoren und Berufsberater in unseren Grenzgebieten bald lernen, sich zwischen den verschiedenen Formen zu drehen und zu wenden, um weniger Sitzenbleiber und Versager zu bekommen. Hessen ist das modernere Land. Das gibt den Reformdebatten in unserem Parlament einen besonderen Anstrich.

Wir fordern eine Reform der gesamten Parteiarbeit, des politischen Systems. »Keine Demokratie ohne Mitwirkung« wird unser erster frauenpolitischen Slogan, der bis zu der aufmüpfigen Parole »Die Zukunft ist weiblich« später weiterentwickelt wird!

Meine Einmischung in das lokale politische Leben beginnt jedoch erst nach einigen Jahren in Nigeria, wo wir beide an der Universität arbeiten. Eine feste Arbeitsstelle zu haben, weil die Frage der Kinderbetreuung zufrieden stellend geregelt war – welch ein Unterschied! Welch ein Luxus!

Als wir 1967 in die Universitätsstadt hinter den sieben waldbewachsenen Bergen, an die DDR-Grenze gedrängt, zurückkommen, ist unsere Welt größer geworden. Wir haben gelernt, der Auffassung des Westens darüber, was Entwicklung sei, kritisch gegenüberzustehen. Wir haben gelernt, den eigenen Tanz um das goldene Kalb besser zu durchschauen. Aber wir kommen zurück zu etwas, das uns allen vertraut ist.

Auf dem Frankfurter Flughafen wird das ganze Forschungsmaterial für meine Doktorarbeit gestohlen. Aber einige Wochen später bringe ich unser drittes Kind zur Welt, und mit seiner Ankunft normalisieren sich die Dimensionen des Lebens: Obwohl dieses ein so titelbewusstes Land ist, werde ich wohl auch ohne ein Dr. vor dem Namen überleben können. Wieder heißt es umzuziehen, auszupacken, für Einschulungen, für die Lösung von Sprachschwierigkeiten und kulturellen Konflikten verantwortlich zu sein. Manchmal nichts weiter als Kleinigkeiten, und doch wird nun einmal die Mutter gebraucht. Mit dem neuen Baby ist mein deutsches Leben als »Hausfrau und Mutter« voll. Aber das gehört zu der Wirklichkeit, in der ich lebe. Das ist hier normal und nicht so schnell zu ändern. Wie langsam das geht, sollte ich noch erfahren.

In der Schule werde ich zur Elternvertreterin gewählt – und ich will schon einiges verändern. Zum Frühstück kommen andere Kinder zu uns nach Hause, deren allein erziehende Mütter zur Arbeit müssen, lange bevor die Schule anfängt. Sicher könnten wir Hausfrauen solidarisch sein und unsere Häuser offen halten. Falsch! Wieder wird »gegen« wichtiger als »für«. Bei den Elternabenden spalten sich die Lager. Zwischen den unterschiedlichen Frauen werden ideologisch wasserdichte Schotten errichtet. Hausfrauen und Berufstätige stehen sich feindlich gegenüber und machen sich gegenseitig Vorwürfe.

Nun bekomme ich auch, nach jahrelangem Weg meines Antrags durch alle Instanzen, den Bescheid, dass meine ausländische Ausbildung von der Bundesregierung in Bonn nicht anerkannt wird. Um den Ärger schlucken zu können, bleibt nur die Flucht nach vorn. Ich strebe den dritten Abschluss meiner sozialwissenschaftlichen Ausbildung an. Als die jüngste Tochter drei Jahre alt ist und für drei Stunden täglich einen Kindergartenplatz bekommt, hole ich wieder Luft. In der Woche nach Abschluss des neuen Universitätsexamens in Göttingen kommt der Bescheid von der Landesregierung in Hannover: »Wir haben uns entschlossen, Ihre schwedischen Examina anzuerkennen. In Ausbildungsfragen sind wir als Bundesland autonom und brauchen uns nicht nach den Beschlüssen der Bundesregierung zu richten. Bitte lassen Sie uns wissen, wann Sie Ihre Dokumente abholen können ...«

Ich habe aufgehört, über manches zu staunen. Sieben Jahre, nachdem der Antrag gestellt worden ist, wird mir ein sehr vornehmes Papier ausgehändigt als Bestätigung dafür, dass meine schwedische Ausbildung mit einem deutschen Examen gleichzusetzen ist. Aber das hätte ich ja nicht ahnen können, als ich meinem dritten Versuch startete.

Anders als in den frühen Sechzigerjahren muss ich diesmal das Studium mit Kindergarten- und Schulzeiten koordinieren, und das verlangt besonders einfallsreiche Arrangements, wobei von Seiten der Hochschule kein Entgegenkommen zu erwarten ist.

Mitten am Tag kommen alle westdeutschen Kinder aus Schulen und Kindergärten nach Hause, um sich die große warme Mahlzeit des Tages einzuverleiben, und danach müssen sie an die Schularbeiten gelockt werden. Keine Mutter entkommt dem. Alles ist auf ihr Engagement ausgerichtet: keine Schulspeisung, keine Hortplätze – die ersten werden nach viel Diskussion und Konfrontation auf verschiedenen politischen Ebenen für »bedürftige Mütter« eingerichtet. Die Väter sind aus der Alltagsorganisation der Familien ideologisch und praktisch völlig gestrichen. Jedesmal, wenn ein Kind Schwierigkeiten hat, wird automatisch die Mutter zur Verantwortung gezogen. Und wie darüber gesprochen wird! Es wird getuschelt, getratscht, es gibt Gespräche mit den Lehrern. Der Schuld entgeht die Mutter nicht. Die Wörter »Schlüsselkinder« und »Mutterdeprivation« werden ständig vorwurfsvoll eingesetzt. Aggressiv nennen sie sich »Hilfslehrer der Nation«.

Wir Mütter an der Hochschule schließen uns sogleich in eigenen Arbeitsgruppen zusammen, denn wir können unsere Arbeitsaufträge nicht auf die zeitaufwändige Weise der jungen Studenten gemächlich erledigen. Dass ich in meinem Studium lerne, die starke Koppelung zwischen der Organisation der Institutionen, dem Ausschluss der Frauen von bezahlter Berufstätigkeit mit eigenen Rentenansprüchen und der Oberhoheit des Mannes auf allen Gebieten außerhalb des Zuhauses soziologisch zu beschreiben und zu analysieren; dass ich die Literatur abgrase, in Vorlesungen gehe und Examensarbeiten in dem Fach schreibe, hilft mir nicht, mich aus den praktischen Problemen herauszuretten.

In unserer Arbeitsgruppe ziehen wir an einem Strang in unserer Lektüre. Wir sind wütend angesichts der Rollenverteilung, engagieren uns in Sozialisations- und Lerntheorien, den historischen Geschehnissen, den ideologischen Spuren – und dann rennen wir nach Hause, jede zu sich, um Kartoffeln zu schälen, Salat zu waschen und die Nachspeise anzurühren, bevor die hungrigen Kinder ungeduldig an der Haustür klingeln. Und hoffen, dass wir nicht vergessen haben, die Schulbücher zu kaufen oder die Schuhe beim Schuster abzuholen. Um Wut und Tränen fernzuhalten, lernen wir, locker über die Kollisionen zu scherzen, die entstehen, wenn wir zwischen den Rollen, über die wir so viel in den Seminaren gelernt haben, hin- und herspringen. Wir lernen, wie lebensnotwendig die Gemeinschaft der Frauen ist, um all die inneren Reibereien zu überstehen.

Als ich mit meiner Mutter darüber spreche, sagt sie:»... ich dachte tatsächlich, dass das, was ich ändern wollte, meinen Kindern zugute kommen würde! Ich sagte euch das als Entschuldigung, als ihr klein wart und ich abends unterwegs war. Aber später begriff ich, dass das nicht stimmt. Alles geht so langsam. Es dauert Generationen ... ! *Und dennoch ist es das wert!*«

Aber meine Kinder werden größer. Tagsüber und abends finde ich immer mehr Zeiträume, die ich nutzen kann. Ich werde einbezogen in die Umwälzungen, die in meinem Land im Gange sind, will es ja auch. Trotz meiner Zuversicht weiß ich, dass sie scheitern würden, wenn nicht genügend Menschen den Willen zur Mitwirkung zeigen würden.

Erinnerungsbilder rattern nun vorbei, nicht wie Perlen auf einer Schnur aufgereiht, sondern als ein Sammelsurium in allen möglichen Farben und Arten, als hätten wir in einem Sturzregen widerspruchsvoller Ereignisse gelebt.

Zu Hause, in meinem Stadtviertel, kämpfen wir für bessere Schulen (»Gesamtschule«, eine allgemeine Ganztagsschule für die Kinder, jetzt, da das Schulgesetz die Einführung endlich – versuchsweise – erlaubt), für die Verbesserung der Kinderbetreuung, für Schulbibliotheken und für die Berufsausbildung für jugendliche weibliche Strafgefangene in der geschlossenen Abteilung, wo ich stundenweise Unterricht gebe. Die Mädchen dort haben bis jetzt die Kleidung der männlichen Strafgefangenen waschen und flicken müssen. Indem wir die Berufsausbildung in Gang setzen, gelingt es uns auch, ein begrenztes Ausgehen zu ermöglichen. Aber jeder Fluchtversuch setzt den Fortschritt aufs Spiel. In der Sozialarbeit werden neue Formen mit Selbsthilfe, Selbstverwaltung bis zu den sozialen Brennpunkten praktiziert, was alte erstarrte Strukturen durchbricht.

In unserer politischen Frauengruppe setzen wir durch, dass technische Berufsausbildungsgänge für Mädchen geöffnet werden. Ich sitze in verschiedenen Ausschüssen, in denen um viele Reformvorschläge gestritten wird. Es bewegt sich, überall gilt es, eingefleischte alte Vorstellungen zu überwinden, aber die Zeit ist reif für viel Neues.

Bei allen Anfragen müssen wir uns dagegen verwahren, in die ideologischen Festungen, die der Kalte Krieg geschaffen hat, hineingezogen zu werden. Die Beschuldigungen, dass wir es »wie in der DDR« haben wollten, sind boshaft; sie werden am Leben gehalten, um den Reformwillen zu ersticken. Aber wir sind viele, die an eine humane und offene Gesellschaft glauben und wissen, dass jetzt Veränderungen möglich sind.

In fast allen Diskussionen spüre ich die Vorteile meiner schwedischen Herkunft. Aber ich merke auch, wie unmöglich es ist, meinen schwedischen Freunden die Situation bei uns zu erklären.

Ich denke an die endlosen ideologischen Debatten, bevor man 1977 in Westdeutschland das neue Ehe- und Familiengesetz beschließt, achtundzwanzig Jahre, nachdem das Grundgesetz feststellte, dass »Männer und Frauen gleichberechtigt sind«. Ohne diesen Paragrafen als Richtlinie für die höchsten Instanzen wären die Reformen nie geglückt. Dass die Diskriminierung von Frauen jedoch in so vielen Gesetzestexten und Verordnungen geschrieben stand, hätten wir nie gedacht.

Durch die neue Familiengesetzgebung wurden männliche Privilegien gebrochen, die Jahrhunderte hindurch Bestand gehabt hat-

---

VERBESSERUNGEN IN DER FAMILIENGESETZGEBUNG

Die alte Familiengesetzgebung von 1953 bekräftigte:
- Das Recht des Mannes, über die Familie zu bestimmen, wenn Uneinigkeit entstand
- Die Verpflichtung der Frau, die Verantwortung für den Haushalt zu übernehmen
- Das Recht des Mannes, der Frau Berufstätigkeit zu verbieten, wenn diese gegen ihre Pflichten im Haushalt verstieß
- Scheidung nach dem Schuldprinzip

In der neuen Familiengesetzgebung wurde das Bestimmungsrecht des Mannes gestrichen, und u.a. wurden eingeführt:

- Gleiches Entscheidungsrecht über die Angelegenheiten der Familie
- Gleiche Pflichten im Haushalt bei freiwilliger Aufteilung der Hausarbeit
- Gleiches Recht auf Berufstätigkeit
- Keine Beweisführung über die Schuld bei Scheidung

ten. Aus den politischen Auseinandersetzungen lerne ich, dass es die wilden Diskussionen sind, die die zunächst aufgebauten Widerstandswälle niederreißen. Ich erinnere mich, dass in diesen langen heftigen Diskussionen auch ich davon überzeugt wurde, dass Männer meistens ganz einfach Angst haben. Hilflos halten sie an Privilegien fest, in denen sie selbst gefesselt sind.

Zu der Zeit starten wir die Arbeitsgemeinschaft sozialdemokratischer Frauen (AsF) aufs Neue. Nach der Hitlerzeit war viele Jahre behauptet worden, dass man keine Frauengruppen brauche, da die Parteien per se ausreichend demokratisch seien. Auch die Frauen hatten das geglaubt – vor den Enttäuschungen mit den eigenen Parteien. Aber nun sind die Erkenntnisse ganz anders. Der erste Beschluss der AsF, den wir später lockern, lautet, dass wir die Anwesenheit von Männern nicht zulassen. Das ist die spontane Reaktion darauf, dass der einzige Mann, der zu unserem ersten Treffen kommt, sofort das Wort ergreift. Er beschreibt unsere Zielsetzungen, unsere Strategien, wie wir wählen sollen ..., ja, alles skizziert er, bis wir uns erholen und seinem Vortrag ein Ende bereiten. Wer da so um unser Wohl besorgt ist? Der Vorsitzende der Jungsozialisten, spätere niedersächsische Ministerpräsident und heutige Bundeskanzler Gerhard Schröder. Ich denke daran, was ich als kleines Kind zu Hause gehört hatte: »Die große Selbstüberschätzung der Männer kostet die Gesellschaft den Frieden, den wir alle brauchen.« Aber dies war nur der Anfang aller oft wohlwollender Ratschläge und Widerstände, denen wir begegnen sollten. Und trotz allem; wir haben durch die eiserne Parteiarbeit so viele Veränderungen erkämpft!

Manchmal, wenn ich im Gartenbeet auf den Knien liege, verschwitzt und verzweifelt über das ewig wuchernde Unkraut, denke ich an unsere politische Arbeit. Es ist, als versuchte man sowohl hier als auch da Vorurteile auszurupfen, etwas von den Wurzeln mitzubekommen – und wüsste doch, dass es immer aufs Neue wiederholt werden muss, damit die erwünschten Pflänzchen Licht und Nahrung bekommen. Ich spüre die entmutigende Tatsache, dass alles mit der Quecke weit unten, wo man nicht hinsehen kann, eng verschlungen ist. Aber die Hoffnung auf schön gewachsene, prachtvolle Reihen mit gutem Kohlrabi, Mohrrüben, Erdbeeren und Radieschen, ja auch Blumen, den leuchtenden farbenfrohen, den kleinen und liebenswerten, lässt mich weitermachen. Genau wie in unseren politischen Netzwerken.

In der Frauenarbeit spüre ich am deutlichsten die Verachtung, die Intrigen, die Verleumdungen und die tausend Blockaden, die den Willen so vieler Frauen brechen, ihre Kompetenz einzusetzen. Die politische Arbeit steht in dem Ruf, ermüdend und chaotisch zu sein. Wie sollte es uns gelingen, mehr Aktive zu gewinnen, um die gute Ernte einzubringen? Für diejenigen, die in den Parteien höher hinauswollen, bedeutet das oft zu viele Kompromisse. Das spüren viele – und verzichten.

»Die Männer geben nie auf! Es lohnt sich nicht, den Kampf aufzunehmen! Die Schläge sind zu hart, zu erniedrigend«, sagen viele. Ich verstehe auch, wie selten Frauen von ihren eigenen Männern Unterstützung erhalten. Und um wie viel schwerer alles dann ist.

Ich denke an die drei voll geschriebenen Seiten einer Freundin in der Frauengruppe. Im Jahr zuvor hatte sie:

2 Tonnen Teller, Schüsseln, Gläser abgewaschen
1 400 Betten gemacht
1 Tonne Milch nach Hause geschleppt
28 000 Quadratmeter Fußboden gescheuert
75 Mal Fieber gemessen
42 Torten gebacken
1 120 Schulbrote geschmiert
9 000 Mahlzeiten zubereitet
230 Märchen vorgelesen
usw. usw. usw.

Drei voll geschriebene Seiten! »Und dennoch nur der Rahmen für das Eigentliche«, hatte sie zum Schluss geschrieben

Die Hausfrauen entdecken, dass sie zu einer Dienstleistungsklasse degradiert worden sind, mit höchster wirtschaftlicher Priorität, aber zum Nulltarif. Sie merken, dass man sie glauben machen will, dass Geld NICHT Macht bedeutet.

Wir arbeiten zusammen. Wir veranstalten Feste, wir spielen Theater. Es sind selbst gemachte Sketche oder manchmal das, was wir in der Literatur aufspüren. Wir deklamieren, aber es kommen nur Frauen. Wie immer.

LYSISTRATA: [...] *Wir* verwalten fortan die Finanzen!
RATSHERR: Das wollt ihr, verwalten den Schatz wollt *ihr*?

LYSISTRATA: Und was hast du dagegen zu sagen? Und verwalten wir denn nicht das Geld auch zu Haus, das ja alles durch unsere Hand geht?
RATSHERR: Das ist nicht das Gleiche!
LYSISTRATA: Wieso denn?
RATSHERR: Das Geld ist bestimmt zu den Kosten des Krieges!
LYSISTRATA: Unnötig vor allem ist eben der Krieg!
RATSHERR: Ei, wie sollen wir sonst denn uns retten?
LYSISTRATA: *Wir* werden euch retten!
RATSHERR: Wer? – Ihr?
LYSISTRATA: Ja, wir! Wir selber!
RATSHERR: Dass Gott sich erbarme!
LYSISTRATA: Und wir werden dich retten, auch wenn du dich sträubst!
RATSHERR: Wie vermessen![*]

Die Tage vergehen wie im Fluge. Immer ist es der neue Tag, der zählt. Das Gestern verschwindet schnell. Als ich Ende der Achtzigerjahre von Göttingen fortziehe, merke ich, dass ich aus diesen ereignisreichen Jahren kaum irgendwelche Entwürfe, Berichte, Protokolle, Briefe oder Aktenordner aufbewahrt habe. Hatte ich das Gefühl, dass es niemals etwas Vergangenes geben würde? Oder dass es keine Beständigkeit gibt? War es vielleicht die Nachlässigkeit gegenüber dem eigenen Ich?

Friedensfragen

Die Aktivitäten der Weltmächte bleiben nicht außerhalb des eigenen Lebenskreises. Wir sitzen mitten drin. Auch der Kampf gegen Kernwaffen und den Starfighter und die anderen mörderischen Produkte, über die wir ständig informiert werden, betrifft unser Leben direkt! Jeden Tag lesen wir über immer mehr Waffen. Die »Entlaubung« Vietnams in den Sechzigerjahre bedeutet für uns nicht nur ein barbarisches Verbrechen. Das Todesarsenal der NATO mit Overkill-Kapazität ist hier im Boden gelagert. Jenseits der Mauer gibt es zumindest ebenso viel. In den Siebzigerjahren wer-

---

[*]Aus »Lysistrata« von Aristophanes 411 v. Chr. Übersetzung: Ludwig Seeger

den diese Arsenale ausgebaut und schräg unter uns in die Erde versenkt. Die Berichte der NATO über die so genannte »Fulda-Gap« sickern durch und zeigen, wie wir als erstes Angriffsziel in zwei Tagen vernichtet werden sollen, falls der Kriegsfunke zwischen Ost und West sich entzündet. Es liegen Vernichtungswaffen, 224 mal mehr als »gebraucht« werden, vergraben, genug, um unserer ganzen menschlichen Welt ein Ende zu bereiten. Nicht weit weg, sondern hier. Die beiden Großmächte haben zu Ende der Siebzigerjahre zusammen 40 000 Kernwaffen, millionenfach mehr als die Zerstörungskraft, die Hiroshima traf. Und die meisten dieser Waffen liegen aufeinander gerichtet, wir sind an dieser Grenze.

Sogar die unvermeidliche Temperaturerhöhung nach einem möglichen Atombombenangriff auf uns ist minutiös aufgezeichnet – tages-, wochen- und monatsweise. Die Ärzte werden zu Fortbildungsmaßnahmen einberufen. Wir erfahren, dass sie lernen, bei einer Katastrophe die Rettungsmaßnahmen auf »strategisch wichtige Personen« zu konzentrieren und die anderen liegen zu lassen. Es gibt Ärzte, die sich weigern und sich dagegen organisieren. Und die Lernziele publik machen. Es gibt auch Militärs, die sich von der Entwicklung distanzieren. Immer neue Nachrichten über die strategisch genauestens ausgerechnete Zerstörung sickern zu unseren Tageszeitungen durch. Wir können über dieses makabre Spiel zwischen Wahnsinnigen weder weinen noch lachen. Ich fühle in diesem Land etwas Eiskaltes wachsen. Wie geht man mit Ohnmachtsgefühlen um? Dem Gefühl, am Rande einer möglichen Vernichtung zu leben? Und dennoch zu versuchen, sich über die Freuden und Feste des Alltags zu freuen, weiterzuplanen, für unsere zukunftsgerichteten Projekte zu kämpfen – im Bewusstsein, dass es uns ja eigentlich »so gut geht«.

Wir lernen, schizophren zu leben. Die Informationen über noch tödlichere Aufrüstung kommen, die Kommentare darüber werden etwas Alltägliches. Auch bei ganz trivialen Gesprächen vor dem Milchgeschäft, auf Geburtstagsfeiern oder Elternabenden fallen Worte darüber. Die zunehmende Gewalt unter Jugendlichen, im Fernsehen, regt auf, aber die Gewalt im großen Stil wird vergegenwärtigt. Wir sehen die Zusammenhänge.

Selbst diejenigen, welche »mit Politik nichts zu tun haben wollen«, lassen fatalistische oder trotzig untertänige Sätze im Gespräch einfließen. Wir seien ja schließlich nur »Spielbälle« höherer Mächte. Wir würden ja doch krepieren. Die Argumente lähmen. Sie verstärken nur die Ansicht, dass »der kleine Mann« in jedem Fall nichts tun kann, weil »die da oben« bestimmen. Der Glaube an die Möglichkeiten der Demokratie gedeiht da nicht gut.

Waffen, Aufrüstung, Gewalt wird als etwas Alltägliches aufgetischt, und wir sind dem ständig ausgesetzt. Und dennoch machen wir im »kleinen Leben« Fortschritte. Die Signale sind sehr widersprüchlich.

Die Reaktion auf Gewalt ist Gewalt. Es wird oft hart zurückgeschlagen. Die Terroristen der RAF, der Roten-Armee-Fraktion, treiben mit ihren Morden und dogmatischen Aufrufen die Gewalt im Inneren voran. Die Reaktion des Staates, nämlich seinerseits Staatsgewalt einzusetzen, ist für viele von uns keine Lösung für die Zukunft. In zahlreichen Städten gehen wir gegen die so genannten »Notstandsgesetze« vor. Die in der Verfassung garantierten Grundrechte außer Kraft zu setzen, ist zu riskant. Auch in unserer Universitätsstadt ist viel los.

Es ist schwierig, schwedischen Freunden zu erklären, auf welch komplizierte Weise die Schnittlinien ineinander übergehen, und wie nahe wir bisweilen auf der einen Seite der ungehemmten Gewalt zu sein scheinen, auf der anderen Seite darauf bedacht sein müssen, dass Gewalt nicht als Gegenreaktion legitimiert wird.

Als Teile unseres schönen Märchenwaldes um der anwachsenden Panzerausbildung willen geopfert werden sollen, geht das auch vielen aus der Dorfbevölkerung zu weit. Es ist ihr Wald. Wie das aussieht, weiß man schon – die lehmig aufgewühlten und baumlosen Gebiete haben wir bereits ganz in der Nähe. Obwohl alle Gesetzesinstanzen angerufen werden, müssen die Bauern ihre Waldgebiete der NATO opfern. Wir lernen, dass ein Panzerwagen ebenso viel kostet wie 1 000 Klassenzimmer für 30 000 Kinder, Zahlen, die sich festsetzen, weil unseren Kindern Klassenzimmer fehlen, sie müssen sogar umschichtig in die Schule gehen. Was ist für den Schutz der Demokratie wichtiger?

Ich erinnere mich noch daran, wie es sich anfühlte, immer in das Ost-West-Schema gepresst zu werden. Es ist nicht möglich, dem, was uns übergestülpt wird, zu entkommen. Jeden Tag kommt es zu einer Übersättigung an unfassbaren Informationen und entsprechenden Gefühlen. Ist dieses mein Teilnehmenwollen bloß eine Medizin gegen die Angst? Manchmal fühle ich mich wie von einer

DIE GRÖSSTEN FRIEDENSDEMONSTRATIONEN IN DEUTSCHLAND BIS ZUR »WENDE«		
1976	40 000	in Bonn
1977	80 000	in Bonn
1981	80 000	in Hamburg, Kirchentag
1981	300 000	in Bonn
1981	400 000	in über 1000 Städten
1982	500 000	in Bonn
1983	700 000	bei Ostermärschen
1983	1000 000	bei Versammlungen in Bonn, Ulm, Hamburg, Berlin
1984	450 000	bei Ostermärschen
1984	400 000	bei Menschenketten in Bonn, Hamburg, Stuttgart
1985	450 000	bei Ostermärschen
1986	380 000	bei Ostermärschen
1986	180 000	bei der Hasselbach-Demonstration
1987	200 000	bei Ostermärschen
1987	100 000	in Bonn
1988	80 000	bei Ostermärschen
1989	80 000	bei Ostermärschen
1989	100 000	in Bonn

Quelle: Leif, Thomas: Die strategische (Ohn-)Macht der Friedensbewegung, Opladen 1990

Kneifzange festgehalten. Und dann kommt 1979 der NATO-Doppelbeschluss: die vollausgerüsteten Atomraketen werden in unserem Boden versenkt.

Inmitten dieser eiskalten Winde kommen Gesellschaftsreformen in Gang. Schulreformen werden endlich durchgeführt, Psychiatrie und Gefängniswesen werden in Frage gestellt, die Integration für Menschen mit Behinderungen wird verstärkt; auf allen Gebieten geschieht viel, was ich bis in mein tägliches Leben merke. Und die Friedenspolitik dem Osten gegenüber findet Gehör. 1970 erfolgt Willy Brandts Kniefall im Warschauer Getto. Durch das ganze Land geht ein tiefes Atemholen. So gibt es eine unerhörte Sehnsucht nach Frieden. Die Friedensarbeit setzt sich all die Jahrzehnte hindurch fort. Vieles ist in unglaublicher Bewegung, und die Bereitschaft wächst, umzudenken und neu zu denken. Es ist wichtig dabeizusein, trotz der Erfahrung, wie begrenzt der eigene Einsatz ist.

Wie kann das Leben so schnell vorübersausen? Ich liege ausgestreckt in den lauen Stunden des Morgengrauens in Dresden, und ganze Schwärme von Erinnerungen fliegen mir entgegen. Lucas` noch immer fieberfeuchter Haaransatz ruht an meinem ausgestreckten Arm. Das Dunkel der Nacht zieht sich zurück, und durch die schrägen Fensterläden werden magische Zeichen auf den Boden geworfen. Dunkle, helle, solche, die flattern, sich miteinander verbinden. Ich lebe in der Wirklichkeit, aber diese kann ich bereits rückwärts betrachten. Sie kann gefühlsmäßige Erinnerungen bewirken, die sich nicht systematisch ordnen lassen.

Die Familienabende, das hinausgezögerte Zubettbringen, die leisen Gespräche auf Wolldecken, in Laubhaufen, an Wegrändern mit Spätsommergras, bisweilen mit rauen Baumstämmen im Rücken. Das Wohnzimmersofa, das Märchenvorlesen, das sich Aneinanderkuscheln. Ich denke an so viele schwedische Märchenfiguren, die ich an die Kinder weitergab. Pippi-Langstrumpf, die ich selbst mit neun Jahren genoss, erschien auf Deutsch genau zum rechten Zeitpunkt für meine Kinder – und erzeugen nicht nur Lachen, sondern auch Bewunderung für ein starkes Mädchen, das allen zeigt, dass Streben nach Macht eben nicht Machtmissbrauch bedeuten muss. Ich erinnere mich an unsere Sommerwochen in Schweden, wo all das, was in schwedischen Kinderbüchern stand, etwas Wirkliches bekam: alle Sorten Troll hinter den bemoosten Steinen, die Zimtwecken mit dem Sommersaft, die Freiheit in meinem Land der Kindheit. Das Friedliche, das Friedvolle.

Eines Tages bemalt H. gemeinsam mit den Kindern eine ganze Wand im Wohnzimmer mit allen Farben, die das Haus zu bieten hat; auf der Tapete entsteht ein Fresko der ganzen Familie in Bildern. Zuerst reagiere ich verschreckt. Aber diese Haltung verschwindet schnell zwischen all den Farben und Pinseln, mit denen sie ein verzaubertes Werk schaffen. Ein jeder von uns wird mit Galgenhumor in seiner Familienrolle mit den anderen verwoben.

Sicher war die Familie das Wichtigste und mein natürlicher Ausgangspunkt, mein Anker und meine Nabe zugleich. Um die Familie drehte sich all das andere, aber es hängt in meiner Erinnerung alles zusammen.

Ich sehe, wie ich mit Flugblättern in der Hitze unter einem Sonnenschirm oder hinter einer umgekippten Apfelsinenkiste stehe und öffentlich argumentieren lerne. Schließlich bin ich Gruppen beigetreten, die sich Gehör verschaffen wollen.

§ 218

In den Siebzigerjahren kommt das Thema wieder mit Macht hoch, zu dem jede deutsche Frau in jeder Generation politisch oder persönlich hat Stellung nehmen müssen – der Paragraf 218! Ein Strafgesetzparagraph, der die Frauen seit weit über hundert Jahren in diesem Land verfolgt. Der Paragraf, der den Schwangerschaftsabbruch von Frauen strafbar macht, ist in einer modernen Gesellschaft wie der deutschen noch ein anachronistisch festgeschriebenes Symbol für die Untergebenheit der Frau. Dieser § 218 ist bei der deutschen Bevölkerung bekannter geworden als der Name des Bundespräsidenten und lockt immer wieder Tausende und aber Tausende hinaus auf Straßen und Plätze. Versorgung der Kinder, Berufsförderung, Reform der Sozialversicherungen, ja, alle anderen notwendigen Reformen zu einer Gleichberechtigung müssen oft an zweiter Stelle stehen, wenn wir Frauen uns politisch treffen. Immer hängt uns der Strafgesetzparagraf wie eine rostige Kette um den Hals.

Ich kam schwanger in dieses Land, kam und landete dann in der Welt von Geburten, Stillen, Kleinkindern und all den Frauengesprächen in Wartezimmern, an Sandkästen, bei Impfterminen, Mütterberatungsstellen und überall dort, wo Frauen sich als Mütter treffen; ich habe im Laufe der Jahre recht detaillierte Schilderungen all der inhumanen Folgen dieses Paragrafen erhalten. Ich erfuhr, wie Frauen verbluteten, auch starben, lebenslange Folgen behielten – alles unter dem Mäntelchen der Verschwiegenheit. Ich verstehe, und das gehört zu meinem »Deutsch-Werden«, warum »Weg mit § 218« das große Schlagwort für die explosive Frauenbewegung in den Siebzigerjahren werden musste. So nahmen die Frauen noch einmal die Kämpfe der Zwanzigerjahre auf, aus der Zeit vor der Perversion der Nazis, die jede Frau bestraften, die nicht bedingungslos zur Reinheit und Fruchtbarkeit der Rasse beitrug. Da treten 72 bekannte Frauen im »Stern« mit dem Trompetenstoß an die Öffentlichkeit: »Ich habe abgetrieben.« Die Titelseite mit Fotos der Frauen hängt an allen Kiosken, in allen Lebensmittel-, Tabak- und Obstgeschäften. Der Geschlechterkampf ist offen, jetzt lässt sich die Doppelmoral nicht länger verklären. Die jüngeren Frauen verbünden sich mit den älteren, die schließlich unerhörtes und unausgesprochenes Leid, nicht zuletzt in den Notzeiten, hinter sich haben. Natürlich werden wir alle gebraucht! Ein neues Gesetz muss her!

Wieder prallen im deutschen Alltag die politischen Fronten hart aufeinander. Am Ende ist die damalige Regierung zu einer Gesetzesänderung bereit. Mit einigen Einschränkungen liegt sie 1975 vor. Viele unserer männlichen Parteifreunde erzählen uns unter vier Augen, dass sie durch den Zwang zu langen Diskussionen zum ersten Mal angefangen haben, die Situation der Frauen zu verstehen. Wir jubeln über den Beschluss. Im ganzen Land feiern ihn die Frauen mit Straßenfesten.

Aber die Freude stirbt schnell ab: die Gegner bringen das neue Gesetz vor das Verfassungsgericht. Nur eine eingeschränkte Reform wird gebilligt. Das Parlament ist zwar die Volksvertretung, aber wie in so vielen strittigen Fragen gibt man die Souveränität aus der Hand und wartet auf die oberste gerichtliche Auslegung der Verfassung. Da ich aus einem Land komme, das zwar ein Grundgesetz hat (mehr als einhundertfünfzig Jahre alt), aber kein Verfassungsgericht, gewinne ich erst langsam die Einsicht, dass die Menschen in einem Land mit einer so gebrochenen Geschichte sehr genau überlegte Instanzen zum Schutz der Demokratie aufgebaut haben. Ich schreibe über diesen Verlauf der Gesetzgebung zur Legalisierung des Abbruches einen Artikel für eine schwedische Zeitschrift. Ich bekomme ihn zurück mit dem Kommentar: »Verstehen wir nicht – es war doch die katholische Kirche!« Von außen sieht alles immer so eindimensional aus.

Aber eine Reform ist in jedem Fall durch. Der Abbruch ist zwar immer noch strafbar, aber mit vielen Ausnahmen, und zum ersten Mal darf eine Frau einen legalen Schwangerschaftsabbruch nicht nur vornehmen, wenn eine Gefahr für ihr Leben besteht oder wenn sie vergewaltigt wird.

Der Kampf, die Diskussionen, der Widerstand, die Bigotterie und die Skandale in dieser Frage haben sich wie ein breiter Trauerzug durch die deutsche Geschichte gezogen, bis heute, nach der Wiedervereinigung. Die ostdeutschen Frauen erlitten 1994 einen großen Rückschlag. Wir im Westen waren ja schon einiges gewohnt. Aber dass wir mit ungelösten Fragen ins neue Jahrtausend gehen, hätten wir uns damals in den Siebzigerjahren nicht vorgestellt.

»Gebt uns gleichen Lohn für gleiche Arbeit, gebt uns Vorschulen und Ganztagsschulen, gebt den allein erziehenden Müttern Wohnungen und Arbeitsmöglichkeiten, gebt ihnen dieselben Rechte wie verheirateten Frauen, gebt uns bessere Aufklärung. Es gibt so unendlich viel zu tun, um Leben zu retten!«, sind die ständig wiederkehrenden Forderungen. Der allergrößte Teil der Bevölkerung unterstützt – Meinungsumfragen zufolge – diese Auffassung. Aber einige wenige Entscheidungsträger können den Gedanken noch nicht aufgeben, dass »die Frau ein unverantwortliches Wesen« sei.

Es kommt mir ganz selbstverständlich vor, dass ich mich in den heißen Siebzigerjahren an diesem Befreiungsschlag solidarisch beteilige. Damals wusste ich noch nicht, dass ich einige Jahre später unter anderem einer offenen Sozialberatungsstelle vorstehen würde, in der wir auch mit der gesetzlich verankerten Beratung zum § 218 beginnen.

AWO

In meinem Landkreis werde ich gebeten, beim Aufbau einer sozialen Organisation mitzumachen, um Reformen voranzutreiben und die Aufgaben durchzuführen, die wir durch Gemeinde- und Kreisparlament bekommen. Nach westdeutschem Gesetz – dem Subsidiaritätsprinzip – soll die Kommune soziale Aufgaben nicht in eigener Regie ausführen, sondern diese sozialen Organisationen überlassen. Wir tun das im Rahmen der großen traditionsreichen Arbeiterwohlfahrt, der AWO, die soziale Fragen eher progressiv angeht. Die AWO war bereits zu Beginn des Jahrhunderts von Arbeiterfrauen im Kampf gegen Kinderarbeit gegründet worden und zur größten Organisation neben den beiden kirchlichen Organisationen herangewachsen. Die Kriege und die Notzeiten hatten die Bedeutung nichtstaatlicher Hilfe gezeigt. Die Geschichte hatte aber auch gezeigt, dass soziale Arbeit nie unpolitisch ist.

Außer der ökonomischen und inhaltlichen Planung als Geschäftsführerin bitte ich auch darum, ein Viertel meiner Arbeitszeit auf eines unserer Arbeitsfelder verwenden zu können. So kommen auch viele hundert Beratungsstunden in unserer offenen Sozialberatung zu meinem Arbeitspensum dazu. Die Schatzmeisterin des Verbandes und ich fahren zum neu eröffneten IKEA und wählen Kiefer und leuchtendes Rot für unsere neuen Räumlichkeiten.

In diese allgemeine Sozialberatung nehmen wir alsbald auch die Beratung zum § 218 auf, wo ich mich persönlich einsetze. Ich bin fest davon überzeugt, wie richtig es ist, Planung und Geschäftsführung durchgängig mit einer solchen Arbeitseinteilung zu verbinden, und nicht hier die einen bestimmen zu lassen, während andere das Gebotene dann in die Praxis umzusetzen haben.

Ich bekomme wie zuvor durch die Aufgaben in der Behindertenarbeit, in der Jugendstrafanstalt, Einblicke in Lebensmuster, die nie in Kursbüchern stehen, aber in Analysen und für sozialpolitische Beurteilungen gebraucht werden. Ich höre zu, ich spreche, ich berühre auch ethische Probleme auf allen Gesprächsebenen – keine Frau macht es sich leicht, was die sozialen Problemen angeht, erst recht nicht in Fragen von Schwangerschaftsabbruch. Ich bekomme hier auch einen intensiven Einblick, wie oft Menschen in schlechten Verhältnissen leben. Wie soziale, ökonomische und emotionale Situationen und Möglichkeiten sich gegenseitig beeinflussen. Wie das Private politisch ist – und das Politische privat.

Bald beginne ich durch kleine Striche an den Rand der Besucherkarten zu markieren, welche Frauen über Gewalt, Schläge und physische Übergriffe berichten, denen sie in ihren Zweierbeziehungen ausgesetzt worden sind. Ich staune immer wieder darüber, wie viele es sind. Die Diskussion über Gewalt an Frauen ist von den feministischen Gruppen öffentlich gemacht worden – und hat Unruhe und Widerstand geweckt. Man will es ja nicht sehen oder wissen. Nach zwei Jahren zähle ich diese Striche zusammen. Wie wenig wusste ich über die mögliche Brutalität von Paarbeziehungen: Erniedrigung, gebrochene Identitäten und die Unfähigkeit, Gewalt als Reaktion zu vermeiden. Viele Frauen werden auch von den Schatten der fürchterlichen Kriegs- und Gewalterfahrungen verfolgt, die sie mir schildern.

»Wann und wie lernt ein Mensch, Achtung zu fordern?«, wird die innere Frage, die bei mir ständig wiederkehrt.

Ich markiere durch Striche auf dem anderen Rand der Besucherkarten, wie viele Männer ihre Frauen zu unserer Beratung begleitet haben. Als ich diese Striche zusammenzähle, ist es nur ein Fünftel. Und zur Verwunderung aller (wie viele Vorurteile haben doch modern ausgebildete Sozialarbeiter und Psychologen!) zeigt es sich, dass es nicht die Akademiker in unserer Universitätsstadt sind, die ihre Frauen auf dem schweren Weg begleiten, den sie zu gehen haben. Stattdessen sind es der Facharbeiter und der Handwerker, der Automechaniker und der Bäcker, die am häufigsten ihre Mitverantwortung schultern.

Ich darf alle Schnörkel und Schlingen der Doppelmoral erleben. Einige angesehene Ärzte und Kirchenleute sprechen sich gegen Schwangerschaftsabbrüche aus und verweigern Frauen Hilfe, während sie privat anders handeln. Sie schicken dann ihre Frauen, oder die von Kollegen und Bekannten zu unserer Beratung, die gesetzliche Bedingung für einen Abbruch ist. Da Vertraulichkeit die Grundlage unserer Beratungsarbeit ist, erfahren wir viel, dürfen aber nicht eingreifen. Wir sind an die Schweigepflicht gebunden und können mit diesen gewandten Vertretern der Doppelmoral nicht in einen offenen Dialog treten.

Eines Abends, als ich die Tür zu unserer Beratungsstelle abschließen will, sehe ich ein Paar an unserem Türschild stehen. Sie sind gebückt, haben einen schweren Körperbau und sind etwas älter; die Frau kann das Türschild nicht richtig lesen, weil ihre Tränen nicht versiegen. Ich gehe zu ihnen, und nachdem wir einige Worte gewechselt haben, lade ich sie in die Sprechstunde ein. Sie sind aus dem Harz zum Frauenarzt in der katholischen Frauenklinik gekommen, wo vor über zwanzig Jahren ihre Söhne geboren wurden. Nun waren sie bereits Großeltern – und dann wird sie schwanger. Dieser Arzt, auf den sie sich bis dahin ihr ganzes Frauenleben lang verlassen hat, erklärt ihr (und lügt damit), dass es für eine so gut versorgte verheiratete Frau wie sie keine Möglichkeit zum Abbruch gebe und dass sie das Ganze mit Hilfe ihres Mannes schon schaffen werde. Sicher werde dieses Kind sich auf ihre alten Tage als eine Freude erweisen. Punkt, aus.

Ich weiß, dass gerade dieser Arzt Abtreibungen durchführt, wenn es sich um Frauen von Kollegen handelt, in der Stadt aber ist er bekannt und respektiert für seine religiöse Einstellung. Ich erkläre den beiden das geltende Gesetz und die Möglichkeiten eines Schwangerschaftsabbruchs. Ich muss leider auch die Unmöglichkeit erklären, den Arzt, der gelogen hat, in irgendeiner Weise zur Verantwortung zu ziehen. Meine Schweigepflicht und seine Gewissensfreiheit schützen ihn. Ich vermittle sofort einen Termin bei einem anderen Arzt für die obligatorische Voruntersuchung; in der darauf folgenden Woche kann der Eingriff erfolgen.

Als alles erörtert worden ist und die Spannung nachgelassen hat, bricht der Mann fast zusammen und fängt an zu weinen – der große, breite Molkereimaschinist. Als er hört, dass wir für unsere Dienste keine Bezahlung nehmen, stellt er einen großen Spendenscheck aus. Die Summe lässt mich erschreckt zusammenfahren. Ich habe eine besondere englische Keksdose für solche unzulässigen, aber nützlichen Geschenke. Ich erzähle ihm sofort, wofür wir seinen Beitrag einsetzen werden; wir haben immer Bedarf, der nicht gedeckt ist. Aber er ist mit seinen Gedanken anderswo und erstaunt mich aufs Neue, bevor er geht: Er fragt, wo er sich sterilisieren lassen kann. Er ist der einzige Mann – obwohl es in der Stadt viele gut informierte und gut ausgebildete Männer gibt –, den wir jemals von sich aus nach seinen eigenen medizinischen Möglichkeiten und nicht nur denen der Frau haben fragen hören. Als die beiden gehen, legt er beschützend den Arm um seine Frau.

Meine eigenen Erfahrungen und die meiner Kolleginnen sowie die Ausarbeitung von Material und Statistik vermitteln uns Argumente in der politischen Diskussion, die wir als soziale Organisation führen. Wir sagen keineswegs wie die Kirchen, dass wir um der Barmherzigkeit willen arbeiten. Ich sitze mit in den Kreissozialausschüssen, in Arbeitsgruppen auf verschiedenen Ebenen und verstehe wirklich etwas von meinem Gebiet. Ein größerer Streit entsteht, als ich eines Tages aus eigenem Antrieb scharfe Kritik gegen die Weigerung der Kirche richte, ledige Pastorinnen und Theologiestudentinnen mit Kind einzustellen. Es wird ein Leckerbissen für die Massenmedien.

Ich hatte einige wenige Male verzweifelte Pfarramtskandidatinnen von der Theologischen Fakultät in Göttingen in der Beratung zum § 218 gehabt. Sie wussten, dass sie niemals würden zur Pastorin geweiht werden können, wenn sie ihre Kinder als Ledige zur Welt brächten.

Eines Tages habe ich wieder eine frisch examinierte junge Theologin vor mir, die den Entschluss gefasst hat, ihre Schwangerschaft abzubrechen, weil sie ihren seit Kindheitstagen gehegten Wunsch, Pastorin zu werden, nicht aufgeben kann. Sie zerbricht fast vor

Verzweiflung. In mir kocht die Empörung über die unmenschlichen Regeln, die aufrechterhalten werden, indem das Leiden auf die stumme Welt der Frauen begrenzt wird. Ich gelobe mir selbst, einen Weg zu finden, nach außen zu reagieren – warum sollen diejenigen, die so fehlerhafte und frauenverachtende Beschlüsse fassen, von der Konfrontation mit dem, was sich hinter verschlossenen Türen ereignet, verschont bleiben?

Ein halbes Jahr nach der Begegnung sehe ich die Identität der jungen Theologin durch die Zeit geschützt und gebe der Presse meinen Brief an den Landesbischof der protestantischen Kirche, der außerdem Präsident der Evangelischen Kirche in Deutschland (EKD) ist. Ich frage ihn ohne Umschweife, warum die Kirche, die doch nicht Nein zu vorehelichen sexuellen Verbindungen sagt, zu dem Kind, das eine unverheiratete Pastorin erwartet, nicht Ja sagen will.

Erst später verstehe ich, an welch mittelalterliche Tabus ich zu rühren gewagt habe. Aus meinem kleinen Steinwurf wird ein Erdbeben. Einige von denen, die mir in dem, was folgt, beistehen, schütteln den Kopf und meinen, dass meine absolute Naivität, gegründet auf meine unkirchliche und undeutsche Herkunft, mich in diesen Kampf gegen übermächtige Kräfte geführt habe. Verleumdungen und Drohungen von der obersten Kirchenleitung werden über mir ausgeschüttet und füllen die Zeitungen. Nur mein Status als verheiratete und ehrbare Mutter von drei Kindern rettet mich davor, ganz in den Schmutz gezogen zu werden. Man stelle sich vor, ich wäre allein erziehend gewesen! Die Verleumdungskampagne wird gegen die Arbeiterwohlfahrt, meinen Arbeitgeber, gerichtet, deren Leitung, obwohl von meiner Aktion überrascht, sich Gott sei Dank hinter mich stellt, wenn auch ein bisschen leise. Die Kirche fordert uns offen auf, unser Beratungsbüro aus ethischen Gründen zu schließen. Es ist deutlich, dass sie Gott und die Moral nur für sich als Kirche in Anspruch nehmen.

»Wir werden alle uns zur Verfügung stehenden Mittel einsetzen um herauszufinden, welche Theologiestudentinnen Sie gemeint haben«, schreit mich der Pressesprecher der Kirche am Telefon an. Schockiert darüber, reine Gestapo-Drohungen von einer Kirche erleben zu müssen, von der ich bislang ein anderes Bild hatte, suche ich an diesem Abend die gefährlichen Besucherkarten heraus, zerschnippele sie, nehme die Stücke mit zu mir nach Hause und spüle sie in der Toilette hinunter. »Lebe ich in einem Albtraum? Zu Beginn der Achtzigerjahre des 20. Jahrhunderts!«, hämmert es mir durch den Kopf.

In einer öffentlichen Diskussion müssen wir uns anhören, dass die Kirche jetzt so tolerant ist, Männer mit außerehelichen Kindern zum Pfarrdienst zuzulassen! Ich versuche meinen Zorn zu beschwichtigen, als ich in der Veranstaltung, wo dieses Faktum vom Kirchenvertreter als besonders progressiv hervorgehoben wird, hervorbringe, dass diese Doppelmoral, die wir bald zweitausend Jahre gut kennen, nichts Neues sei! Und wie steht es damit, Leben zu retten, Verantwortung für Kinder zu übernehmen? Dieses Problem nehmen die Kirchenmänner nicht auf – und haben es noch immer nicht getan. Dagegen, dessen bin ich sicher, treiben verzweifelte Pastorinnen oder solche, die es werden wollen, nach wie vor ab!

Ein Filmteam hat einen Dokumentarfilm über auffällige Beispiele von Doppelmoral gedreht, wo die Kirche Arbeitgeber ist. Meinem Beispiel wurden in dem Film zehn Minuten gewidmet. Obwohl der Film von der Fernsehgesellschaft bereits gekauft war und der Sendetermin feststand, gelang es dem Repräsentanten der Kirche im Aufsichtsrat, den Film zurückziehen zu lassen. Direkter Beweis für die Zensur, die wir immer vermutet hatten!

Die § 218-Beratung, Sozialberatung und die ganze Sozialarbeit lassen mich das Innere der Gesellschaft erkennen, in der ich lebe. Ich lerne auch, dass in gewissen Fällen der Zweck die Mittel heiligen muss. In einer allzu geregelten Gesellschaft muss man gelegentlich gegen Regeln und Verordnungen verstoßen – man ist es sich selbst schuldig, Zivilcourage zu zeigen, moralischen Mut, was auch beinhaltet, gegen öffentliche Anordnungen und gegen diejenigen anzugehen, welche die Macht besitzen. Dieses Wort, Zivilcourage, und seine Bedeutung werden in Deutschland jahraus, jahrein diskutiert. Ich verstehe das Wort erst, als ich gelernt habe, wie tief der Stempel GEHORSAM in die Volksseele eingedrungen ist. Viele sind sich auch der unerhörten Zerstörungskraft des Gehorsams bewusst. Und – Beweis dafür, dass Menschen Stellung bezogen haben – welches andere Land hat das Recht der Menschen zum Widerstand in der Verfassung verankert?[*]

[*]Quelle: Grundgesetz § 20, Abs. 4

Von den Deutschen sagt man, sie seien tapfer, aber nicht mutig. Ist die persönliche, die ganzheitliche Identität von der Jahrhunderte währenden allmächtigen Autorität gebrochen worden? Wird das Gehorchen, die Autorität ein Ersatz für das eigene zerrissene Ich? Allzu viele sehen es als ihre erste Pflicht an, gehorsam zu sein, unabhängig vom Ziel. Gehorsam – so ist es Generationen hindurch beigebracht worden – bringt weit mehr Ehre als Ungehorsam. Die Oberhoheit wird mit Gott gleichgestellt – und Gehorsam ist dann die höchste Tugend und auch die höchste Pflicht. Sie zu brechen wird der Ketzerei gleichgestellt – und bringt tiefe persönliche Qual. Aber würden die Schweden anders reagieren, wenn sie nicht beschützt wären dadurch, eine so homogene Bevölkerung mit ausgesprochen friedlichen Traditionen zu sein? Wird es anders, wenn die sozialen Gegensätze größer werden? Können die Schweden auf ihre Widerstandsfähigkeit in Bezug auf blinden Gehorsam vertrauen? Sie sind nicht gezwungen worden, ihre Geschichte so aufzuarbeiten. Sie können schwer dunkle Flecken in dieser Geschichte zulassen.

Zivilcourage. Dieses Wort, diese Freiheit, die wir haben um protestieren, um auf den Zweck eines Gesetzes hinweisen zu können – auch und gerade wenn die Forderungen unvereinbar sind –, das gehört zu den Vorteilen, wenn man in einer sozialen Organisation außerhalb der oft saturierten und verknöcherten staatlichen Verwaltung arbeitet. Die AWO hat eine traditionsreiche Geschichte des Widerstands in schweren Zeiten. Das neue Bundessozialhilfegesetz ist gut, aber die Gesetze der Bürokratie werfen Sand ins Getriebe. Wir prüfen, wie weit sich in Grenzfällen die Freizonen erstrecken. Es gilt Menschen, die ihre eigene Sache oft nicht vertreten können.

Als ich meinen ersten Tätigkeitsbericht an eines der Ministerien schreibe, die uns für die Beratung zum § 218 Mittel bewilligt haben, stelle ich fest, wie unmöglich es ist, die wirklichkeitsfremden und fälschlich geschaffenen Kategorien auf dem vorgegebenen Formular anzuwenden. Ich rufe den verantwortlichen Abteilungsleiter an und frage, wie wir vorgehen sollen. Ich sei die Erste, die eine so dumme Frage stelle, sagt er: »Es sei klar, dass nur die angegebenen Kategorien gelten«. Mehr wolle er nicht wissen. Nicht einmal mein Angebot, bei der Erstellung eines für das nächste Jahr anwendbaren Formulars mitzuhelfen, wird angenommen.

»Soll ich lügen oder die Wahrheit schreiben?«, frage ich schließlich.

»Lügen Sie!«, lautet die Antwort. »Und gehorchen!«

Generationsfragen

In diesen Jahren gibt es auch harte Prüfungen, als die nächste Generation die Bürde unserer lebensgefährlichen Fehltritte schultern muss. Die Protestwellen sind Jugendrevolten. Die neue Generation hält uns vielfach den Spiegel vor, als sie beginnt, mit der Vision einer besseren Gesellschaft und mit scharfer Kritik am Bestehenden zu agieren. Wir bekommen das bei der Arbeit, als Mitbürger, als Eltern zu spüren. Überall werden Widerstand und Aufruhr praktiziert. Viele von uns Erwachsenen stehen da, suchen einen Halt und spüren die eigene Unsicherheit. Wir können nicht so werden, wie unsere Kinder uns haben wollen; aber für wie viel von dem, was wir tun, können wir die Verantwortung tragen?

In einem Jahr erblicke ich im Erster-Mai-Zug, der unter dem Motto »Arbeit für alle« steht, inmitten einer Gruppe von Schülern um die fünfzehn plötzlich meine Tochter. Die Jugendlichen tragen ein großes eigenhändig bemaltes Transparent: »Rente jetzt! Rente jetzt!« Ich dränge mich zu ihr und frage verwundert nach der Botschaft. Ohne einen Anflug von Unsicherheit antwortet sie: »Es gibt nicht Arbeit für alle! Statt dass eine Menge Leute arbeitslos herumlaufen, können doch diejenigen, die arbeiten wollen, die Jobs bekommen, und die anderen bekommen gleich Rente!« »Die Alten« von der Gewerkschaftsleitung nähern sich – ich weiß, dass nur vorher angemeldete und geprüfte Parolen zugelassen sind. Ich argumentiere mit dem örtlichen Gewerkschaftsboss, plädiere dafür, Streit zu vermeiden und großzügig zu sein – und die Jugendlichen dürfen mit ihrem deutlich Flower-Power-betonten Text im Zug bleiben.

Unsere jüngste Tochter begibt sich alsbald in eine Vielzahl kühner Protestinitiativen. Die Proteste richten sich automatisch auch gegen die Eltern, von denen man annimmt, dass sie mit allem unter einer Decke stecken, was Obrigkeit und Autorität heißt. Das Ganze beginnt so leicht und fantasievoll.

Eines Nachmittags, als unser Ministerpräsident zu Besuch erwartet wird und eine Rede auf dem Marktplatz halten soll, kommt Leben in all die Uniformierten und Polizisten in Zivil, die um den schönen Platz mit dem Gänseliesebrunnen in der Mitte herum aufgestellt sind. Die Polizisten stehen an den Ecken, am Brunnen, in den Rathaustürmen und auf einigen Dächern. Sie haben Kameras. Und dann erblicken sie eine Reihe schwarz gekleideter Jugendlicher, die eine Holzkiste heranschleppen. Sie ächzen und stöhnen und tragen die Kiste zur Mitte des Platzes. Ich entdecke meine Kleinste unter ihnen! Alarm! Die Polizei rückt vor, ergreift die Jugendlichen schnell, hält sie fest, führt sie in das Polizeifahrzeug ab – während herbeigeeilte Sicherheitsexperten mit unendlicher Vorsicht die Holzkiste in Verwahrung nehmen. Der Marktplatz wird menschenleer – und unter Einsatz aller nur erdenklicher Vorsichtsmaßnahmen bekommt man die Kiste auf. Tableau! Sie ist bis zum Rand mit Zeitungspapier und etwas Kies gefüllt! »Aber das haben wir der Polizei doch die ganze Zeit gesagt«, sagt das Mädchen später im Triumph über den gelungenen Streich.

Die Spiele werden gefährlicher. Es wird ernst. Nun werden wir aktiv außen vor gehalten. Wir erfahren nicht mehr, was vor sich geht. Unsere Tochter verschwindet direkt im Anschluss an die Schule auf Zusammenkünfte. Die Arbeit in diesen Gruppen gilt dem Widerstand gegen Isolationshaft, gegen viele Methoden der Polizei. Die Jugendlichen diskutieren Einzelheiten, die sie erfahren, die jedoch nie in der Presse erscheinen. Flugblätter werden verteilt. Der Sprachgebrauch wird erbitterter. Bei der Polizei vermuten sie rechtsextreme Sympathien. Sie »werden politisch«, wie es im Deutschen heißt, werden von der Polizei beobachtet, registriert. Die Fronten sind klar. Unsere Tochter wählt nicht den leichten Weg: Sie will für Gerechtigkeit kämpfen und gegen alles, was sie als illegitime Macht ansieht. Sie liest. Sie findet, dass wir lahm sind – Mitläufer. Ich versuche zu erklären, dass dieser deutsche Staat der demokratischste ist, den es je gegeben hat, dass wir die demokratischen Institutionen verteidigen, sie stärken müssen. Aber wir finden nicht zueinander. Sie bricht aus.

Am 1. März 1986 schrillt das Telefon und reißt mich aus dem Tiefschlaf. Es ist drei Uhr nachts.

»Ich glaube, in den Nachrichten haben sie gesagt, dass Olof Palme erschossen worden ist«, ruft meine Tochter von irgendwo. Ich habe sie seit einer Woche nicht gesehen. Ich beginne, wach zu reagieren. »Wo bist du? Was sagst du da?«, rufe ich, als ich mit dem Telefon im dunklen, kalten Flur stehe. Ich bekomme erzählt, wie sie in ihrer politischen Gruppe dagesessen und auf die Nachrichten gewartet haben (»warum mitten in der Nacht?«, denke ich). Sie hatte sich sofort ans Telefon gehängt und ist erschüttert, und sie vermittelt Gemeinschaft. Ich empfinde Dankbarkeit. Und die ganze Nachricht ist zu groß und wichtig, als dass ich ihr weiter mit der Frage auf die Nerven gehen will, wo sie ist. Nie kann ich meine Unruhe auf angemessene Weise ausdrücken. Sie ist nun ständig da und verbunden mit dem Land, von dem ich ein Teil geworden bin.

Die eigentliche Zeit der »Roten-Armee-Fraktion«, ihre brutalen Gewalttaten und die staatliche Wut, die darauf folgte, sind vorbei. Aber im politischen Klima sind die Spuren der RAF noch erhalten. Das Rechtswesen und seine Funktionäre sind übel zugerichtet. Gerichtsverfahren und Razzien füllen die Medien. Sie lieben Hetzjagden ohne Rücksicht auf das dabei entstehende gefährliche Klima. Die Feindbilder, die entworfen werden, sind grob. In jedem öffentlichen Gebäude hängen Plakate mit Fotos von denen, die noch immer gesucht werden. In jeder Postschlange, auf den Korridoren jeder Amtsstube – in allen offiziellen Eingängen starren diese gejagten Jugendlichen uns entgegen. Gelingt eine Festnahme, wird ein dicker schwarzer Strich über eben dieses Gesicht gezogen. Die Bevölkerung wird aufgefordert, an der Hetzjagd teilzunehmen. Die Frage der Isolationshaft wird verstanden als Beispiel für die Überreaktion des Staates, da sie offenbar Körper und Seele von Menschen effektiv bricht.

Unsere Kleinste hat alles gründlich verfolgt. Sie ist nicht jemand, der für eine Stereoanlage spart oder heimlich in die Disko geht. Drogen und Alkohol findet sie uninteressant, klassifiziert sie als »Versuche der Machthabenden, uns zu vergiften«. Sie wächst in Gruppen hinein, die den Staat als ihren Feind im Kampf für die gerechte Gesellschaft, die freie und gleichberechtigte Gesellschaft, ansehen. Sie erhält zahlreiche Beweise dafür, wie blind viele Vertreter des Staates sind. Und wie blind sie auf dem »rechten Auge« sind.

Die ersten Skinhead-Gruppen formieren sich bereits, und wir wissen es eigentlich alle. Sie fangen an, in der Stadt Ausländer zu verprügeln. Sie sammeln Waffen und halten in der umliegenden Gegend paramilitärische Übungen ab. Sie finden bei etlichen der wachsenden Anzahl arbeitsloser junger Männer Gehör, die sich von der Gesellschaft im Stich gelassen fühlen und die deshalb jemanden schlagen wollen. Aber es sind die »Anti-Fa«-Gruppen, die Antifaschisten, welche die Polizei bewacht und gegen die sie ihre Kraft einsetzt. Unsere Jüngste geht aufs Ganze und schult sich politisch in geheimen Gruppen, die geschworen haben, das Land vor Machtübergriffen und Neofaschismus zu retten.

Ich kann noch heute fühlen, wie hilflos und unbeholfen ich als »verabschiedete« Mutter war. Wir Erwachsenen – abgestumpft, familienzentriert, Pflasterkleber – werden mit großer Skepsis betrachtet.

Wenn ich im Fernsehen die Demonstrationswellen schwarzgekleideter Jugendlicher aus den Straßen von Hamburg und Berlin hervorquellen sehe, suche ich meine Tochter auf der Mattscheibe. Ich sehe die Bilder von Polizisten mit Schlagknüppeln, Marsmenschenuniformen und Roboterausrüstung – und der Angstschweiß bricht mir aus. Ich höre auf fernzusehen. Nachrichten kommen nur tröpfchenweise. Keine Einzelheiten darüber, wo sie ist, keine Adressen und Telefonnummern. »Wie bekommt sie Essen? Muss sie nicht einmal Kleidung oder Geld haben?« Nicht einmal damit kann ich meine Unruhe beschwichtigen. Aber dann ist sie wieder zu Hause – schweigt über das, was geschehen ist, ist aber gut informiert über vieles von der »anderen Seite«. Das, was nie in die Medien kommt. Ich will die Rechtlosigkeit nicht sehen – auch nicht die des Staates. Ich will nicht sehen, dass die Gewalt und die Dogmen bis in die Familie hinein reichen. Will nicht die, welche ich am meisten schützen will, sich in die Neurosen der Gesellschaft verstricken sehen.

Die Tochter ist wieder ein paar Tage zu Hause. Einer ihrer Kameraden, ein groß gewachsener Zwanzigjähriger, muskulös, jetzt jedoch kreidebleich, setzt sich an den Gartentisch. Auf meine etwas unbeholfene Frage, warum er so mitgenommen aussehe, bekomme ich zur Antwort: »Bin beim Arzt gewesen und habe die Samenleiter durchtrennt bekommen – Sterilisation.«

Die Birken neben uns erzittern, die Rosen nebenan verlieren plötzlich ihre Farbe, der Wind hört auf. Ich schnappe nach Luft, aber mir fällt nichts ein, was ich sagen könnte. Warum diese Selbstverstümmelung? Warum diese Rache am Leben? Warum hat unsere Generation dies nicht besser hinbekommen – und warum stellen sich Erwachsene für so etwas zur Verfügung?

Kurz darauf wird eines Abends eine junge Studentin aus der

Gruppe von einer Polizeikette auf die Fahrbahn getrieben. Sie stirbt, überfahren, auf dem Gehweg. Unsere Tochter versucht, die bis zu den Zähnen gerüsteten Polizisten so weit zu bekommen, dass sie damit aufhören, die Jugendlichen vom Bürgersteig auf eine der meistbefahrenen Kreuzungen Göttingens hinunterzutreiben. Nicht weit von der Stelle entfernt, wo sie selbst mit undurchdringlichen Polizeischilden als Gegenüber steht, sieht sie ihre Kameradin sterben. Sie ist erregt bis an die Grenze der Verzweiflung. Aber im Freundeskreis, der nun die Familie ersetzt, erhält sie Wärme und Unterstützung. Familie, dieses Wort, das in der neuen Gesellschaft, die auf anderen Grundlagen errichtet werden soll, abgewählt wird. Die Jugendlichen halten fest zueinander, helfen einander, verarbeiten gemeinsam die Trauer. Spontan bauen sie ein merkwürdiges Denkmal für die tote Kameradin.

»Trauer, Schmerz und Widerstand« steht darunter geschrieben.

Tag und Nacht halten sie an der Straßenecke, wo das Unwiderrufliche geschah, Totenwache. Aber in der fünften Nacht kommt die Polizei mit großen Schaufelbaggern, räumt die Trauernden fort und verwüstet die unglaubliche Skulptur. Wir sind viele, die zu vermitteln, für Nachsicht und Gewaltverzicht zu sprechen versuchen. Die Härte, die unreife Herrscherattitüde bei denen, die zeigen wollen, wer die Macht besitzt, hat jedoch Vorrang.

Warum? Warum? Warum muss die Gewalt von außen direkt in meine Familie hineinschlagen? An einer Gesellschaft teilzunehmen bedeutet auch, dass diese sich bedient, dass es nicht geht, nur zu wählen, als wenn man Blumen zu einem Strauß pflückt. Es geht nicht, Stoppschilder aufzustellen oder unbewohnte Gebiete einzuführen. Das große und das kleine Leben fließen immer zusammen. Und man bleibt schutzlos.

Aber die Unruhe peitscht auch die Fragen nach eigenen Fehlern, nach Schuld und Zweifel hoch. Die Jüngste war von der Geschwisterschar und der Familienbiografie nicht geschont worden. »Werde kein gehorsamer Mensch!«, sicher als Ehrenwort verwendet, hatte ich mitbekommen – und weitergegeben. Am Abendbrottisch sprach die ganze Familie über Proteste und Einsätze. Und die Jüngste begibt sich direkt hinaus in die Gefahr – vom Wort zur Tat. Aber bei aller Angst gilt ihr auch unser stiller Respekt für ihr Leiden, ihre Ehre und ihre jugendliche Kompromisslosigkeit.

Sie ist stark. Sie hat die gefährlichen Jahre jetzt hinter sich. Sie kehrt nicht in die Familie zurück, die Kindheit ist vorüber. Sie baut ihr Leben auf Erfahrungen auf, die sie mitbekommen hat. Es gelingt ihr, unter den Bedingungen der Gesellschaft weiterzukommen und aus ihrer Sehnsucht etwas Konstruktives zu schaffen. Es ist ihr gelungen, ihre Lebensfreude und ihren Glauben an Menschen zu bewahren. Das ist das Wichtigste von allem.

Vieles, das wehtut, vieles, das gut tut, strömt 1992 an diesem Morgen in Dresden ins Zimmer. Eine ganze durchlebte Welt, eine Welt, die zunächst so unbekannt war. Warum sollte es nicht möglich sein, noch einmal anzufangen? Warum sollte es nicht möglich sein, in diese andere Hälfte des Königreichs zu reisen? Nicht Touristin zu bleiben, sondern mich richtig niederzulassen, teilzunehmen und meine Zugehörigkeit kennen zu lernen. Lernen teilzunehmen. Warum kriechen jetzt Vorahnungen einer Niederlage hervor, warum soll ich auf sie hören?

Die allerletzten Jahre, der Aufbruch zu neuen Aufgaben und in eine neue Stadt schaffen es nicht, in der letzten Stunde der Ruhe aus meinem Bewusstsein verdrängt zu werden – es war unendlich schwer, neu Fuß zu fassen. Aber es ging schließlich. Warum nicht Anlauf nehmen, wo ist die Kraft geblieben? Ist das Realismus oder Mutlosigkeit, Reife oder Angst?

Der letzte gemeinsame Morgen von Lucas und mir in Dresden lässt sich nicht länger hinter den kaputten Fensterläden ausschließen.

Die wenigen Tage hier sind so lebendig und lang gewesen, so unglaublich lang.

Werner, Brigitte, Sylvia, Gudrun und viele mehr erzählen

Die Tage in Dresden sind vorüber. Wir mussten laufen, um rechtzeitig zum Bahnhof zu kommen. Es war ein allzu plötzlicher Abschied. Aber hätte es etwas anderes sein können? Die Zukunft ging weiter, aber ich spürte, wie meine deutschen Bilder in mir noch immer in heftiger Bewegung waren. Und das, um Lucas` Leben in Dresden zu erfassen? Die Grenzen, die es gegeben hatte, lagen hinter uns. Aber sie lauerten im Hintergrund. Wir hatten mit ihnen gelebt und lebten nun mit den Resten davon. Sie hatten die Rahmenbedingungen für mein Leben im westlichen, einem Tortenstück ähnlichen Teil geschaffen, wo ich und so viele andere uns zurechtgefunden hatten, aber übersät von Spuren, Wunden und Narben. Die großen historischen Ereignisse, das hatte ich schließlich gelernt, machen immer die persönliche Geschichte von Menschen und Familien aus. Und diese hatten auch mich und mein Leben mit den Meinen geprägt.

Es gab so vieles, womit ich den Kampf nicht noch einmal aufnehmen wollte – und es gab schon vieles, von dem Lucas wusste, dass er es zusammen mit mir nicht finden würde. Und er stellte hohe Ansprüche. Er suchte unheimlich viel, und der Weg ist ungewiss, vermutlich schwierig, aber er muss ihn gehen.

Ich sitze im Zug und lasse meine Bilder aus dem Westen weiter frei durch mich hindurchströmen. Bilder und Erinnerungen drapieren sich um meine jetzige Lebenssituation, legen sich manchmal dunkel und schwer, aber auch herrlich wie Samt und Tüll und voller Leben, verhüllen das eigene Leben.

Die Neunzigerjahre hatten mit einem Paukenschlag begonnen. Wie in einem Freudenfeuerwerk gingen die Achtzigerjahre zu Ende! Im Westen wurden die Menschen überrumpelt. Die Zeit des Kalten Krieges hatte nicht nur Frieden, sondern auch eine Balance der Angst bedeutet. Aber auf der anderen Seite der Mauer hatte es gegärt und gezischt, und wir im Westen hatten es nicht ernsthaft wahrgenommen, nicht einmal die Politiker. Nicht bevor Jugendliche zu Tausenden und Abertausenden die Grenze von Ost nach West übersprangen und den Regimen der Zerstörung ein Ende bereiteten. Die besser Informierten wussten, wie ostdeutsche Widerstandsgruppen vorgegangen waren, wo die Brüche waren und wer daran arbeitete. Bereits 1983, zur 500. Wiederkehr des Geburtstags von Martin Luther, wurden in Honeckers Land Protestthesen an die Kirchentüren von Wittenberg genagelt, und tags darauf versammelten sich viele tausend Menschen, um dabei zu sein, als ein Schwert über offenem Feuer zu einem Pflug umgeschmiedet wurde. Das alte Bibelwort »Macht Schwerter zu Pflugscharen« wurde danach die Losung. Die Mauer wurde gestürmt und fiel, Steine wurden losgebrochen. Ein Glückstaumel brach aus wie ein wirbelnder Hochzeitstanz.

Nun sollten die Deutschen zum ersten Mal seit 1945, nein, seit 1933, in Freiheit selbst die Verantwortung übernehmen und die anliegenden Aufgaben lösen können. Endlich sollten alle Wunden heilen können. Endlich sollte das angst- und hasserfüllte Wettrüsten auf beiden Seiten zu Ende gehen können. In der Nacht zum 10. November 1989 fiel die Mauer des heruntergekommenen Unterdrückersystems. Das Ganze gab ohne Gewalt nach. Die Sowjetunion öffnete den Weg, und die Entwicklung hin zu einer Demokratie, einem Deutschland mit 80 Millionen Menschen, die nun alle ohne Angst verschieden sein konnten und durften, wurde möglich. Das geeinte Deutschland, dieses Land, das sowohl in Ost als auch in West das meiste über die zerstörerischen Perversitäten der Waffen gelernt hatte, sollte ein Missionar des Friedens werden können. So war die Lage zu Beginn der Neunzigerjahre.

Aber man kann nicht ganz von vorn beginnen. Es gibt keinen Nullpunkt. Es gibt immer Erinnerungen, die an Erfahrungen und Verluste gemahnen, es gibt verborgene Wunden, die eitern und bei all dem Neuen, das geschaffen werden soll, versorgt werden müssen. Wird es möglich sein, sich die dafür notwendige Zeit zu nehmen?

Ich komme aus Dresden nach Hause in den Westen und fahre noch in derselben Woche zu einer viertägigen Zusammenkunft, die für neugewählte Mitglieder von Gemeindeparlamenten angeboten wird. Es geht dabei viel um Ausschussarbeit, Gemeindeordnung, Haushaltsprioritäten. Ich soll einen Vortrag darüber halten, wie hinderlich die traditionellen Konferenz- und Organisationsformen für ein Umdenken sind. Außer mir sind sämtliche Tagungsteilnehmer Männer. Warum kommen die Frauen nicht, die in die

Lokalparlamente gewählt worden sind? Werden sie durch ihre familiäre Verantwortung an der Teilnahme gehindert? Oder fühlen sie sich bei diesen von Männern dominierten Seminaren nicht wohl? (Offensichtlich fahren sie am liebsten auf »Frauenseminare«!)

Die meisten Teilnehmer sind schon älter. Abends löst sich das Gespräch von den Themen des Tages. Einer erzählt, dass er 1939, als junger Mann, in Salzgitter im Arbeitsdienst gewesen sei, in eben der Stadt, in der wir uns jetzt gerade befinden, der Volkswagen-Stadt. Der Mann erzählt mit Gelächter einige Kriegsgeschichten, wie er und seine Kameraden während des Arbeitsdienstes wagten, sich den Anordnungen zu widersetzen. Ausgeschlagene Zähne und Arrest waren die Folge. Dann folgen Schilderungen, wie froh er darüber gewesen sei, einige der Jungs vom Arbeitsdienst in den Schützengräben in der Ukraine wiederzutreffen. »Ja«, ruft er, »da haben wir zugeschlagen, denn wir waren darauf gekommen, wie wir in der Küche bedienen konnten«. Lachen und neue Geschichten. Alle hatten etwas zu erzählen.

Plötzlich merke ich, dass der hoch gewachsene, sympathische Werner, Betriebsratsvorsitzende einer Maschinenfabrik, schweigend aufsteht und den Speisesaal verlässt. Ich finde ihn auf der Treppe zum Nachbargebäude. Dort steht er rauchend.

Werner berichtet

»Ich kann mir das nicht mehr anhören! Aufschneider! Angeber! Sie wissen doch genau wie ich, dass wir über all das auf eine andere Weise reden müssen, dass wir verdammt jämmerliche Feiglinge sind! Diese ewigen Geschichten von Kameradschaft und dieses Lachen! Als wäre es nicht die schlimmste Zeit gewesen, die sie je miterlebt haben! Kadavergehorsam, Hohn, Entbehrungen, Hunger, keinerlei Raum für eigene Gedanken oder die Möglichkeit, Angst zu zeigen. Heldenmut und Kameradschaft? Wir haben uns alle in die Hose geschissen und sind innerlich kaputtgegangen! Total. Das wäre wirklich etwas zu erzählen!«

Es ist, als öffne sich eine Schleuse. Wir setzen uns auf die Treppe. Ich glaube, dass die Dunkelheit der Nacht es ihm leichter macht zu reden. Noch nie zuvor während meiner mehr als dreißig Jahre in Deutschland habe ich einen Mann seine Kriegserlebnisse in dieser

Weise schildern hören. Eine solche Angst habe ich nur in der Literatur gefunden. Nun überschlagen sich seine Worte:

»Zuerst kam ich zur Marine. Als 18-Jähriger dachte ich, es könnte ganz lustig sein, vom Dorf und der Maloche wegzukommen, bei spannenden Dingen dabeizusein und in den Augen der Mädchen doll auszusehen! Aber mein Gott, was hatte ich Angst auf See! Das Augenlicht verlor ich fast, als eine Blitzlampe explodierte. Nach dem Lazarett landete ich in Frankreich. Dort lernte ich schnell den Vorteil auszunutzen, dass ich kochen konnte – die Feldküche war der beste Ort. Das wurde mein Arbeitsplatz, dort hielt ich mich meist auf. Aber in den Dörfern waren wir übel. Als wir Einkäufe für die Feldküche machten, versuchte ich, anständig zu sein: massenhaft Kälber, Schafe, Kohl und Kartoffeln – Ernte und Schlachtprodukte der Dorfbewohner. Einkäufe! Sicher sollten wir redlich sein, aber die Preise bestimmten wir. Wir waren ja Sieger, und das entschuldigte alles. Menschen, die man besiegt hat, haben nicht viel zu sagen. Wir waren die Weltbesten. Als kolossale Luftballons blähten wir uns auf!

Und die Mädchen. Es waren ja keine gewöhnlichen Zeiten, und man hatte uns eingehämmert, dass Männer sich wie potente Hengste aufführen konnten, dass der Führer uns beinahe befahl, Kinder zu machen, dass Schonungslosigkeit etwas Normales sei. Aber die meisten von uns wussten, dass es sich nur um Rohheit handelte. Ich hatte zu Hause glücklicherweise schon eine Freundin – die jetzt meine Frau ist. So hatte ich jedenfalls einen Anker. Aber dann.

Wir kamen an die Ostfront. Genau wie die da drinnen mit ihrer Aufschneiderei, von wegen Kameradschaft! Jede Schweinerei, alles, was du dir nur vorstellen kannst, kam täglich vor. Wieder versuchte ich, mich durch Küchendienst zu schützen. Ich habe, soweit ich weiß, niemals auf einen Menschen gezielt – aber das ist ein schwacher Trost. Die großen Worte konnten wir nicht mehr hören. Schließlich waren wir da zahlenmäßig bereits auf die Hälfte geschrumpft. Jeder zweite Kamerad war draufgegangen. Wie beim Schweineschlachten! Die Hilflosigkeit und den Hass ließen wir an allen aus, derer wir habhaft werden konnten.

Als ich auf Heimaturlaub war, wollte ich kein Wort darüber erzählen, konnte es nicht. Aber ich bat meine Freundin, mich zu heiraten, obwohl es Blödsinn war. Ich fühlte, ich wollte sie als Schutz in mir haben. »Ja, ich will deine Witwe werden«, sagte sie voller

Ernst am Hochzeitstag. Nach drei Wochen musste ich an die Ostfront zurück. Ich hörte und sah all das, was man mit den Dorfbewohnern machte. Mich hat man nicht gezwungen, Menschen hinzurichten, aber ich habe dagestanden und gesehen, wie sie aufgestellt wurden, um ermordet zu werden. Nicht hinsehen. Nichts zeigen. Mach dich innerlich leer, glaub an das Gerede, dass sie es waren, die uns bedrohten, glaub an alles, was dir eingeblasen wird! Das war der einzige Schutz, den es gab. Und die Kameradschaft zwischen uns Männern war die einzig zugelassene gute Eigenschaft.

Während des Hungermarsches nach der Panzerschlacht in den Karpaten fand ich meinen besten Freund. Zerstört von Typhus und Ruhr teilten wir eine kleine Dose Suppe. Das war der Beginn unserer Freundschaft. Wir hielten zusammen. Ja, ich überlebte nur seinetwegen. So erging es vielen. Das war die einzige kleine Menschlichkeit, die erlaubt war. Eigentlich ist es das, worüber die da drinnen reden. Über alles andere sprechen sie nie.

Ich auch nicht. Auch nicht darüber, was wir mit den Frauen machten. Die Bordelle, an denen man sich anstellte. Wir wussten, dass die Frauen zwangsverpflichtet waren. Da wurde kein Unterschied zwischen arischen, polnischen, russischen oder Gott weiß vielleicht auch jüdischen Frauen gemacht – all das, von dem sie uns sonst einredeten, dass es so wichtig sei. Wir wurden aufgehetzt, uns des ganzen Drecks, der in unseren Körpern steckte, zu entledigen. Wir sollten erniedrigen, wir sollten unseren Sieg zeigen. Wir wurden zu männlichen Monstern getrimmt.

Niemand sprach über die Angst. Auch nicht über die Angst, nicht zu können. Du glaubst doch wohl nicht, dass Männer immer solche Sexbestien sein können? Der Körper verweigert sich – und die Hilflosigkeit macht einen noch brutaler. Die Angst vor den anderen war entsetzlich. Man stelle sich vor, sie würden sehen, dass wir keine ganzen Kerle waren! Diese Angst war weit größer als die Angst davor, den Frauen – ja, oft Mädchen – weh zu tun. Dies ging gegen alles, woran wir je geglaubt hatten. So etwas wie Glauben an Liebe schirmten wir ab. Um unseren Hass loszuwerden, unseren Selbsthass, verherrlichten wir die Manneskraft. Heuchelei, alles Heuchelei. Alles Gerede über die schöne, reine, deutsche Frau zu Hause war ja nur dazu da, uns glauben zu machen, dass diese anderen Menschen Tiere seien – und dass niemand es wagen sollte, so mit den

Unseren umzugehen. Nein, die zu Hause wurden heilig gehalten, das gehörte zum Spiel. Je mehr wir in die Scheiße hineingerieten, umso verlogener wurden die, welche uns vorantrieben – und umso verlogener wurden wir selbst. Und je mehr wir uns selbst hassten, umso brutaler wurden wir. Wir waren ausgepumpt.

Wie konnten und wie können ganz normale Menschen sich in Massenmörder und Vergewaltiger verwandeln lassen? Wie wir. Ich glaube nicht, dass es eine absolute Grenze gibt. In Polen erschoss ein Reservepolizeibataillon – mein Schwager gehörte dazu – zwischen Juli 1942 und November 1943 achtunddreißigtausend Juden! Treblinka, Majdanek, Sobibór. Immer mehr. Ich habe noch den Brief, den mein Schwager aus Konskowola bei Lublin schrieb: ›Wir erschossen die überlebenden Juden im Dorf. Es waren wohl 2000. Zuerst hatten wir das Dorf durchkämmt. Denken geht nicht mehr.‹ So schrieb er. Was fühlte der Zweiundzwanzigjährige, der sowas schreibt? Der netteste Junge in der ganzen Verwandtschaft. Nie haben wir darüber gesprochen. Ich kann es nur als einen Teufelskreis des Selbsthasses erklären. Und nun sehen wir es wieder, in Jugoslawien.

Ich meldete mich krank, ich wurde krank – das waren viele von uns. Wenn ich nun über die Rohheiten spreche, tue ich das in der Wir-Form, denn es waren natürlich auch wir Soldaten, nicht nur SS und Gestapo. Nicht überall vielleicht, aber doch. Und wir werden uns selbst nie verzeihen. Wer wagt es schon, über das, was geschehen ist, zu sprechen? Das tut keiner. Es wird verdrängt, darf nicht an die Oberfläche kommen. Wir schweigen oder schwadronieren über die gute Kameradschaft. Dann gibt es auch die alten Nazis, die behaupten, wir hätten für irgendeine Art von Ideal gelitten und seien ehrenvoll gestorben. Und weißt du, selbst dieses Gewäsch hielt einige der Männer aufrecht. Das Schreckliche zu etwas Schönem zu machen war das Einzige, was sie innerlich retten konnte. Sie logen um alles, was sie sahen und taten. Denn du kannst nicht umhergehen und wissen, dass du widerwärtiger gewesen bist, als du je von dir geglaubt hättest – dann klappst du zusammen, verschwindest in Depressionen. Weißt du, wie viele von uns nicht klarkamen? Memmen wurden sie genannt. Psychische Schäden durften nicht vorkommen. Schnell kam auch der Verdacht, schwul zu sein. Wie ein Fluch schwebte all dieses über den wenigen, die versuchten, sich zu entziehen, die wegwollten. Es wurde auf Männlichkeit gepocht. Oh, diese kranke Verlogenheit, die uns ›Männer im Krieg‹ alle Rechtsnormen verraten lässt. In allen Kriegen. Angst, Selbstverachtung, Feigheit und Verzweiflung, die in Hass umschlagen. Das ist, glaube ich, die Ursache, nicht irgendein ›wildes Tier‹ in uns.

Warum, glaubst du, haben deutsche Männer in meiner Generation so viel Angst, zu einem Psychologen zu gehen? Wir haben so viel verdrängt. Da saßen wir alle mit dem Schrecken in uns und versuchten, ihn zu unterdrücken, um nicht in nachtschwarze Löcher zu fallen, Angstschweiß und Zittern zu bekommen. Deshalb glaube ich, dass wir, genau wie Soldaten überall in Kriegen, auch heute noch, unseren Selbsthass an Frauen und Kindern auslassen.«

»Aber«, sage ich, »hierüber müsst ihr anfangen zu sprechen. Euretwegen, der anderen wegen, der Frauen wegen. Eure Generation ist die der wirklich großen Schweiger!«

»Glaubst du, dass irgendeiner von denen dort drinnen darüber sprechen würde? Nicht einmal unter Kumpels! Sie haben es zu lange unterdrückt. Sie haben sich zum Vergessen gezwungen. Daher leugnen sie ja auch jede Art von Verbindung zu dem, was heute geschieht. Du merkst ja, dass sie darüber, was mit Gewalt hier und jetzt, was mit Frauen zu tun hat, nicht einmal etwas hören wollen. Weder an den Arbeitsplätzen hier noch über Sextourismus und Missbrauch von Kindern in den armen Ländern. Und selbstverständlich nicht das, was in den Vergewaltigungslagern in Bosnien geschieht: Vukopar, Orijnik, Srebrenica. Sie weigern sich, sich mit sich selbst zu beschäftigen – es ist zu nah, zu sehr mit Angst besetzt. Nun sehen wir Vergewaltiger und Vergewaltigte im Fernsehen in unseren eigenen Wohnzimmern. Wir verschließen die Augen vor jeder Koppelung zwischen allen diesen heutigen Formen der Gewalt – und das, obwohl es uns innerlich aufschreien lässt. Wir haben so etwas in Wirklichkeit erlebt, sind daran beteiligt gewesen!«

Werner brüllt es beinahe heraus. Noch nie habe ich ein derartiges Gespräch erlebt. Werner bricht die Mauern männlichen Schweigens. Eis, Beton. Er bricht Tabus.

»Nichts haben wir von euch erfahren. Doch, durch Schriftsteller, Historiker, Journalisten, Psychiater – aber alles aus zweiter Hand. Warum habt ihr nichts erzählt? Warum habt ihr geschwiegen, schweigt ihr noch immer?«, frage ich.

»Meine Kinder haben auch nie Antwort auf irgendwelche Fragen bekommen. Über alles, was Nazizeit, Krieg, Gefangenschaft betraf, legte ich, als ich nach Hause kam, meterhohe Decken. Das taten wir alle. Es war eine Welt, die es in mir nicht geben durfte. Kaum einmal Erzählungen darüber, wie das Ganze begann, über die Brutalität, die zum Vorschein kam, als die Nazis an die Macht gelangten. Ich sah es ja in meinem Heimatdorf. Wer schnell Nazi wurde. Wie der jüdische Pferdehändler vertrieben wurde, einfach verschwand. Wie sein Unternehmen zu einem Spottpreis von einem unbekannten ›Arier‹, vielleicht auch vom Nachbarn, übernommen wurde. Wie mein Vater, der von Beruf Dachdecker war, als Sozialdemokrat keine Aufträge mehr bekam. Kannst du dir vorstellen, nichts erzählte ich – außer möglicherweise über das, was hier zu Hause geschah. Nichts. ›Fragt euren Lehrer‹, sagte ich zu den Kindern.

Doch, als der Kalte Krieg herrschte und der Russenhass am größten war, machte ich tatsächlich einen Versuch. Ich wollte eine schöne Erinnerung aus der Gefangenschaft in Russland erzählen, etwas, das mich wärmte und mir das Leben gerettet hatte, so ausgehungert nach Wärme, wie ich damals war. Es war beim Lager Sverdlovsk im Ural, wir wohnten in ›Zemljankis‹, Erdbunkern. Die letzten Jahre in Gefangenschaft arbeitete ich bei einem armen alten Paar in einem zerbombten Dorf, in dem ich der einzige junge Mann war. Man sorgte für mich. ›Mamuschka‹ tat alles für mich, nahm ihren letzten Faden, um meinen Mantel zu nähen, ihre letzte Kartoffel, um mich zu stärken, die letzten Holzscheite, wenn meine Füße blaugefroren waren. Der alte Mann gab mir seine Decke. Sie behandelten mich, als sei ich ihr einziger Sohn. Sie gaben mir ihre Liebe. Ich verstand nicht, warum. Als ich etwas Russisch gelernt hatte, fragte ich sie einmal.

›Ja, aber unsere Söhne, bei euch in Gefangenschaft, kriegen sicher gut zu essen, so reich, wie Ihr Land ist‹, sagte die alte Frau. Wie ich mich schämte! Das habe ich meinen Kindern erzählt, alles andere ist wie ausgelöscht.«

Werner tat einen Zug nach dem anderen. Er war hochrot im Gesicht.

»Nicht einmal meiner Ehefrau habe ich etwas erzählt. Als ich nach dem Krieg nach Hause kam, hatte sie eine kleine Tochter, kaum ein Jahr alt. Meine Frau war außer sich vor Angst und fragte sich, wie ich das aufnehmen würde. Ich kam mit einem der ersten

Krankentransporte und lag im Harz im Sanatorium, um wieder zu Kräften zu kommen. Ich wog 42 Kilo. Meine Frau besuchte mich und hatte das Kind in einem Erntekorb dabei. Wir hatten uns zwei Jahre nicht gesehen. Als ich das gesunde kleine Mädchen sah, so voller Leben, da war es mir, als ob plötzlich all das Schreckliche, das ich gesehen und begangen hatte, aus mir wegflog, und ich dankte Gott für sie, die Kleine – und gelobte, der allerbeste Vater zu werden. Ich wollte alles wieder gutmachen. Ich bin ja, wie du weißt, katholisch erzogen, und war überzeugt, dass Gott mir trotz allem Gnade und Vergebung gewährt hatte. Meiner Frau sagte ich darüber kein Wort. Ich fragte auch nicht, von wem das Kind sei. Auch später haben wir kaum darüber gesprochen. Und weißt du, diese älteste Tochter ist diejenige, die mir immer am nächsten war, näher als die anderen Kinder, die wir dann bekamen.«

»Ja, aber die Frauen fangen an zu reden«, sagte ich. »Das haben sie früher kaum getan. Aber jetzt, nach den Bildern aus Jugoslawien, sagen sie gerade heraus, dass Soldaten, Männer, nicht in den Krieg ziehen, um Frauen und Kinder zu schützen – wie es immer behauptet wird –, sondern um sie zu zerstören.«

»Die Frauen sind die, die uns retten können. Da bin ich mir sicher. Aber kommen sie denn heraus mit all ihrer Trauer? Denn nur auf diese Weise können sie den Hass loswerden«, sagt Werner.

»Aber du redest schließlich mit mir, du siehst ja, dass es geht. Du, und ihr alle, müsst anfangen!«

»Du bist nicht eine von uns, aber dennoch eine von uns. Und du hast keine Erinnerungen an das, was geschehen ist. Vielleicht ist es deswegen. Und außerdem sitzen wir hier im Dunklen«, sagt Werner, nachdem er eine ganze Weile still dagesessen hat.

»Wir waren Meister im Abschotten, als wir zurückkamen. Waren froh, noch am Leben zu sein. Wir bauten auf, waren so tüchtig, – das war die Zukunft, das war das Leben. Wir taten alles, so gut wir konnten, vielleicht ließ uns unsere Tüchtigkeit glauben, dass wir uns befreit hätten von den Erinnerungen an das, was hinter uns lag. Aber sie kriechen hervor wie gespenstische Schnecken. Und nun – da die Bilder aus Ländern in unserer unmittelbaren Umgebung kommen – verstehen wir vielleicht, wie geschädigt wir sind. Und wir haben den Schaden auch vererbt, obwohl wir das nicht wollten.

Selbst wenn viele sich auch noch so unschuldig nennen können, so sind sie doch mit den Schuldigen aufgewachsen, haben Teil an der Schuld. Ich habe erzählt, an welchen Brutalitäten und Rohheiten wir als Soldaten beteiligt waren – und ich war keineswegs ein Wüstling, sondern nur einer, der ab und zu mitmachte, weil in der Hölle, in der wir uns befanden, etwas anderes nicht möglich war.«

Plötzlich sagt Werner, wie atemlos: »Manchmal in der Nacht sehe ich AUGEN voller Angst unter mir, außer sich vor Angst, wie in Eis gemeißelt. Dann ist es gelaufen. Dann kann ich sie nicht berühren. Ich will zu diesen Bildern nicht zurück, aber ich werde nicht frei!«

Werner zittert, und dann kommen die Tränen.

»Ich dachte, es sei überstanden. Aber all diese bestialischen Bilder aus Bosnien – gestern war es Brčko – lassen mich die ängstlichen Augen sehen, und mir bricht der Angstschweiß aus, und ich verstecke mich in den Laken. Ich werde die Gewalt in mir nicht los. Ich weiß, dass wir verroht wurden. Das hat mein Selbstvertrauen zerstört, aber das sehe ich erst jetzt. Groß und stark müssen wir vor uns selbst sein, wir Kerle, denen doch alles zertreten wurde, was schön und richtig war.«

Werner flucht, schnieft, zittert.

»Was, zum Teufel, glaubst du, kann man seinen Kindern erzählen, ohne an die innere Angst zu rühren? Was, glaubst du, kann man der Frau sagen, die man am liebsten hat, der, von der man will, dass sie einen so sehen soll, wie man sein will: stark und selbstsicher? Weich und zärtlich zu sein, das schaffen wir nicht, selbst wenn wir uns danach sehnen, so sein zu können. Wir durften über das, was wir getan haben, nie trauern, das war nicht erlaubt, und vielleicht hätten wir es auch gar nicht gekonnt. Diejenigen, die heimkehrten, mussten ja sofort tüchtig, fleißig, stark sein – und Geld verdienen. Wir wollten schließlich zeigen, wozu wir nütze waren. Keine Erinnerung an das, was geschehen war, durfte an die Oberfläche kommen.

Wie sollten wir unseren Söhnen guten Väter sein? Wir, die wir unsere Männlichkeit verraten hatten. Wir leben unbewusst in Todesangst davor, dass irgendetwas herauskommt. Und wenn das geschieht, erstarren wir und leugnen noch mehr. Um Frauen als ebenbürtig anzuerkennen, um nicht männlich chauvinistisch oder ein Macho zu sein, wie du es nennst, müssen wir uns aus unserer Grundangst befreien. Hassen und erniedrigen ist ja eine einfachere Art zu versuchen, sich Manneskraft einzureden. Manchmal sehe ich plötzlich die ängstlichen Augen unter mir – und habe mich erst jetzt getraut, darüber nachzudenken, was der Grund ist für meine

Impotenz, selten zwar, aber immerhin. Früher wurde ich nur wütend, hätte sogar blind um mich schlagen können. Hörst du, wie ich mich nackt vor dir ausziehe? Hörst du, dass ich es wage?«

Nach einer Atempause erhebt sich Werner und fährt fort: »So frisst die Gewalt in uns – und alles nimmt Schaden. Generation für Generation. Langsam begreife ich: solange wir die Barrikaden nicht abreißen, uns gestatten zu trauern, die ganze Trauer zu fühlen – solange wird in diesem Land kein Frieden herrschen, denn in uns haben wir keinen Frieden. Auch können wir keine friedlichen Kinder heranziehen. So lange wagen Frauen nicht zu fordern – laut und wütend und warm –, keine solchen falschen Helden als Männer und Söhne länger zu dulden. Sie halten ja unseretwegen den Schein aufrecht, um uns nicht zu verletzen, obwohl sie wissen, dass es falsch ist. Wir müssen schwach sein dürfen.«

Werner verstummt. Ich weiß nicht, was ich sagen soll, aber das ist vielleicht auch nicht notwendig. Gleichzeitig bin ich fast froh über alles, was Werner ausgesprochen hat.

Leugnen. Verdrängen. Verschweigen. So geht der Hang zur Zerstörung weiter. Versteckte Spuren von Gewalt werden in die nächste Generation einprogrammiert, und die übernächste. Wann wird das je zu Ende sein? Das, was geschehen ist, zu sehen wagen und es aushalten – das ist doch die Botschaft. Nur dadurch, dass sie den Schmerz zulassen, können diese Männer damit aufhören, sich zu verleugnen. Und das ist notwendig, um nicht auch die Gewalt zu verdrängen, die jetzt um uns herum vorkommt und die wie Pilze von innen wächst.

Was geschieht nun, da die kalte Ordnung der Fronten aufs Neue gestört worden ist und es die eingewurzelten Feindbilder in Ost und West nicht mehr gibt? Werden sie durch Fremdenhass und Ausbrüche von Gewalt ersetzt? Der hilflose Ausdruck von Wut und die Machtträume der Jugendlichen? Diejenigen, welche verdrängen, leugnen und totschweigen, können bei einer Entwicklung zum Guten nicht helfen – wenn sie sich nicht öffnen. Wie finden Menschen ihre Identität? Was bedeutet es, dass die Väter nicht trauern durften? Und wie stehen dann die Chancen für einen Frieden?

Brigittes, Sylvias und Gudruns Geschichten

Dass Werner sich geöffnet hat, lässt mich an das denken, was ich auf einem Friedenstreffen in Nordhessen erlebt habe. Ich bin aktiv in dem Verein »Frauen für Frieden«. Der Golfkrieg ist im Gange. Fackelzüge, Lichterketten, Nachtwachen – so wollen viele Deutsche die eigene Angst vor einem Krieg überwinden. Das Ultimatum, das die USA Saddam Hussein stellt, treibt die Spannung auf den Höhepunkt, schürt jedoch auch die Hoffnung auf einen Sieg der Vernunft. Im Ausland versteht man nicht den tieferen Grund, warum nun in Bonn mehr als 500 000 Menschen auf die Straße gehen, und außerdem große Aufgebote in anderen Städten, kilometerlange Reihen von Menschen, von denen man in der abendlichen Dunkelheit im Schein der Fackeln nur die Gesichter sieht.

In anderen Ländern sieht man diese stillen Proteste, je nach politischer Herkunft und alten Stereotypen, als Stellungnahme pro- oder anti-USA. Man begreift nicht, dass die Menschen sich vielfach aus Angst vor KRIEG so verhalten. Die Deutschen sagen auf diese Weise lauter als die Menschen in anderen Ländern Nein zum Krieg. Der Golfkrieg ereignet sich auch genau zu der Zeit, als Deutschland die Möglichkeiten aufgibt, seiner eigenen weiteren Militarisierung abzuschwören. Die Verfassung wird geändert, und zum ersten Mal seit den Schrecken des Zweiten Weltkriegs werden nun für die Vereinten Nationen deutsche Soldaten ins Ausland geschickt. Viele begreifen, dass es danach keine Umkehr mehr gibt – Krieg wird in Zukunft, auch für Deutschland, wieder als legitimes, wenn auch als äußerstes Mittel der Politik angesehen werden.

Warum will man nicht, dass die Deutschen sich an die Spitze einer anderen Art von internationaler Hilfsstrategie setzen? Sind die Deutschen nicht dafür prädestiniert? Warum werden die gut ausgearbeiteten, auch kostspieligen Vorschläge, dass Deutschland seinen Beitrag in Form von »Green Barrets« gegen Umweltzerstörung leisten soll oder durch Verwaltungsaufbau in Nachkriegsgebiete, nicht vorangetrieben? Schließlich sind es jedes Jahr über 150 000 deutsche junge Männer, die den Dienst mit der Waffe verweigern und für zivile Dienste innerhalb des Gemeinwesens einberufen werden – und das, obwohl der Ersatzdienst länger als der Wehrdienst dauert. Ist das nicht an sich ein Zeichen dafür, dass ein großer Teil der Deutschen militärische Konfliktlösungen ablehnt und verweigert? Warum wird in der ausländischen Presse nicht darüber geschrieben? Die rechtsradikalen Gewalttätigkeiten flimmern über alle Fernsehschirme im Ausland.

Es wird bekannt, dass in Deutschland hergestellte Scudraketen in Israel einschlagen. Die Nachricht kommt wie ein Schock. Ein Schock, der alte Wunden aufreißt. Für viele Menschen Panik, Schuld und Scheu. Deutschland soll nun mit Krieg, Kriegsausrüstung und Soldaten Beistand leisten. Das Ganze erscheint so unbegreiflich. Was die Demonstrationen während des Golfkrieges zum Ausdruck bringen, sind die Hilflosigkeit angesichts des Phänomens Krieg und die Unfähigkeit, diejenigen zu stoppen, welche immer zu diesem Mittel greifen. Nicht mehr, aber auch nicht weniger.

In den meisten Frauenorganisationen wird diese Diskussion aufgenommen. Wir diskutieren auch, wie wir die Friedensfragen in der neudeutschen Debatte aufgreifen könnten, inmitten aller Landtags- und anderer Wahlen, inmitten aller Beschäftigungsargumente, die – merkwürdig genug – von der Rüstungsindustrie schnell aufgenommen werden, als ob nicht Bedarf an nützlicheren Produkten bestünde und vernünftige Konversionspläne für die Rüstungsindustrie vorlägen.

Das Thema des Abends in der örtlichen Friedensgruppe, in die man mich zu sprechen eingeladen hat, lautet: »Waffenexport ist *immer* Mord. Alternativen zur militärischen Invasion.« Einige haben Petra Kellys Slogan »*Take the toys from the boys*« skandiert.

Wir haben das Treffen gerade abgeschlossen und sammeln unsere Papiere zusammen. Plötzlich bricht die 70-jährige Brigitte, eine der Referentinnen, in Tränen aus.

»Ich kann so nicht weitermachen, alles kommt wieder hoch!«, stößt sie hervor.

Ich stehe am nächsten und spüre, dass etwas getan werden muss. So fahren wir nach Hause zu einer von uns. Wir setzen uns ins Wohnzimmer. Wir entspannen uns und sprechen darüber, wie wichtig es ist, miteinander weiterzumachen, jetzt, da ein neuer Schub von Aufrüstung durch das Land zu ziehen scheint und die Waffenproduzenten ihren Lobbyismus verstärken.

»Brigitte«, sagt die Freundin zu meiner Linken und sucht Augenkontakt zu der älteren Frau, »was hat dich zum Weinen gebracht? Die Trauer ist in deinem Gesicht geblieben.«

»Jetzt bin ich etwas ruhiger. Ihr wisst, dass ich, wie so viele Ältere, aktiv bin, weil wir uns selbst versprochen haben, mit unseren Erinnerungen zur Zukunft beizutragen. Menschen müssen aufhören, in Kriegsbegriffen zu denken. Das wissen wir, die wir dabeiwaren. Wir sind die Überlebenden und haben diese Aufgabe. Ja, und an einem Abend wie diesem, da kommen die Erinnerungen wieder. So einfach ist das. Die Schale ist zerbrechlich.«

Wir werden stiller. Sie spricht weiter.

»Als ich sechzehn Jahre alt war, wurde der Krieg Wirklichkeit für mich. Mein junger Freund wurde bereits in den ersten Tagen eingezogen. Es kamen Feldpostbriefe, ein, zwei, drei, glaube ich – und dann nichts mehr. ›Wir gewinnen so schnell, dass die Post nicht mehr nachkommt‹, dachte ich. Bis ich begriff. Ein ›Held‹ stand auf der Mitteilung, die seine Mutter bekam.

Zwei Jahre später erlebte ich die große Liebe; er fiel nach einem halben Jahr – ich machte mein Abitur wie in einem Nebelschleier und brach zusammen. Mein Vater weinte und verfluchte ›die Verbrecher‹, so hatte er die Nazis seit Beginn der Dreißigerjahre genannt. Er war aus seinem Dienst entlassen worden, bekannt als aufrichtiger Demokrat. Bei Freunden hörte er täglich im Kartoffelkeller die ausländischen Rundfunksender, und wir waren immer besorgt. Später versteckten wir ihn auf einem Bauernhof, auf dem er Arbeit fand. Manchmal empfand ich Wut darüber, dass er nicht groß und stark war und nicht ›Unsere Siege‹ zählte, indem er wie andere Väter auf der Landkarte selbst gemachte kleine Fähnchen umsteckte, aber dann wurde er mein ›Anti-Held‹. So nannte ich ihn. Ich liebte ihn gerade deswegen, inmitten all der anderen Heldenverehrung.

Meine Mutter war mehr als tüchtig, besorgte und erledigte alles, sah zu, dass wir zu essen hatten, verkaufte mittlerweile Schmuck und Möbel, leistete Arbeitsdienst in der Fabrik, ohne zu murren. Sie ging auch auf politische NS-Versammlungen, damit keiner anfing, sich zu wundern. Aber als gegen Ende des Krieges mein 15-jähriger Bruder zur Flak einberufen wurde, sah ich, wie gebrochen sie war.

›Aber das dürfen sie mit unserem kleinen Bruder nicht machen!‹, schrie ich. Wusste jedoch, dass es keinen Sinn hatte.

Ich war krank, der Wirklichkeit entglitten. Ich wollte nicht akzeptieren, dass mein Freund gestorben war, dass der Tod allgegenwärtig war, dass alle einfach wegstarben. Ich wurde in ein Sanatorium nach Österreich geschickt. Es kostete mich ein halbes Jahr, bis ich das Leben langsam wieder bejahen konnte. Die Gespräche mit einem jungen Pfleger wurden mir lebenswichtig. Er gab mich nicht auf. Wir redeten und redeten, dann musste er an die Front und mit der gleichen

Intensität schrieben wir uns Briefe, bis er strafversetzt und später erschossen wurde – oder beging er Selbstmord? Als Letztes schrieb er, »sie« wüssten nun, dass seine religiöse Überzeugung so stark war, dass er das Recht der Menschen zu töten, den ›gerechten Krieg‹, wie es offiziell genannt wurde, ablehne. Mir hatte er den Willen zum Leben wiedergegeben, und ich konnte sein Geschenk nicht erwidern.

Ich wurde zum Arbeitsdienst im hintersten Litauen kommandiert. Wir waren dreißig junge Mädchen, die hart arbeiten mussten und auch gedrillt wurden. Wir durften über das, was uns ängstigte, nicht offen sprechen, wir flüsterten einander die nicht offiziellen Nachrichten zu, die wir erfuhren. Wir wurden gezwungen, flink und stramm zu sein, die Hand zu heben und ›Heil Hitler‹ zu rufen, wenn morgens die Fahne gehisst wurde. Und abends, wenn die Siegesberichte verlesen und die Fahne eingeholt wurde, standen wir stramm in einer Reihe. Zum Ernteeinsatz mussten wir mit Gesang marschieren. Wir wurden gezwungen zu zeigen, dass wir frohe junge Frauen waren, die eifrig die jungen Männer zurückerwarteten, denen wir ›richtige‹ Frauen sein wollten. Ich wollte keinen siegreichen Mann haben. Ich machte mir Sorgen um meinen Vater, meinen Bruder, um die, die ich gern hatte und die nicht ins Bild passten und auch noch nicht gestorben waren. Ich verstand nicht, warum mein Land ›Vaterland‹ genannt wurde, ich sah bloß Frauen – Mütter und Töchter –, die es aufrechterhielten. Wir, die draußen im Landwirtschaftsdienst waren, wurden zusammengeschweißt. Sehr bald wussten wir, vor wem wir uns in Acht nehmen mussten. Wir wurden kontrolliert. Im Herbst desselben Jahren wurden viele von uns dienstverpflichtet in die Kinderlager. Ihr erinnert euch doch an die KLV-Kinder? ›Kinderlandverschickung‹ wurde es genannt.«

Ich erinnerte mich daran, von H. erzählt bekommen zu haben, dass keiner seiner Klassenkameraden mehr lebte. Auf dem Heimweg vom KLV-Lager, wo sie 16 Monate gewesen waren, war der Zug, in dem alle saßen, getroffen worden. H.s Vater hatte ihm von Anfang an verboten mitzufahren. »Die Familie darf nicht aufgesplittet werden«, hatte er – der das Ende ahnte – gesagt. Er setzte sich nur durch, weil er angesehener Pfarrer war, und – was vielleicht schwerer wog – weil er mit dem Parteiführer der Stadt in der Schulzeit allerhand gemeinsam ausgefressen hatte.

KINDER IM KRIEG

Fünf Millionen deutsche (reinrassige) Kinder im Alter zwischen 6 und 14 Jahren wurden zwischen 1940–1945 in 12 000 Kinderlager geschickt, damit sie den Bombenangriffen entkamen. Das ganze Projekt wurde Kinderlandverschickung, KLV, genannt. Die Lager wurden in landschaftlich schöne Gebiete in Bayern, Böhmen, Ungarn, Dänemark und andere besetzte Gebiete verlegt.

80 000 registrierte Kinder wurden in den Lebensborn-Anlagen geboren und betreut, wo »arische« Frauen von ausgewählten Offizieren, die auf Urlaub waren, befruchtet wurden. Die meisten dieser Kinder wurden adoptiert.

1.800 000 polnische Kinder starben schätzungsweise zwischen 1939 und 1945. Unter ihnen befanden sich 600 000 jüdische Kinder. Hinzu kommen 225 000 Jugendliche im Alter von 16 bis 18 Jahren.

200 000 polnische Kinder wurden von ihren Eltern getrennt und nach Deutschland gebracht. So viele wurden schätzungsweise auch von polnischen Zwangsarbeiterinnen in Deutschland geboren und starben.

Der Verlust an Kindern macht 35 Prozent des gesamten polnischen Verlustes an Menschen aus.

13 Millionen verlassene, elternlose Kinder hat der Krieg laut Berechnungen der Unesco verursacht.

Lange bevor alle Missetaten bekannt waren, stellte der internationale Militärgerichtshof in Nürnberg fest, dass die Verbrechen der Nazis Kindern gegenüber zu den dunkelsten Kapiteln der Menschheitsgeschichte gehören.

Quelle: Larass, Claus: Der Zug der Kinder, Bergisch-Gladbach 1984, Berlin ²1992. – Hrabar, Roman, Zofia Tokarz und Jacek E. Wilczur: Kinder im Krieg – Krieg gegen Kinder. Die Geschichte der polnischen Kinder 1939–1995, Reinbek bei Hamburg 1981

Brigitte fuhr fort: »Wir kümmerten uns dort um Kinder, Kinder und nochmals Kinder. Was für eine gute Vorbereitung für all die Kinder, die wir bekommen würden, wenn die Soldaten heimkamen und uns heirateten, hieß es! Die Kinder sollten streng behandelt werden. Einige arme Kleine von sechs, sieben Jahren hatten Heimweh und machten ins Bett. Es war nicht leicht, ihnen zu helfen, denn sie lagen in Sälen mit dreißig Etagenbetten. Sie brauchten uns wirklich.

Die Kinder sollten aufgepäppelt werden, den Bombennächten entkommen, draußen in der frischen Luft sein, zu guten Nazis gedrillt werden. Das waren die Ziele. Jede Diktatur will Hand legen an die Kinder, fern vom Elternhaus. Materiell gesehen hatten sie es besser und sorgenfreier als in den zerbomten Städten, selbst wenn manchmal auch unter dem Wasserhahn aufgeweichtes Schwarzbrot zum Alltagsessen gehörte. Aber wir hatten ja Schlimmeres erlebt.

Tagsüber achteten wir darauf, dass sie von den Naziführern nicht allzu sehr in die Mangel genommen wurden, dass sie etwas lernten, Beeren pflückten, Ball spielten, sangen und Briefe nach Hause schrieben. Manchmal kamen Briefe zurück – unzustellbar.

Meiner tüchtigen Mutter gelang es danach, für mich in einer entfernten Kulturstadt eines besetzten Landes eine Ausbildung zur Krankenschwester zu ermöglichen.

›Werde Krankenschwester‹, hatte sie gesagt, ›Kranken kannst du immer etwas Gutes tun.‹

Das war wirklich ein Erlebnis, ein Traum an sich. Ich atmete auf, durfte lesen und lernen. Ich heiratete aus Freundschaft, wusste jedoch, dass es falsch war. Diese Ehe dauerte drei Monate und drei Tage. Dann gab ich auf, von der Freundschaft war nichts mehr übrig. Die Ostfront stürzte rasch zusammen. Im Flüchtlingsstrom gelangte ich bis nach Berlin, wo ich zu Hause war, und begriff, dass ich ein Kind erwartete. Ich stolperte mit meiner Mutter in den Luftschutzkeller, und die schlimmsten Bombenangriffe gingen los.

›Bombt weiter, bombt weiter, so viel ihr könnt – lasst alles herunter, was ihr habt‹, baten wir. ›Je mehr, umso schneller ist der Albtraum vorüber.‹

Und dann kam das Kriegsende. Die Soldaten kamen. Wie Wildgewordene. Darüber kann ich nicht sprechen, aber jedesmal, wenn wir über all das Brutale von heute reden, kommt die Erinnerung daran und an diese Jugend.«

Brigitte kann nicht mehr. »Ich mache weiter, Brigitte«, sagt Sylvia – Jahrgang 1937 –, »darf ich?«

»Wenn ich dich höre, möchte ich schreien, genau wie damals. Wir befanden uns auf der Landstraße nach Breslau hinein, als sie von Osten über uns gelangten. Wenn ich jetzt im Fernsehen solche Soldateska sehe, möchte ich schreien, schreien, wie meine Mutter auf dem Bahnhof. Wir waren auf der Flucht, Massen von Frauen und Kindern mit Karren, von Pferden oder von Hand gezogen, auf denen Matratzen, Kochtöpfe, Kartons, Koffer und Kisten lagen – alles vom Regen durchweicht. Wir Kinder waren in dicke Kleiderschichten eingemummelt und mussten nebenher laufen, damit die Karren nicht im Frühjahrsschlamm stecken blieben. Wie eine Horde warfen sie sich auf uns, brüllten unsere Mütter an, ja, beide Großmütter waren auch dabei, unsere Schwestern und Tanten – alle aus dem Dorf. Die einzigen Menschen auf dieser Erde, die eine Art von Schutz darstellten, die einzigen Starken. Ich versuchte wegzusehen, als sie an meiner Mutter herumzerrten, sie und die anderen Frauen umwarfen. Ein Soldat drückte meiner Mutter Schlamm in den Mund, um das Schreien zu Ersticken.«

Sylvia kann kaum mehr sprechen. Nach langen Sekunden fährt sie fort: »Dann, als die Soldaten weitergezogen waren, halfen sie sich – ohne ein Wort – gegenseitig und schleppten uns mit den Bündeln und allem weiter zu einem Bahnhof. Wenn wir auf Listen standen, durften wir hinein. Wir wurden dann in Güterwagen gesteckt, die nach Westen gingen. Da kamen wir an. Wir waren gerade dabei, aus den Wagons herauszuklettern. In dem Moment plärrten die Lautsprecher plötzlich über den ganzen Bahnhofsbereich los. Die Propagandastimme: Goebbels.

Ich höre die Stimme immer und immer wieder. ›Deutsche Frauen weinen nicht Tränen der Trauer. Deutsche Frauen weinen Tränen des Stolzes!‹ Meine Mutter lag zusammengekrümmt auf dem Bahnsteig, zerrissen und mit vertrocknetem Blut an den Kleidern. Dann fing sie an zu schreien, sie schrie und schrie und schrie, bis ein Sanitäter mit einer Spritze kam. Außer mir vor Angst über das Geschrei meiner Mutter war ich noch schneller aus dem Zug geklettert. Der Mann gab mir Wasser, um sie, nachdem die Beruhigungsspritze gewirkt hatte, abzuwischen und zu erfrischen. Sie wurde nie wieder sie selbst. Meine Mutter wurde nie wieder richtig klar im Kopf.«

Gudrun, geboren 1941, an Sylvias rechter Seite sagt plötzlich: »Wir reden ja so selten über diese Dinge, aber ich möchte euch erzählen, was mir so spät aufgegangen ist.«

Und dann spricht sie davon, dass sie erst, als sie schon zehn Jahre verheiratet war, in einer Therapie verstand, warum sie den Gedanken an Kinder immer wie vor Schreck gelähmt von sich gewiesen hatte. Sie war aufgewachsen mit der Hassliebe der Mutter zu ihren Kindern. Die kamen einfach, eins nach dem anderen – Gudrun war das fünfte von sieben. Bei jeder Geburt gab es vom Vater und den Nachbarn ein gewaltiges Zuprosten über »Ein Kind für den Führer!« Gudrun spürte von Anfang an, dass sie nicht willkommen war, sondern nur eine abgeleistete Pflicht darstellte. Sie hörte ihre Mutter nach der letzten Entbindung ihren Vater anschreien: »Dies ist das letzte, das ich je zur Welt bringen werde! Halt du die Klappe mit deinem verdammten Führer, und lass mich atmen!« Sie schrie es geradeheraus in den Raum, als der Vater hereinkam, um das neue Kind anzusehen. Aber vor Gudrun hatte die Mutter immer so getan, als sei es die Erfüllung ihres Lebens, Mutter zu sein und so viele Kinder, seine Kinder, auf die Welt bringen zu können. ›Wie, seine? Papas oder die des Führers?‹, wollte ich wissen, und bekam dann von ihr eine schallende Ohrfeige. Ich verstand, dass ich sie entwürdigt hatte, verletzt, aber ich verstand nicht wieso.

Viele Jahre später als meine Mutter schon Witwe war, vernahm ich leise Radiomusik aus ihrem Zimmer. Sie saß da und hörte weinend einen alten Schlager:

Wir haben Sehnsucht nach Glück und nach Seide.
Der Krieg ist vorbei und noch immer nicht aus.
Die Tränen, die sind unser letztes Geschmeide.

Eine Frau will doch endlich eine Frau sein!
Eine Frau will doch endlich eine Frau sein!

Versteht ihr das denn nicht?
Versteht ihr das denn nicht?

Mutter weinte und weinte über die verlorenen Jahre, obwohl sie es von außen betrachtet als alte Frau nun relativ gut hatte.

Ohne therapeutische Hilfe hätte ich den Zusammenhang mit

meiner eigenen Weigerung, Kinder auf die Welt zu bringen, nie begriffen. Ich hatte doch mit dieser mörderische Zeit als Kind nichts zu tun, ich bin doch die nächste Generation? Aber die Zerstörung, die Selbstzerstörung, die Gewalt geht die ganze Zeit weiter – und wir merken es nicht einmal,«, sagt sie zu Sylvia und Brigitte gewandt.

»Aber meine Mutter hat mir bewusst beigebracht, wovon ich nichts in der Schule gelernt hatte: Die ideologische Gehirnwäsche, die stattgefunden hatte, um die Frauen den Männern untertan zu machen. Sie wurden brutal von allem ausgeschlossen, außer von den helfenden und niedrigsten Diensten. Die Vernichtung von Juden, politischen Gegnern, Sinti, Roma war ja so unendlich und unfassbar. Da wurde nicht, ja konnte nicht von den Frauen gesprochen werden.

Alles, was mit Rasse und Reproduktion zu tun hatte, wurde der Frau auferlegt. Dazu gehörte nicht nur das Verbot der Abtreibung und der Todesstrafe oder KZ auf unerlaubte Liebe. Die Frauen wurden auch von den qualifizierten Berufen ferngehalten. Ich fragte meine Mutter, warum sie, die so glänzende Schulnoten hatte, nicht studiert und einen guten Beruf ergriffen hatte. Da erfuhr ich, was sie zu einer Gebärmaschine gemacht hatte. Sie selbst benutzte das Wort. Sie, die so gern hatte Kinderärztin werden wollen und auch Eltern hatte, die sie dazu ermutigten. Ja, sagte sie, wie so viele andere hätte sie ein ganz anderes Leben haben können. Nicht als ›Gebärmaschine‹, wie sie sagte, als sie im Alter dasaß und weinte. Aber ein Studium zu bekommen, war ein Spießrutenlauf. Nur Ablehnungen.«

Es war weit nach Mitternacht geworden. Ich bin die Einzige, die am 8. Mai 1945 auf einem – nicht zerstörten – Schulhof stand und die Nationalhymnen von Schweden, Dänemark und Norwegen sang (wir hatten die zwei zusätzlichen aus freien Stücken auswendig gelernt), und gemeinsam mit Hunderten anderer Kinder jubelten wir für den Frieden, während die Fahnen, die nordischen, gegen den himmelblauen Himmel flatterten. Ich sah neben mir Ilse, das deutsche Flüchtlingskind aus unserer Klasse, weinen. Wir bekamen schulfrei und begriffen, dass etwas Wunderbares geschehen war.

Bevor wir uns in den Morgenstunden entschließen, nach Hause zu gehen, sind wir übereingekommen, eine öffentliche Veranstaltung

> **STUDIUM VON FRAUEN WÄHREND DES NATIONALSOZIALISMUS**
>
> Der Anteil von Frauen in der Studentenschaft durfte von 1933 an nicht höher als 10 Prozent sein. Sie mussten bei der Aufnahmeprüfung eine höhere Punktzahl als die Männer haben und mussten Zeugnisse über »seelische Weite, Tiefe und Reife« vorweisen. Sie durften nicht für die Studentenvertretung kandidieren. Nach 1934 mussten sie einen einjährigen Arbeitsdienst und ein Hauswirtschaftsjahr vorweisen können, bevor sie sich um einen Studienplatz bewerben konnten. Die Frauen, die in den Zwanzigerjahren vermehrt Zugang zu den Universitäten gefunden und auch ihre ersten Professuren bekommen hatten, verschwanden fast vollständig von den Hochschulen. Während des Krieges, als so viele Männer fehlten, erhielten mehr Frauen Zugang zum Studium.
>
> Quelle: Klinksiek, D.: Die Frau im NS-Staat. – In: Vierteljahreshefte zur Zeitgeschichte 44 (1982)

abzuhalten, bei der ganz einfach Erinnerungen erzählt werden sollen. »Frauen und Krieg« soll das Thema heißen. Sich erinnern und die verborgenen Spuren finden. Aufbrechen. Sich aussprechen. Zeigen, dass es geht. Brigitte, Sylvia und Gudrun haben versprochen zu erzählen.

Nur wenige Stunden vor dieser abendlichen Versammlung ruft Brigitte mich aus ihrer Stadt an.

»Ich habe zwei Tage geschrieben, nur Erinnerungen. Nachts konnte ich nicht schlafen. Ich werde es nicht schaffen, ich muss aus dem Projekt aussteigen.«

Ich lasse meine Arbeit liegen und fahre zu Brigitte, setze mich in ihre Küche und lese, was sie geschrieben hat. Es ist gut. Einfacher und richtiger lässt es sich nicht sagen.

»Und wenn du abbrechen musst, macht das nichts. Denk daran«, sage ich, als wir zu der großen Schulaula losfahren. Als wir ankommen, ist der Saal bereits voller Frauen aller Altersstufen.

Ich bin Diskussionsleiterin und erkläre dem Publikum, wie wir uns das Vorgehen gedacht haben. Brigitte fängt an. Ich merke, dass sich beim Lesen ihr Hals zusammenschnürt. Im Saal ist es totenstill. Ich lege meine Hand auf Brigittes Arm und flüstere: »Nur ruhig, es macht nichts.« Es dauert zwei Minuten. Dann trägt ihre Stimme wieder.

Als Zweite kommt Sylvia daran. Sie schreit nicht, sondern flüstert den Schrei ihrer Mutter, nachdem sie Goebbels Worte ausgerufen hat, die all die Älteren wieder erkennen. Alle erstarren.

Gudrun spricht über ihre ererbten Wunden, ihre Weigerung, ein Kind zur Welt zu bringen, woraus sie lange nicht klug geworden ist.

Dann legen wir eine lange Pause ein, denn das ist notwendig. Zuerst ist es totenstill. Dann kommen viele, Alte wie Junge, nach vorn. Sie kommen langsam. Bedanken sich, dass wir das Eis gebrochen haben, dafür, dass die Worte gefunden worden sind. Sicher erkennen sie vieles wieder, haben es jedoch nie öffentlich so offen sagen hören. Es nicht gewagt. Es nicht gewollt. Weil es so wehtut.

In der Presse wird die Versammlung nicht nur als Höhepunkt der Frauenwoche bezeichnet, sondern sie wird auch als Beweis dafür angesehen, dass »Türen nicht verschlossen bleiben dürfen«.

Auf dem Heimweg sagt Brigitte zu mir: »Dass so viele Jahre vergehen müssen. Wir Alten müssen wirklich den Mund aufmachen. Wir haben versucht zu reden, politisch zu reden, aber das geht nur, wenn wir mehrere sind, die davon erzählen, was wir erlebt haben, und niemanden schützen – am allerwenigsten uns selbst. Nicht nur auf Theorien ausweichen. Du weißt, ich sage immer: ›Erinnerungen sind für die Zukunft da.‹«

Am selben Abend, als ich – erschöpft von dem, was ich erlebt habe – nach Hause komme, lese ich in der Zeitung vom ersten offiziellen Bedauern der Japaner, dass während des China-Krieges ab 1937 chinesische und koreanische Frauen vergewaltigt und in Bordelle abgeführt wurden, man schätzt 100 000 bis 200 000. Diese Frauen, von ihren Peinigern »Trösterinnen« genannt, sind namenlos geblieben. Niemand hat nach ihnen gesucht, sie haben keine Wiedergutmachung erhalten, sie haben nicht einmal erwähnt werden dürfen. Die Helden, die sich an ihnen vergriffen haben, sind es, denen gehuldigt wird. Nachrufe, Medaillen, Veteranentreffen, Statuen, Banketts – alles für diese großartigen Helden. Aber für die Frauen – nichts als Schweigen und Verachtung. Überall, in allen Kriegen. Ist die japanische Regierung nun einsichtig geworden – oder ist es die wachsende internationale Frauensolidarität, die endlich zu diesem Eingeständnis führt?

> **VERGEWALTIGUNGEN**
>
> Alle haben davon gewusst, aber über die Anzahl der Vergewaltigungen auch in dem letzten Krieg ist nie öffentlich Rechenschaft abgelegt worden. Das war etwas, worüber nicht berichtet wurde, was in Büchern, Dokumentationen, Aufstellungen von Kriegsschäden und Kriegsfolgen nicht vorkommen durfte.
> Erst nach 1985 haben Wissenschaftlerinnen damit begonnen, Angaben, was die Erfahrungen deutscher Frauen betraf, hervorzusuchen. Darüber, was die Frauen in der damaligen Sowjetunion, Bulgarien, Rumänien, der damaligen Tschechoslowakei usw. erlebt haben, gibt es noch keine Dokumentation – außer vielleicht den Brief eines deutschen Oberbefehlshabers, der im September 1942 vermutete, dass es bereits 1,5 Millionen Kinder mit deutschen biologischen Vätern gab und dass man aus Rassengesichtspunkten diese (unter den Namen Luise und Friedrich) anerkennen solle.
> Wie Helke Sander in ihrer Dokumentation über nach Kriegsende vergewaltigte deutsche Frauen schreibt, geben die Frauen auch indirekt Hinweise auf Vergewaltigungen durch die eigenen Soldaten. Man schätzt jetzt, dass nach dem 8. Mai 1945 und bis zum Jahresende in und um Berlin 750 000 bis eine Million Frauen von russischen Soldaten vergewaltigt wurden.
>
> Quelle: Sander, Helke und Barbara Johr (Hg.): BeFreier und Befreite. Krieg, Vergewaltigungen, Kinder, München 1992

Ist es wahr, wie Werner sagte, dass Männer aus ihrem vernichtenden Schweigen nur herauskommen können, wenn Frauen ihnen den Weg zeigen?

Wiesenblumenkissen oder
Museum der Erinnerungen

Mit einem Knall fährt das Auto auf die Leitplanken der Autobahn, und im Rücken knackt es. Ich weiß, dass ich in den Sekunden, bevor das Steuerrad seiner eigenen Wege ging, in Gedanken wieder die Dresdenbilder vor Augen gehabt hatte und Werner, Brigitte, Sylvia und Gudrun, und mein eigenes Leben zwischen all den Grenzen in dem Land hinter den sieben Bergen. Überarbeitung und Mittagshitze wären sonst nicht Erklärung genug gewesen, aus der alltagsgewohnten grauen Asphalt- und Betonspur auszuscheren.

»Nun müssen Sie zur Kur fahren, um dafür zu sorgen, dass dieser Rücken alle zukünftigen Belastungen aushält«, sagt der Arzt. »Zu einer Kur mit Massage und allem, was dazugehört. Ich schlage einen netten Ort am Bodensee vor. Es ist so schön dort. Sehen Sie zu, dass Sie Aussicht auf den See haben.«

Ich protestiere. Ich bin doch voll arbeitsfähig und habe den Kalender voller Termine.

»Ja, gerade deshalb«, fährt der Arzt fort. »Niemand wird schließlich jünger. Aber vorbeugen, das kann jeder Mensch. Sie müssen nicht glauben, dass es sich um Urlaub handelt, und Sie dürfen den Aufenthalt dort nicht abbrechen. Gemogelt wird nicht!«

Ich füge mich. Herrgott, wie soll das gehen? Die Arbeit!

»Und vergessen Sie nicht, viel und in guter Gesellschaft spazieren zu gehen. Ein Kavalier, ein kleiner Flirt ist, was wir Ärzte empfehlen. Der Kurwein dort unten schmeckt vorzüglich – und am allerbesten in Gesellschaft.«

Einige Wochen später habe ich ein Zimmer mit Aussicht über den Bodensee. Weit in der Ferne schimmern die Alpengipfel. Ich bin frei von meiner Arbeit, sowohl den verpflichtenden, wie den selbstgewählten Aufgaben. Zwangsfrei. Ich kann alle Gedanken an Grenzen, Narben, Ost-West, Lucas, die Vergangenheit und die zukünftigen Aufgaben auf mich einstürmen lassen. Ich darf tun, was ich will, denken ohne Zeitbegrenzung, bin von allem befreit – außer davon, den Körper zu verwöhnen.

Die kräftige Badefrau wickelt mich in wohlriechende und gestärkte altmodische Laken, die in Drilltechnik gewebt sind. Zuerst schlägt sie die Ecken um die Füße und hoch zu den Waden, dann stopft sie das Tuch an beiden Seiten des Körpers fest, der Hals wird eingepackt. Zuletzt bekomme ich eine kleine Kappe auf den Kopf. Dann kommen die Decken – ebenso sorgfältig gewickelt. Unter all diesen Tüchern liegen neben dem Rücken zwei dampfendheiße Säcke mit getrockneten Wiesenblumen von den Alpenweiden. Bald dampft der ganze Körper, der Rücken tut beinahe weh. Aber die berufskundige Frau, die sich um mich kümmert, als sei ich ihr Baby, fragt die ganze Zeit: »Es brennt doch wohl nicht irgendwo? Sagen Sie nur Bescheid! Es darf hier keine Blasen geben, nein. Leiden sollen Sie bei uns nicht. Aber Ihren Körper spüren, das sollen Sie. So, lernen Sie jetzt, in Ruhe zu versinken.« Mit weichen Händen fasst sie unter meine Taille und hebt sie leicht an. »Sie müssen auf dieser Seite ein wenig lüften und ein wenig auf der anderen – in einer Stunde werden Sie wie eine frisch aufgeblühte Rose sein und duften wie ein Brautstrauß! Ich schaue von Zeit zu Zeit herein.«

So wird es vier Wochen lang jeden Tag zugehen, abwechselnd mit Rückenmassage, Kohlensäurebad, kalt-warmer Wechseldusche und einer Reihe anderer wasserreicher und duftender Spezialbehandlungen. Sorgfältig werden die einzelnen Behandlungen bestimmt. Auch autogene Entspannungsübungen werden auf das Programm gesetzt. Ich lerne eine lange Reihe neuer Wörter. Und die Sprudelbäder müssen mit Rosmarin, Eichenrinde, Weizenkleie, Lavendel, Fichtennadeln oder irgendeiner anderen der vielen Essenzen gewürzt werden, mit aktivierender oder entspannender Wirkung. Der Badearzt komponiert nachgerade die richtigen Menüs.

Alle Werte werden gemessen, alles wird erklärt, vielleicht verklärt, als müsste alles so sein. Man kommt sich wichtig vor, steht im Mittelpunkt, wird betreut von vielen Menschen, die einem Gutes wollen und die einen verwöhnen. Daran passt man sich leicht an – und wird brav und folgsam.

Kurwein, Kurtanz und Kurkonzert in schönen und prachtvoll errichteten Pavillons mit Springbrunnen und Marmorarkaden gehören zweifelsohne in dieses historisch geprägte Zeremoniell, dem es gelungen ist, in unserer apparateüberfrachteten Welt zu überdauern und Teil des deutschen Wohlfahrtssystems zu werden. Die alten Methoden, in neuem Gewand, scheinen zu einem modernen Gesundheitswesen zu gehören, das den Menschen zum Mittelpunkt hat.

Die verschiedenen Diäten sind das Hauptgesprächsthema auf den frisch gestrichenen Parkbänken im schön angelegten Kurpark mit kunstvoll gestaltetem Rosengarten – wie in den alten Schlossgärten in der Umgebung. Den ganzen Tag wird nur über Körper, Behandlungen, Reaktionen und neu aufgeschnappte Gesundheitsratschläge gesprochen. Die Haut wird rosig, fein und zart wie die eines Babys. Alle sind davon überzeugt, dass sie nun in der Kur verpflichtet sind, ihren Körper zu hätscheln und zu pflegen – das steht ja sogar auf dem Rezept!

»Merkwürdig, und vielleicht ein bisschen pervers«, denke ich, als ich am Morgen in heiße Baldrian- und Lavendelkissen eingewickelt liege, »aber dennoch – schön.«

Ich liege genüsslich da, meinen Körper in verschiedene Wiesenblumen gebettet, mit Dampf, Hitze, betreut von einer mütterlichen Person. Meine Gedanken gehen zu all den deutschen Sauberkeitszeremonien, die ich in diesem Land habe lernen müssen. »Gute« Mütter müssen hier meist »harte« Mütter sein, denn wie sollen sie sonst pflichtgetreu alles und alle sauber halten können?

»Die Treppe« – die strengen Regeln für das Reinigen der Treppe in dem Haus, in dem wir eine Zeit lang wohnten – war für mich eine unvergessliche Schule gewesen, wie Sauberkeit zu einem Hauptthema zwischen Müttern und Kindern werden musste. Dazu gehörten ständige Zurechtweisungen, kleine Schläge über das Gesicht oder das Haar, manchmal fast liebevoll zu deuten. Das definierte auch die »gute Mutter«. Ihre Kompetenz, Organisationsfähigkeit und starke Zielstrebigkeit soll im Hause Auslauf finden und tut das auch.

Ich habe seit meiner ersten Zeit in Deutschland oft über Saubermachen und Kultur nachgedacht, über verschiedene Arten des Zwangs und Arten des Genießens. Arten, sein Haus zu scheuern, sich seines Körpers anzunehmen, das Verhältnis zwischen Körper und Seele einzuschätzen, Schuld- und Moralzwänge in erlaubten Waschformen zu verstecken, mit oder ohne Wurzelbürste.

»Der Körper ist ein Tempel Gottes, deshalb muss er so reingehalten werden«, hatte einmal, als ich im Krankenhaus lag, eine Nonne zu mir gesagt.

Die meisten Frauen, die ich kennen lernte, selbst die Nachbarinnen, sahen bei ihren Besuchen darauf, wie ich die Teppiche gelegt, die Gardinen gehängt, die Tischdecken gebügelt und den Fußboden gescheuert hatte. In einem großen Warenhaus hörte ich in den Sechzigerjahren einmal eine junge Frau sehnsüchtig ihrem Mann zuflüstern: »Solch einer ist der Traum meines Lebens« – es ging um den modernen Abfalleimer mit einem Fußhebel für den Deckel! Völlig schockiert ging ich nach Hause.

Drei Tage nach unserem Einzug bei Frau Lutz hatte es noch etwas vorsichtig an der Tür geklingelt: »Ja, es ist nur so, dass wir uns fragen, ob Sie beim Aufhängen der Gardinen Hilfe brauchen. Sie sind ja noch nicht aufgehängt, und da haben wir hier in der Straße gedacht, ob wir Ihnen nicht helfen sollten. Wir tun das gern«, hatte die Nachbarin gesagt, nachdem sie sich zunächst vorgestellt hatte.

Um die Ecke wohnte ein Mann, der jeden Herbst, als er alle Blätter, die auf den Bürgersteig gefallen waren, zusammengeharkt hatte, einen Besen nahm und sorgfältig noch die Äste abfegte, damit sich kein einziges Blatt im Nachhinein verirren und womöglich auf dem Bürgersteig liegenbleiben konnte. Meine Kinder warteten jedes Jahr darauf und kamen immer mit dem Ruf hereingelaufen: »Er fegt wieder die Bäume, er fegt die Bäume!«

Aber dieser Umgang mit der Sauberkeit hat auch Vorteile: Nun darf ich vier Wochen lang all die Bade- und Säuberungsmethoden ausprobieren, die sich Menschen von Byzanz bis Finnland jemals in ihren wildesten Freiluftgedanken ausgedacht haben.

Sogar der empfohlene »Kurschatten« taucht auf in Form eines Weinkenners, gebildeten Museumsbesuchers und empfindsamen Gedichtevorlesers. Gemeinsam ziehen wir durch die ansteigenden Weingärten hinauf zu dem rosafarbenen, puppenartigen Turmhaus, wo vor zweihundert Jahren Annette von Droste-Hülshoff mit ihrer Mutter lebte. Wir setzen uns auf ihre Treppe und lesen, während wir über den See und die Berge blicken.

Aus mir kann doch nichts werden!

Wär ich ein Jäger auf freier Flur,
Ein Stück nur von einem Soldaten,
Wär ich ein Mann doch mindestens nur,
So würde der Himmel mir raten;
Nun muss ich sitzen so fein und klar,
Gleich einem artigen Kinde,

*Und darf nur heimlich lösen mein Haar
und lassen es flattern im Winde.*

Annette von Droste-Hülshoff

Bei den Nachmittagskonzerten am schneckenförmigen Pavillon auf der Strandpromenade tanzen wir Walzer. Wir nehmen den Ausflugsdampfer zu den rekonstruierten Pfahlbauten aus der Bronzezeit am Ufer des Bodensees. Vom See aus sieht man Bir-nau, die wohl am schönsten gelegene barocke Klosterkirche, die es in dieser Landschaft gibt. Die Farben, die rundlichen Zwiebeltürme, der perfekt ausbalancierte Kirchenkörper sonnt sich auf seinem Hügel zwischen den Weingärten, wo die Klosterweinstöcke in langen, vollkommen geraden Linien auf uns und das Wasser zulaufen. Gegenüber liegt Bernadottes Insel Mainau mit ihrem künstlerisch angelegten, leider etwas überlaufenen Park. Jede kleine Stadt am Bodensee hat von den dortigen Gärtnern gelernt und wetteifert darum, ebenfalls bewundert zu werden. Wie angenehm, reich, verspielt und frisch aufgeräumt sieht die ganze Landschaft aus!

Mein Begleiter und ich entdecken im Rathaus unseres hübschen Kurortes eine merkwürdige Ausstellung: »Museum der Erinnerungen« heißt sie. Die Bewohner der Stadt waren eingeladen worden, alte Holzkisten mit solchen Erinnerungsstücken auszuschmücken oder einzurichten, die für sie eine persönliche Bedeutung hatten. Nun hängen an den Innenwänden des Rathauses 204 solch kleiner Kästen mit Einblicken in die höchst privaten Leben der Menschen – oder in die Verluste ihres Lebens.

Sicher ist das Leben auch banal. Solche Erinnerung kann sich in einem Blecheimer kristallisieren, den ein Mann jahraus, jahrein zum Ölwechsel bei seinem Wagen benutzt hat, bis er sich plötzlich daran erinnert, dass sein Vater den Eimer in russischer Gefangenschaft hergestellt hat, um darin Essen zu sammeln. »Anfälle und tägliche Schmerzen, die er hatte, bis er früh verstarb,« – so der Sohn auf einem darüber angebrachten Zettel – »machen, dass dieser Eimer mir nun noch traurige Erinnerungen eingibt.«

Ich frage mich, was ich gezeigt hätte? Was war im Leben wichtig? Viele hatten sich bemüht, etwas zu zeigen, was für sie selbst eine Verbindung zwischen Ding und Menschsein bedeutete. Da liegt ein kaputter Ehering mit der Erklärung: »Meine glücklichste Zeit.« So trivial kann es sich anhören.

Wir gehen von einem Wandkasten zum nächsten und sehen, dass es kein Vergessen gibt. Die Erinnerungen können verdrängt, in ein Schema gefügt werden, mehr jedoch nicht.

»Ihr Ehemann weilt nicht mehr unter den Lebenden«, schrieb ein Oberstleutnant im Mai 1944 in einem nun vergilbten Brief, der in einem der Kästen hängt, zusammen mit einem vom Militärpfarrer aufgenommenen Foto des »Heldenfriedhofs«. »Tannen waren darum herumgepflanzt worden«, hatte er darauf geschrieben, und die Kirche hatte der Briefschreiber in den Ort namens Tschermin eingezeichnet. Heute Tschernobyl.

Woran erinnerten sich die meisten, als sie vor die Aufgabe gestellt waren, etwas Persönliches zu zeigen? Ganz offenbar: an Schmerzen. Und die meisten von ihnen an Schmerzen aus der Zeit des Krieges. »Erinnerungen sind immer Erinnerungen an Verluste«, steht auf einem Zettel. »Gerettet aus den Ruinen des Elternhauses«, steht auf dem Etikett für einen gesprungenen Spiegelrahmen. Dort liegt ein Teil mit merkwürdig verdrehten Formen: »Porzellan, das von der Glut geschmolzen wurde, ausgegraben aus unserem Keller.« »Die Keksdose und die Messingschale sind Geschenke von unseren jüdischen Mitbewohner, die 1938 Deutschland verlassen mussten.« Die beiden Gegenstände stehen auf einem roten Samttuch mit gehäkelter Goldspitze. »Weihnachtskrippe, gemacht für meine drei Soldaten im Feld«, steht auf einigen kleinen handbemalten Holzfiguren.

Mein Begleiter sagt, hier sprächen die Opfer, nicht die Verbrecher. Er fährt fort: »Aber es ist nicht wahr, was der Dichter Jean Paul sagte, dass die Erinnerung das einzige Paradies sei, aus dem wir nicht vertrieben werden könnten. Sie ist auch die einzige Hölle, aus der wir uns nicht befreien können.«

Wir gehen weiter und sehen, wie die Erinnerungen von den folgenden Generationen geerbt werden. Wir sehen auch, wie weh es tut, seine Heimat zu verlieren und den unbarmherzigen Launen des Lebens folgen zu müssen. Kasten für Kasten wird zu einem Stück Geschichte. Alle Kästen gemeinsam wirken wie ein modernes Mausoleum. Ein Denkmal gegen das Vergessen. Die Geschichte hat keinen Schlussstrich, sie geht immer weiter.

»Hier wird jedenfalls sichtbar, wie verletzt die Menschen sind«, sagt der Mann, der zusammen mit mir dort ist. »Nicht wie in dem neuen historischen Museum in Bonn, dem ›Haus der Geschichte der Bundesrepublik‹, das jetzt mit Pauken und Trompeten eröffnet werden soll. Da wird sicher auch die legendäre Strickjacke hingehängt, die Helmut Kohl im Kaukasus trug, als er mit Michael Gorbatschow über den Einheitsvertrag verhandelte.«

In Bonn soll das Vergangene als so abgeklärt gezeigt werden, als würden Nazizeit und Krieg uns oder die Menschen, die wir mit hineinzogen haben, nicht länger berühren. Über 150 Millionen DM soll es kosten dürfen, unsere auf die Stadt Bonn bezogene Republik zu beschreiben, bevor sie ihren Sitz in Berlin bekommt. »Und«, fügt er mit einem Blick auf mich hinzu, »ein Prunkmuseum, wo der Mann rücksichtslos sich selbst ein Denkmal gesetzt hat. Nur Männer.« Der Museumsbau ist so geplant, dass man einen unterirdischen Gang betreten und die Besichtigung dann im Jahr 0 anfangen kann. Nachkriegsdeutschland hatte aber kein Jahr 0, so fing es nicht an. Ein gefährlicher Irrtum!«

Die Sehnsucht zurück zu der Zeit vor der Zerstörung sehe ich in einem Gedicht, das jemand in seinen Kasten gehängt hat:

Aus der Jugendzeit
klingt ein Lied mir immerdar,
o, wie liegt es weit,
was einst meins war.

»Aber es gibt keine Rückkehr! Es gibt keinen Neuanfang!«, sagt mein Begleiter, der sich wegen vielleicht noch wandernder Granatsplitter im Körper während des Kuraufenthalts auf eine Operation vorbereitet.

Wir verlassen das »Museum der Erinnerungen«, nehmen auf dem Heimweg unser Fußbad im eiskalten Kneippschen Wassertretbecken, das mit schönem Jugendstilmosaik im Park gebaut ist. Dann verabschieden wir uns voneinander. Als ich wenig später auf meinen erhitzten Wiesenblumen liege und den würzigen Duft einatme, denke ich mit größerer Schärfe als zuvor daran, wie ich mit meinen Erfahrungen verwachsen bin. Ich habe mein Museum der Erinnerungen, und ich kann keine Kraft sammeln, um aufzubrechen und ein ganz neues Leben in Angriff zu nehmen. Das ist das Letzte, was mir durch den Sinn geht, ehe die verschriebenen Kräuter- und Wiesenblumendämpfe mich in den Schlummer ziehen.

Zwischen Ost und West

Direkt nach der Zeit der himmlischen Blumenkissen muss ich das Ministerium bei einem Seminar in Berlin, der neuen alten Hauptstadt, repräsentieren. Ich rufe Lucas an, der erzählt, dass auch er in Berlin sei, um anschließend in die Stadt Görlitz an der polnischen Grenze zu fahren. Ich bitte ihn, dies kein richtiges Treffen zu nennen.

»Dann nennen wir es eine Gelegenheit auf der Flucht«, antwortet Lucas angespannt und ausweichend am Telefon. »Am Sonntag um 14 Uhr stehe ich am ›Hohlen Zahn‹«.

Hohler Zahn. So nennen die Berliner die Ruine der Kaiser-Wilhelm-Gedächtniskirche, mitten auf dem Kurfürstendamm. Sie haben sie nicht wieder aufgebaut, um sich immer erinnern zu können.

Das Seminar war für berufstätige Frauen organisiert worden, ein Versuch, Ost- und Westdeutsche einander näher zu bringen. Diesmal kommen die Teilnehmerinnen aus verschiedenen Arbeitsbereichen, viele aus dem Osten sind aber bereits arbeitslos. »Bei euch nennt man das wohl Hausfrau«, sagen sie bissig. Nun beschäftigen wir uns ein paar Tage gemeinsam mit dem Problem, Schwestern geworden zu sein. Wir sind uns in vielem einig, haben dieselbe Sprache und Kultur.

Aber die Männer haben es trotzdem einfacher, sie hätten ihren Fußball, meint eine der Teilnehmerinnen: »So etwas haben wir nicht.«

Alle hier versuchen, ehrlich miteinander umzugehen, damit ist schon viel gewonnen. Ein erklärtes Ziel ist es auch, die Begriffe der anderen zu verstehen. Gleiche Wörter stehen häufig für ganz Verschiedenes: Emanzipation, Selbstständigkeit, Arbeit, ökonomische Unabhängigkeit, Familie – die Begriffe haben ganz unterschiedliche Bedeutungen.

Man spricht auch über Vorurteile, Ungeduld und Angst. Warum war die »Zeit der Umarmung« so kurz gewesen, wie Flitterwochen, und hatte dann einfach aufgehört? Aneinander vorbeizureden, zu verstummen, böse aufeinander zu werden – wann hatte das angefangen? Alle hatten sich so viel erhofft. Warum wurde es nicht so? Hier wird der Frust der Schwestern deutlich.

»Ihr Westfrauen seid so laut, könnt besser abstrakt formulieren. Es klingt so wahnsinnig intellektuell«, sagt eine.

»Bei uns findet ihr nicht eure Hausfrauen, die mit Nahrungs-, Einrichtungs- und Gesundheitstips zufrieden sind – und ihr findet auch nicht die Karrierefrau, die auf Kinder und Familie verzichtet, als einzigen Weg, um mit den Männern an der Spitze konkurrieren zu können«, fügt die Nächste hinzu.

DIE SITUATION OST- UND WESTDEUTSCHER FRAUEN:
BEISPIELE GLEICH NACH 1990

Die Arbeitslosigkeit unter den Frauen im erwerbstätigen Alter in den neuen Bundesländern betrug 1991 12,3% (im Jahr 2000: 19,9%). In den alten Bundesländern lag sie 1991 bei 7% und im Jahr 2000 bei 8,5%.
Quelle: Bundesanstalt für Arbeit

Die Anzahl weiblicher Studierender in der DDR sank nach der Zusammenlegung von 49 Prozent auf 38,5 Prozent (was unter dem Niveau des Westens ist).

Die Anzahl von Frauen innerhalb der Studienrichtungen in der BRD und der DDR 1990 verteilten sich wie folgt (Angaben in Prozent):

	Naturwissenschaften	Ingenieurwesen	Medizin	Wirtschaftswissenschaftler	Lehrer
DDR	46	25	55	67	73
BRD	32	12	44	33	65

1987 waren in der DDR 70 Prozent der Frauen verheiratet (BRD 64 Prozent), geschiedene Frauen waren öfter neu verheiratet (DDR 15 Prozent, BRD 10 Prozent), und weniger Frauen lebten als Singles (DDR 19 Prozent, BRD 29 Prozent).

»Man braucht die Familie, um glücklich zu sein«, antworteten 84 Prozent aller Ostdeutschen, 69 Prozent der Westdeutschen.
In der DDR waren bei der Zusammenlegung 18 Prozent der ostdeutschen Erwachsenen ohne Kinder, in der BRD 37 Prozent.

Kinderbetreuung
Anzahl Plätze pro 100 Kinder 1990

	Kinderkrippen (1 - 3 Jahre)	Kindergärten (3 – 6 Jahre)	Hortplätze (6 – 10 Jahre)
DDR	80	95	81
BRD	2	79	4

Arbeit in Haushalt und Familie
Auf die Frage, ob es hauptsächlich Frauen seien, welche die folgenden Aufgaben im Haus erledigen, lauteten die Antworten (Angaben in Prozent):

	DDR	BRD
Wäsche	79	90
Essenkochen	52	88
Saubermachen	59	80

Quelle: Geissler, Rainer: Die Sozialstrukturen Deutschlands. Bundeszentrale für politische Bildung. Opladen. 1992. – Hartenstein, W. et al.: Geschlechterrollen im Wandel. Stuttgart 1988. – Winkler, Gunnar (Hg.): Sozialreport '90. Daten und Fakten zur sozialen Lage in der DDR, Berlin 1990

»Ihr im Westen tut so, als ob emanzipierte Frauen wie ihr selbst Mitleid haben müssen mit anderen, die nicht so sind wie ihr, und ihr denkt, dass die Männer an all dem, was wir nicht haben, schuld sind. Ihr sprecht über Kinder, als seien sie ein Klotz am Bein.«

»Ihr könnt euch so gut verkaufen, seid so perfekt. Der Alltag geht euch leichter von der Hand, ihr seid auch hübscher in euren Outfits, ihr joggt, beschäftigt euch mit Aerobics und Fitness – und wie all das amerikanische Zeug heißt. Aber ihr seid härter, gespaltener, kinderfeindlicher.«

»Nie in meinem Leben habe ich so viel über Geld geredet wie in den letzten Jahren. Geld, Geld, und haben, haben, und Geld haben wollen. Ich will das nicht!«

Die ostdeutschen Teilnehmerinnen sind nun so richtig in Fahrt gekommen.

»Ist der Unterschied der, dass wir sozialistisch emanzipiert waren, während ihr kapitalistische Feministinnen wart? Und warum müssen wir dann werden wie ihr?«

»Wir träumten von einem reformierten Sozialismus, wo das, was gut für uns war, eine Chance hatte weiterzubestehen – in Freiheit. Und nun sind wir mutlos, ohne Sprache und mit Magenschmerzen vor geschluckter Enttäuschung und Wut.«

»Ihr seid uns fremder als unsere Männer.«

»Es ist, als lebten wir im falschen Film, und bald wird wohl gesagt werden, dass unsere Biografien falsch seien.«

»Warum soll ich meine Westschwester lieben? Auf dem Arbeitsmarkt waren wir gefragt. Wir im Osten hatten bessere Berufsmöglichkeiten, und das bedeutete wirtschaftliche Unabhängigkeit. Wir stellten den eigenen Beruf nie in Frage, wir fielen der Ausbeutung in der Familie nicht so leicht zum Opfer. Scheidungen bedeuteten nicht wirtschaftlichen Ruin wie für euch im Westen. Nun haben wir eure wirtschaftliche Unsicherheit und eure Abhängigkeit erben müssen.«

»Ja, und was für eine Ironie für euch! Unsere Frauen bekommen nun höhere Renten als eure alten Frauen, weil wir die ganze Zeit berufstätig und nicht an die Rente des Mannes gebunden waren.«

»Warum bildet ihr euch ein, dass ihr so frei seid? Freiheit von Wirklichkeitsverlust? Von bürgerlichen Frauen habe ich gehört, Freiheit sei, dass der Staat sich nicht einmischt. Wie? Sich nicht einmischt, dass wir unsere Kindertagesstätten behalten dürfen?«

»Wir haben eine große Unfreiheit hinter uns gelassen, eine korrupte und kriminelle Gesellschaft, das wissen wir alle. Das sagen wir uns jeden Tag. Aber wir müssen sagen dürfen, dass wir auch Freiheiten verloren haben. Das verstehen die meisten von euch nicht, ihr in eurem – wie ihr glaubt – so freien Westen. Glaubt ihr, Freiheit ist für uns so heilig, dass wir uns schämen müssen, über das zu sprechen, was wir verloren haben? Ihr lebt mit euren Unfreiheiten und erlebt sie nicht als so hart und eng wie wir, die wir jetzt rein müssen.«

»Wir haben beide verloren; wir: Arbeitsplätze, soziales Ansehen, Unterstützung der Gesellschaft, wirtschaftliche Unabhängigkeit. Aber ihr, liebe Schwestern, habt verloren, weil ihr für uns bezahlen müsst. 600 Milliarden DM wird es euch kosten, und es ist wohl klar, dass es die Kleinen und die Frauen bei euch sein werden, die dafür gerade stehen müssen. Und jetzt verliert ihr immer noch mehr Arbeitsmöglichkeiten. Und das, als es für euch Frauen dort im Westen günstiger zu werden begann – als ihr langsam als unersetzlich angesehen und sogar auf Direktorenposten toleriert wurdet. Und dann zu glauben, dass ihr uns willkommen heißen werdet! Nein, daran glauben wir nicht. Auf beiden Seiten müssen wir erst lernen, die Verluste und Ängste der anderen zu respektieren. Und dann gemeinsam entdecken, wer diese verursacht – wer unsere gemeinsamen Feinde sein könnten.«

»Es handelt sich um zwei verschiedene Patriarchate.«

»Und wir haben wieder Angst vor Dogmen. Eure Sprache ist so dogmatisch.«

»Und wie soll eine Gesellschaft mit einer so hohen Berufstätigkeit der Frauen mit einem Land verschmelzen, das eine so niedrige hat. Aber auch – was für uns unbegreiflich ist – so wenige Kinder. Die Hausfrauen bei euch wollen keine Kinder bekommen, und noch weniger diejenigen, die arbeiten. Es ist ja verrückt, wie die Männer das für euch eingerichtet haben. Aber ihr habt gesagt, dass bei euch ein Drittel der Mütter von Kindern unter drei Jahren arbeitet, und es ist nicht zu begreifen, wo neun Zehntel dieser Kinder dann ihre Betreuung erhalten, da es keine Kinderkrippen gibt. Was ist das für ein Reichtum? Oder noch schlimmer, ein Zeichen von Freiheit?«

»Und wo sind die Frauen am europäischen Umwandlungsprozess beteiligt? Dem Europa, das uns vor dem Nationalismus retten soll?«

Die ganze Zeit kriecht den Frauen aus dem Osten das Gefühl der Erniedrigung über den Rücken und um ihre rote Flecken am Hals herum. Man hat ihre Kompetenz und ihre Tüchtigkeit in Frage gestellt.

Die Westfrauen wagen schließlich auch offen zu fragen: »Warum seid ihr so träge, so langsam? Warum seid ihr so schlecht im Lösen von Problemen? Warum seid ihr so unzuverlässig im Organisatorischen! Und wenn wir Termine setzen, werdet ihr ärgerlich. Wir sind nicht so schrecklich anspruchsvoll, wie ihr denkt, aber manches muss effektiv gemacht werden.«

»Warum kümmert ihr euch nicht darum, den PC reparieren zu lassen, und warum bittet ihr nicht den Hausmeister, die Heizung anzustellen? Ihr zieht lieber noch eine Strickjacke an. Manchmal werden wir wirklich ungeduldig. Und ihr werft uns vor, dass wir keine guten Zuhörer sind. Aber ihr sagt immer so wenig, und bei Konflikten haltet ihr den Mund.«

»Woher aber – das fragen wir uns oft – kommt eure größere Herzlichkeit? Ihr könnt so schön lachen, wie wir es nicht mehr wagen. Ihr könnt so schnell Freundschaft empfinden. Ihr habt eine feste Gemeinschaft. Haben wir sie durch unser Hin- und Herrennen und unsere kritisch wache Art aufgegeben?«

»Ihr denkt aber auch erstaunlich hierarchisch. Den Hausmeister und die Putzfrauen behandelt ihr schlecht, aber natürlich kocht ihr Kaffee und macht euch damit bei den höher gestellten Männern beliebt. Ihr seid auf eine Weise gehorsam, von der wir uns völlig distanzieren und in der wir sofort die lähmenden Strukturen sehen. Besonders weil ihr eigentlich herzlicher und wärmer seid, verstehen wir euer Statusdenken und euer Verhalten Untergebenen gegenüber nicht.«

»Und die Gretchenfrage: Warum ist es für euch so wichtig, von Männern nicht kritisiert zu werden? Ihr seid häufig nicht ehrlich, wenn es um die Gleichberechtigung geht: Ihr habt Doppel- oder Dreifachrollen gehabt, ihr habt euch abgerackert, Schlange gestanden und seid von den Männern übergangen worden. Habt ihr nicht als Frauen kämpfen dürfen?«

Endlich kommt vieles heraus, das, was »man nicht sagt«. Ich und all die anderen dort spüren, dass das Zusammenwachsen dauern wird. »Die im Osten haben jetzt ein paar Jahre zum Eingewöhnen gehabt«, sagt jemand.

»Aber«, denke ich, als ich meine Sachen nach dem letzten Gruppentreffen eilig zusammenpacke, »wir im Westen haben verdammt nochmal eine ebenso lange Zeit gehabt, das Ostdeutsche kennen zu lernen!« All diese Gedanken nehme ich mit, als ich renne, um beim Treffen mit Lucas pünktlich zu sein. Ich suche Bus, S-Bahn, Taxi. Es hämmert im Kopf: »Wir sind vereint, aber dennoch geteilt. Wir könnten so vieles gemeinsam tun, wenn es nicht die Grenzen im Kopf gäbe.« Wir, wir. Alles, woran ich mich beteiligt fühle, alles, worin ich »wir« bin, ist auf diese Weise vermischt, das fühle ich, als ich mich jetzt wieder Lucas nähere.

Der Tag ist herbstlich klar, goldbraune Laubbäume säumen die Straßen der Großstadt. Je näher ich dem Kurfürstendamm komme, umso dichter werden die Menschenmassen. Aus allen Richtungen strömen Leute herbei. Sie versammeln sich alle auf der Hauptstraße zu einer Demo und saugen diejenigen förmlich auf, die aus den Seitenstraßen kommen. Menschen aller Art, multikulturell bunt, wie es nur Städte wie Berlin aufweisen können. In Westdeutschland gibt es eine nirgendwo sonst zu findende Tradition, seine Meinung außerhalb der etablierten politischen Organe zu zeigen. Die Fähigkeit, sich durchzuwinden, sich hervorzudrängen, habe ich in

Deutschland gelernt. Nun breche ich quer durch die Wogen – und endlich sehe ich die schwarze Kirchenruine mit dem schräg abgebrochenen grauschwarzen Turm, heruntergekommen und trotzdem würdig.

Lucas steht dort in seinem alten grauen Trenchcoat. Mit einem Loch in der linken Tasche, denke ich. Er erblickt mich, sieht jedoch gleichsam durch mich hindurch, als wolle er die greifbare Unvereinbarkeit vermeiden.

»Wir gehen eine Weile mit dem Strom«, sagt Lucas. »Das Ganze führt in die richtige Richtung. Ich weiß, wo wir abbiegen können, sodass wir rechtzeitig zum Bahnhof kommen.«

Es ist schön, im Strom der Menschenmenge mitzuschwimmen. Die Luft vibriert bei sonniger Kälte. Die Leute sind froh, ausgelassen. Ich fange an, die Banderolen und die Texte auf den Plakaten zu lesen: »Die Würde des Menschen ist unantastbar.« »Heuchler raus, Einwanderer rein!« »Finger weg von Artikel 16 Grundgesetz.« »Kämpft gegen staatlich unterstützten Rassismus.« Es ist der Tag vor dem Gedenktag für die Pogromnacht, die von den Nazis so genannte »Reichskristallnacht« am 9. November 1938.

Es ist mir angenehm, dass wir beide auf diese Weise mitgezogen werden. Ich weiß, dass Lucas Demonstrationen verabscheut, wie alles, was ihn daran hindert, Abstand halten und beobachten zu können. Aber nun wird auch er von der guten warmen Stimmung angesteckt, die alle Gruppen vereint. Später ist zu lesen, dass es ein Aufgebot von 350 000 friedlichen Menschen gewesen sei.

»›Der friedliche Strom‹ hätte das hier heißen können«, sagt Lucas neben mir und fährt fort, »diesmal FÜR und nicht GEGEN, es ist unglaublich, aber es scheint, als duldete jeder jeden, wie auf einem fröhlichen Fest. Aber sicher eine Eintagsfliege?«

»Du bist immer pessimistisch«, sage ich und lasse mich von den Menschenmassen weiterführen. Friedlich. Allein das schon macht mich froh. Die Polizisten, die an den Straßen stehen, haben ihre Visiere aufgeklappt, den Lederriemen um das Kinn gelockert und sehen entspannt und zufrieden aus. Endlich sind ihre Gesichter zu sehen, ihre Menschlichkeit, die so schnell vergessen wird, wenn sie wie Roboter von fremden Planeten gekleidet sind.

Nachdem Lucas sich eine Weile umgesehen hat, sagt er: »Wie ich hier atmen kann! Und wenn es nur darum geht, die Zusammengehörigkeit zu spüren. Meinst du, dass diese jungen Leute an sich selbst glauben? An ihre Zukunft? Wir haben das einmal getan, glaubten, dass wir die Macht hätten, einen dauerhaften Frieden zu schaffen. Wir *würden* ihn schaffen! Ja, wir waren naiv genug zu glauben, dass man auf uns, Jugendliche aus der ganzen Welt, hören werde. Ich war bei internationalen Jugendlagern mit dabei, wir bauten Schulen und Brücken, sangen von Frieden und Freiheit – und waren davon überzeugt, dass wir die beste Friedensgeneration seien, die es, jedenfalls in Europa, gegeben habe. Und dann wurden wir von Grund auf betrogen, so missbraucht – so total. Und ihr, ja wir, im Westen? Die Jugendlichen hier sind Realisten, Skeptiker, Individualisten – aber vielleicht, ich weiß nicht, lassen sie sich nicht ausnutzen wie wir. Haben sie irgendeine Vision?«

Meine vielleicht etwas naive Freude schwindet. Lucas` Stimme vermittelt fast so etwas wie Schwermut. Ich kann mit ihm nicht Schritt halten. Zwischen unseren Füßen gibt es keine Koordination, wir gehen einfach nur voran. Ich merke, dass ich nicht einmal versuche, Lucas` Takt zu halten, dass ich mich ihm nicht anpassen will.

Wir kommen in die Nähe des alten Reichstags, wo nun die Reden gehalten werden sollen. Lucas sagt etwas darüber, dass die Medien so viel Übereinstimmung und friedliches Demonstrieren wohl nicht ertragen würden.

Wir erfahren bald, wie Recht er damit hat. Statt über das großartige Ereignis zu schreiben, dass Tausende von Menschen gemeinsam gegen Ausländerfeindlichkeit demonstriert haben – das größte Aufgebot, das es mit Politikern aus allen Lagern gegeben hat –, hatte man als Überschrift gewählt: »Schwere Zwischenfälle während der Berlin-Demonstration.« »Brutale Gewalt vor dem Rednerstuhl, Präsident hinter Polizeischildern geschützt.« Aber es waren nicht einmal hundert Krawallmacher gewesen, Autonome und Rechte, die aus einer Ecke angefangen hatten, Tomaten und Eier zu werfen. Diesen wenigen war es gelungen, die ungeteilte Aufmerksamkeit des Fernsehens zu gewinnen.

In den Medien hätte man Toleranz, Offenheit, Stellungnahme für die Würde des Menschen zeigen können. Man schilderte das Ereignis jedoch als Situation von Gewalt und Intoleranz.

Soll dieses Deutschlandbild auf ewig im Ausland bestehen bleiben? Wann wird die Frage nach der Verantwortung der Medien für die steigende Gewaltmentalität ernsthaft aufgenommen? Die Medien machten weniger als ein Drittel Promille zu Hauptakteuren.

Die Ostdeutschen, die durch hartnäckige Friedensdemonstrationen gerade eine ganze Revolution bewerkstelligt hatten, konnten sich mit dieser medialen Manipulation der Wirklichkeit in einer demokratischen Gesellschaft schwer abfinden. Wer hat einen Nutzen davon? Und warum wurden nicht die Worte des Bundespräsidenten veröffentlicht: »Im Grundgesetz steht nicht, dass die Würde des Deutschen unantastbar sei. Dort steht, dass die Würde des Menschen unantastbar sei.«

Aber all das erfahren wir erst später. Wir sind noch immer von der freudigen Volksmenge umgeben.

»Lass uns hier durch den Tiergarten ausweichen, dann können wir noch einen Kaffee trinken, bevor der Zug fährt. Musst du fahren?«

Das ist die erste persönliche Anrede des Tages.

»Ja«, antworte ich, »eigentlich.«

Immerhin trägt meine Stimme. Ich wundere mich selbst über die Ergänzung – eigentlich. Eigentlich was? Meine ich damit eine Abgrenzung meiner eigenen Person oder hoffe ich, einer Entscheidung entgehen zu können?

»Sieh mal!«, Lucas lacht. »Dieses Gymnasium ist gerade von Leninschule in Lennon-Schule umgetauft worden! Bei der Namenswahl in der Schule stritten alle Erwachsenen um Immanuel Kant, Gustav Stresemann, Willy Brandt ... – und dann machten die Schüler den Vorschlag John Lennon, ›Give peace a chance ... And all we are saying is give peace a chance‹. Für diese Generation repräsentiert er Liebe, Toleranz, Achtung und Verständnis. Und so kam es dann dazu.«

Wir bestellen Kaffee und Bananensplit. Lucas zieht einen großen braunen Umschlag hervor. Er breitet Karten und Tabellen aus und sagt: »Es gibt fantastische Jugendliche. Das Beste, was wir haben. Und Gott sei Dank nicht so romantisch, wie wir es waren. Ich kenne eine ganze Gruppe in Görlitz, die für ›einen Apfel und ein Ei‹ arbeitet. Sie wollen, dass es vorangeht. Nun zeige ich dir etwas. Sieh mal!«

Erst legt er einen Entwurf einer »ökologischen Logik« vor und die Zusammenhänge zwischen Gesellschafts-, Kultur- und Naturökologie, dann aber auch große zusammengefaltete Bögen über Projektstrukturpläne, Ziel- und Potenzialanalysen, Kardinalkriterien und simulationstechnische Prozesse. Er redet wie ein Wasserfall. Ich verstehe nicht so viel von seinen Ausführungen, aber ich sehe wieder die mächtige Elbe durch seine Rede fließen. Es sind Fragen der Entsalzung, des Flusslaufs, der Renaturierung und Möglichkeiten für Menschen, wieder im Gleichgewicht mit der Natur zu leben. Lucas erzählt auch, wie das Ökoviertel inmitten von Dresden Gestalt annimmt. Es wird ein kleiner ökologischer Kern in der Megastadt, zugleich ein Treffpunkt für Menschen, die an die neuen Möglichkeiten glauben, Natur und Kultur im Gleichgewicht zu halten.

»Wir müssen von der Zerstörung wegkommen. Wir müssen Wissen und Können, Intelligenz, Empfindsamkeit, Verantwortungsgefühl, Kreativität, Inspiration und liebevolles Engagement miteinander kombinieren. Nur so können wir etwas Neues schaffen. Und neu muss es sein. Nicht nur alte Westmodelle: Übergriffs- und Überflussmodelle. An manchen Stellen mussten wir wirklich Antarktis-Verträge schließen.«

Ich frage, was das heißt.

»Ein Moratorium. Die Ressourcen einer Region für fünfzig Jahre völlig unberührt zu lassen! Und das in unserer rasanten Zeit! Allein schon der Gedanke ist für viele haarsträubend. Wir haben viele ›Potenzfreaks‹, sie geraten in pure Kastrationsangst, wenn sie als einzige kreative Befruchtungsmöglichkeit tatsächlich einen Totalstopp sehen müssen«, sagt Lucas und fährt fort: »Wir müssen an die Arbeitsplätze und die Möglichkeiten der Wirtschaft denken – und deswegen müssen wir von *Lebensplätzen* sprechen.«

Lucas nimmt sich endlich Zeit zum Essen und sagt zwischen den letzten Bissen: »In Görlitz wollen sie, dass ich an einem Renaturierungsprojekt an der Neiße mithelfe. Da will ich jetzt hin. Bist du schon einmal in Görlitz gewesen?«

»Nein«, sage ich, »aber es gibt einen geliebten Dichter aus meiner Heimat, der ins Ausland fuhr, um sich zu kurieren, als seine Nerven versagten. Da saß er im Görlitzer Sanatorium und las Heinrich Heine und schrieb:

Eine alte Geschichte

Mein Herz war zu Tode beklommen
ich konnte nicht leben dort
und so bin ich hergekommen
in diesen traurigen Ort
Ich sitze jetzt und weine
in trauriger Heilanstalt

und lese den weinenden Heine
mit grimmiger Gewalt

Gustaf Fröding

Lucas sieht mich düster an und sagt kurz: »Etwas Besseres hattest du nicht auf Lager, was?«

An einem der kleinen Nachbartische sitzt eine junge Frau. Sie hat schlechte Haut und trägt Secondhandkleidung, schwarze Lederjacke mit Stickers, auf denen geballte Fäuste Phosphorfunken sprühen. Halb geschnürte Stiefel, groß und schwer, als wolle sie die Wüste Gobi durchqueren. »Das tut sie vielleicht auch«, hatte ich bereits gedacht, als ich sie hereinkommen sah. Sie sieht uns beide gehässig an, immer mehr, je eifriger unser Gespräch wird. Wir spüren deutlich ihre Abneigung.

Und dann fährt sie plötzlich dazwischen, fast hysterisch: »All ihr, die ihr schreiben und reden könnt! Dasitzt und Bananensplit esst und dann wohl das Gegenteil von dem schreibt, was ihr früher geschrieben habt, was? Für Bananen schwafelt ihr wohl über alles?«

Mitten in den Wortschwall hinein frage ich sie, warum sie so gehässig ist. Da geht es erst richtig los: »Willst du wissen, warum ich gehässig bin? Warum ich darauf scheiße, was ihr alle mir zu sagen habt? Weil ihr alle versucht, mir ein völlig neues System aufzustülpen – als würdet ihr einen Nachttopf über mich ausleeren! Dies hier ist kein vereintes Deutschland, sondern bloß ein vergrößertes Westdeutschland. Und ich habe darum nicht gebeten!! Der Zwang vorher war auf jeden Fall besser als diese Leere. Wenn jemand weinte, als wir klein waren, war jemand da, der sich unserer annahm, und als wir größer wurden, gab es die FDJ, die Thälmann-Pioniere. Immer übernahm jemand die Verantwortung. Niemand ließ einen einfach im Stich wie jetzt, wenn man jemanden braucht. Jetzt wird man alleingelassen, auch mit dem Hass. Vielleicht hasse ich, weil andere mich hassen. Jetzt sollst du ja auf andere scheißen, alles dreht sich nur ums Geld. Warum sind die Kapitalisten dann besser als die Parteibonzen, die sich an uns bereicherten? Ich hasse euch, weil ihr über das mit der Freiheit gelogen habt! Es gibt sie nicht! Unsere Lehrer, ihr hättet sie sehen sollen: ›Blablabla über den großen Freund in Moskau – und dann eins, zwei, drei eine neue Kassette und sie plapperten weiter – über Freiheit, über große Dinge, und wie abscheulich es uns ging!‹ Ich scheiße auf alles! Und dann meine Eltern! – Keinen Job – aus politischen Gründen gekündigt und entlassen. Mein Vater kam nach Hause und warf das Parteibuch in den Herd, dass es nur so zischte. Seine Arbeit in der Partei war es gewesen, die Mitgliederzeitschrift an die alten Parteigenossen in unserer Nachbarschaft zu verteilen. Er trank Bier mit ihnen, redete, hielt Kontakt, feierte Geburtstage mit ihnen. Kriminell, nicht?

Jetzt trinkt er nur noch. Er hasst und hasst und will eure verdammte Freiheit nicht haben. Und ich will nicht nach Mallorca fahren oder Bananensplit essen, ich will nicht zu allen Schwarzen nett sein, ich finde Skinheads klasse. Die schlagen zu, die hassen wie ich. Mit den Ausländern habe ich nichts zu tun. *Ich kann nicht so viel essen, wie ich eigentlich kotzen möchte!!*«

Ich finde keine Worte, lasse die Hasstirade über mich ergehen. »Kains Kinder«, denke ich. Ich bin aufgebracht, möchte gehen. Ich sehe, wie Lucas immer wütender wird.

»Das muss jetzt raus bei ihr«, flüstere ich ihm zu, als die Beschimpfung ihren Höhepunkt erreicht. Als sie endlich fertig ist, steht Lucas entschlossen auf und stellt sich dem Mädchen gegenüber. Er nagelt sie mit dem Blick fest und sagt: »Hast du von dem Professor gehört, der die Ostdeutschen mit Tiefseefischen vergleicht? Sie können beide nur unter starkem Druck leben. Und dann ist der Druck plötzlich fort. Sie sind an der Oberfläche, in Freiheit – und dann platzen sie von innen. Pooff!«

Gedankenversunken sitzt er im Auto. Ich spüre, dass er trotz seines Mantels friert.

»Ich hasse ja auch. Das sitzt tief drin. Ich bin dort in Dresden und hasse mich selbst und die Kindheit, die ich verloren habe – und nach der ich noch immer suche. Und dann sehe ich, wie der Egoismus sich in der Stadt verbreitet. Nur Geld und, tja Bananen, und die Schlauen lernen, Geld für Geld zu kaufen.

Nach 1945 kam nicht nur die Hilfe durch den Marshall-Plan nach Westdeutschland. Eine Wertediskussion kam ebenfalls in Gang. Als die Westdeutschen nach dem Krieg wieder anfingen, waren sie nicht gerade Demokraten! Man überließ sie jedoch nicht sich selbst. Eine gewaltige Aufklärungskampagne wurde gestartet, um den Menschen beizubringen, was Demokratie ist. Ihre festen Grundlagen, ihre Bedingungen – und die Würde des Menschen. All das, was in Deutschland untergegangen und verachtet, im Nationalsozialismus vernichtet worden war.

Ja, ja – du Glückspilz, die du das nie hast lernen müssen, sondern einfach mit der Muttermilch eingesogen, was wir wie eine fremde Sprache lernen mussten. Ihr da oben im Norden wisst gar nicht, was für Schätze ihr besitzt – und könntet schon ein gewisses Verständnis zeigen für uns, die wir uns wirklich tüchtig ins Zeug gelegt haben, um das zu lernen.

Heute gibt es für die im Osten nichts Vergleichbares, jetzt geschieht keine Verankerung der grundlegenden Werte. Sie lernen nur, die Freiheit auszunutzen, nicht, wie man sie schützt. Die eigenen Taschen zu füllen – das ist das Motto. Hier im Osten haben die Menschen viel länger als die zwölf Jahre der Nationalsozialisten unter einer Diktatur gelebt – vierzig Jahre länger, und die Weimarer Republik zuvor war kein guter Boden für demokratische Lehren. Ich frage mich oft, ob unsere Demokratie halten wird.« Und er fährt fort: »Sicher sehen wir alles Positive, aber es ist so, als dürften wir unserer Angst keinen Ausdruck verleihen. Oder unserer Kritik daran, dass nur ökonomische Begriffe gelehrt werden – mit dem Egoismus als Köder. Wir sind tief zerrissen, und was können wir dagegen tun?«

»Wie wäre es mit ein bisschen Selbstvertrauen?«, frage ich. Und ihm fällt dann dieses Gedicht ein:

Deutschland 1952

O Deutschland, wie bist du zerrissen
Und nicht mit dir allein!
In Kält' und Finsternissen
Lässt eins das andre sein.
Und hätt'st so schöne Auen
Und reger Städte viel;
Tät'st du dir selbst vertrauen
Wär alles ein Kinderspiel.

Bertolt Brecht

Noch eine Grenzstadt: Die Sehnsucht, zusammenwachsen zu können

Statt den Zug in die andere Richtung zu nehmen, in die direkt entgegengesetzte Richtung zurück nach Frankfurt, fahre ich mit nach Görlitz. Aber ich spüre, dass es beinahe Betrug ist, ein Scheinmanöver, dass ich für eine freie Entscheidung nicht mehr offen bin. Vielleicht hoffe ich auf eine letzte Möglichkeit, jugendlichen Mut und Zuversicht als Sprungbrett für ein Leben in Ostdeutschland zu finden. Irgendetwas, das verzaubert. Irgendetwas, das die Entscheidung natürlich und einfach macht.

Aber warum sollte es einfach sein?, denke ich, als der Zug sich seinen Weg durch die seenreiche Landschaft entlang der Spree vor den Toren Berlins bahnt. Warum soll es einfach sein, nur weil es persönlich ist, wenn es doch so von der historischen Wirklichkeit durchzogen ist?

Deutsche haben es mit ihren Vereinigungen und Wiedervereinigungen, Bünden und Unionen – ganz gleich, welche Wörter man verwendet – immer schwer gehabt. Ein »Wieder« können viele auch jetzt nicht entdecken. Nun jedoch, da sie Wirklichkeit geworden ist, nimmt man sich vor dem Wort in Acht und spricht von der »Vereinigung«. Das ist ein großer und zugleich wichtiger Unterschied. »Wieder« wozu? Nein, etwas Neues muss entstehen, wenn Ost und West zusammenwachsen. Und das, wozu ich mich unmöglich entscheiden kann, ist aus historischer Perspektive wohl eher eine Lappalie.

Wie viele menschliche Schicksale sind nicht um all der Grenzziehungen der Vergangenheit willen geopfert worden? Sogar die Erde, über welche die Schienen laufen, ist gesättigt vom Blut all der Menschen, die zueinander hatten kommen wollen, die fortgezwungen worden waren, die sich zurück- oder fortgesehnt hatten, die Angst davor gehabt hatten, gefangen genommen oder verstoßen zu werden. Die eingesperrt, gefoltert und getötet worden waren, weil sie auf der anderen Seite hatten leben wollen. Geopfert, damit Gewalt herrschen durfte, als Grenzen gezogen, zerschnitten, zusammengelegt oder zerrissen wurden. Und das geschah ständig.

Die ganze Geschichte hindurch hatte das Volk, das jetzt das Deutsche genannt wird, das Nachsehen, als in Europa die Nationalstaaten mit ihren festen Grenzen heranwuchsen. Vor 150 Jahren bestand das, was jetzt wieder Deutschland genannt wird, noch immer aus 38 selbstständigen Staaten. Von Zöllen, Pässen, Spionen, Schlagbäumen, Kontrollen, Durchsuchungen und der Unmöglichkeit geprägt, frei zusammenzukommen, wie wir es nun können. Helmuth Plessner, mein alter Philosophieprofessor aus der Göttinger Zeit, nannte Deutschland die »verspätete Nation«. Als jüdischer Emigrant hatte er die Jahre im Ausland genutzt, die Ursachen der Katastrophe zu erforschen. 1871 wurde Deutschland ein Reich – das zweite Reich nach Hitlers Rechnung, als er seines das »Dritte Reich« nannte. Das Erste Reich war das eher lose vereinte »Heilige Römische Reich deutscher Nationen« gewesen. »Reich« ist ein Wort, das man in diesem nun geeinten Deutschland nicht verwenden kann. Wie so viele andere Wörter – beispielsweise »Volk«, »Gleichheit«, »Solidarität«, aber auch andere Begriffe, die für das eigene Selbstverständnis als Nation lebenswichtig sind – nicht verwendbar. Die Wörter gibt es nicht mehr. Sie sind so missbraucht worden, dass niemand sie mehr in den Mund nehmen kann. All das geschah nach der freiwilligen oder aufgezwungenen Vereinigung der vielen Staaten. Und warum sollte es nun, nach zerstörenden Kriegen und vernichtenden Diktaturen, mit einer Vereinigung leicht gehen?

Willy Brandts Ruf in das Mikrofon in der ersten Nacht, der »Jahrhundertnacht« am Brandenburger Tor: »Lasst zusammenwachsen, was zusammengehört!«, lebt weiter. Für diejenigen auf beiden Seiten, die sich zum ersten Mal in vierundvierzig Jahren dort frei versammeln konnten, wurden es tragende Worte. Aber an der selben Stelle wird auch oft (nach Präsident Richard von Weizsäckers späterer Botschaft) wiederholt, was die Schwierigkeiten des Zusammenwachsens berührt: »Sich vereinigen bedeutet, teilen zu lernen.«

Dass es so verdammt schwierig sein muss, sich zu vereinigen! Sind wir, die wir es nicht auf die leichte Schulter nehmen, nur Skeptiker alle miteinander? Sehen wir überall nur Konflikte, statt voranzusegeln, als wären es nur ein paar Kräuselungen an der Oberfläche? Ist nicht die Zukunft hell? Sind wir nicht dankbar genug? Warum die Schwierigkeiten auftürmen?

Weil wir von Furcht und Angst geprägt sind. Weil es zu viel gewesen ist, um damit fertigzuwerden. Es darf absolut kein »Wieder« geben. Die Menschen hier im Osten haben ihre Erfahrungen, haben Angst und bekommen akute »Wachstumsschmerzen« in allen Gliedern. Und die im Westen?

Und warum sollte es Lucas und mir ohne Schwierigkeiten gelingen, inmitten all dessen eine Balance, eine Möglichkeit zur Vereinigung zu finden?, denke ich.

Wir sitzen einander gegenüber, dösen weg und genießen es, uns miteinander entspannen zu können, etwas Raum zum Luftholen zu haben. Ich lege meine Füße auf Lucas` Übernachtungstasche, er hat seine Füße auf meiner. Alles, was vorüberrauscht, verschlingt die Dunkelheit.

»Du hast Delta-Zehen«, sagt Lucas, als er mit den Fingerspitzen leicht über die Konturen meines Fußes streicht, »wie die Dnjepr-Mündung im Schwarzen Meer. Hinter Cherson teilt es sich genau so« – und dann erzählt Lucas, was in der Ukraine mit meinen Zehen gemacht werden soll, um sichere und entwässerte Stellen zu schaffen, wo Menschen in Harmonie mit der wasserreichen Natur leben und sich ernähren können. Er lacht, als ich »Kachovskoja Vodokranilicce« auszusprechen versuche, den Namen der großen, lang gestreckten Seen, die der Dnjepr bildet, bevor er sich in ein Delta verzweigt, um das Meer erreichen zu können.

»Woher weißt du das alles?«, frage ich. Und erhalte die Erklärung, dass Lucas die Gegend von einer Studienreise zu Beginn seiner Ingenieursausbildung in Dresden kennt.

»Die UdSSR war alles, sie war das, was galt«, sagte er.

Und da frage ich weiter: »Wie bist du überhaupt hinüber in den Westen gekommen?«

Er ist, was bestimmte Teile der Vergangenheit betrifft, nie besonders gesprächig gewesen, abgesehen von dem einen Mal in Dresden, als er mir alles zeigen wollte – seinen Verlust, seine Sehnsucht.

»Du weißt ja, dass ich in Dresden studiert habe. Ich hatte einen Studienplatz bekommen, weil ich die richtige Herkunft – Arbeiterklasse – hatte. Ich wusste, dass ich sonst, trotz meiner Zensuren, nie eine Chance gehabt hätte. Ich wollte beim Aufbau einer guten Gesellschaft mitmachen. Es wurde nie über den Hitler-Stalin-Pakt, über die Umarmungen von Stalinismus und Sozialfaschismus gesprochen. Ich musste lernen, was guter Sozialismus ist, den Glauben an den Menschen und seine innere Kraft, eine gerechte Gesellschaft zu schaffen. Ich hatte an unsere Anführer geglaubt. Aber wir hatten bereits begonnen, ihre Falschheit zu erkennen und vorsichtig zu werden mit dem, was wir sagten. Wir hatten schließlich den Juni-Aufstand 1953 erlebt.

Und dann kam 1956 der Überfall der Sowjetunion auf Ungarn. Damals wurde uns vieles klar, und wir waren gezwungen, Stellung zu beziehen – oder uns zu ducken. Viele von uns fanden, dass der Versuch Ungarns, sich von Moskau zu befreien, vorbildlich war. Das gab uns Hoffnung für unser eigenes Land. Als damals ›unsere Freunde‹ einrückten und alle Versuche, die Freiheit zu gewinnen, gewaltsam zerschlugen, begriff ich, in was für einer Falle wir uns selbst befanden. Unsere Anführer waren einfache Knechte, keine Freiheitshelden. Unter den Studenten gab es Agenten und Spione. Sie hörten zu und zeigten an – in unseren Jahrgängen kam es zu Säuberungen – Kameraden verschwanden in Folterkellern.«

Bisher hatte Lucas' Bericht wie der eines Reporters geklungen, nun aber veränderte sich seine Stimme. Er sprach langsamer, trauriger und suchender.

»Ich wollte nicht fliehen, ich wollte Widerstand leisten. Ich fühlte mich unsicher und unreif. Ich wollte bleiben, wo ich aufgewachsen war, hatte nie daran gedacht, woanders zu leben. Aber vernünftige Menschen sagten, ich müsse fortgehen. Das war nach einer studentischen Zusammenkunft, auf der ich versucht hatte, uns alle in Protest zusammenhalten zu lassen. Zuerst fuhr ich per Anhalter, und dann lief ich durch Wald und Feld. Es war schließlich noch vor der Mauer. Es dauerte zwei Tage. Im Galopp ging ich über die Grenze. Es war November genau wie jetzt, aber ungemütlich und kalt. Im Rucksack hatte ich ein paar warme Kleider und meine wichtigsten Lehrbücher. Kein Foto, keinen Brief, keinen liebevollen Gedanken. Meine Mutter hatte Butterbrote gemacht, die sie mir wortlos reichte. Vielleicht hatte sie Tränen in den Augen. Ich weiß es nicht. Ich spürte bloß die Wortlosigkeit.

Ich kam hinüber. Und ging nach München, wo ich die Ingenieurausbildung wieder aufnehmen durfte. Die ersten Jahre büffelte ich wie verrückt, denn ich war der Ansicht, dass ich alles geschenkt bekam. Wollte meine Pflicht tun. Eingleisig war ich, dachte nur in Betonblock auf Betonblock, wie die Professoren es wollten. Sie hatten alle eigene Unternehmen, welche die staatlichen Aufträge in Millionenhöhe bekamen, zu denen sie selbst die Gutachten geschrieben hatten. Ich sah genau, wie das funktionierte, wie in den Sechziger- und Siebzigerjahren diese wahnsinnigen Zerstörungsprojekte entstanden. Projekte, weniger aufwändig, behutsamer, die menschlicher, schöner und billiger hätten ausgeführt werden können. Aber das weißt du, darüber habe ich schon erzählt. An dieser Entwicklung war ich also beteiligt.

Mehr! Größer! Teurer! Als sei *Preis* dasselbe wie *Wert*. Ich wollte nicht zurückschauen – oder auch nur zur Seite. Heiratete, baute ein Haus, bekam Kinder und schuftete weiter. Auf der Olympia-Baustelle in München verdienten wir das dicke Geld! Man brauchte nur aus dem Vollen zu schöpfen, und wir wussten, dass das, was wir hochzogen, später nicht das halten würde, was versprochen war – was in den Plänen behauptet wurde. Es war auch keine kluge Stadtplanung. Es hätte anders gemacht werden können, aber das ließen die Auftraggeber außer Betracht – oder aber sie durchschauten nicht die Spiele der Macht. Der schöne freie Westen!

Dann aber begannen Dinge zu geschehen, oder aber ich nahm es plötzlich wahr, es drängte sich auf und kam zu Bewusstsein. Das, was direkt in mein Ingenieurswissen eindrang, waren die Kernwaffendiskussion und die ökologisch bedingten Warnungen. Tatsächlich war es in München, als der alte Kinderbuchautor Erich Kästner, du weißt schon, der mit ›Emil und die Detektive‹, einen Vortrag über unsere Erde hielt, dass ich daran zu denken begann, an welcher äußersten Grenze wir standen und für was für einen Bruderkrieg wir uns rüsteten.

Robert Jungk, dieser kluge, gute Humanist, der Millionen von Menschen in ihrem Glauben an menschliche Mitverantwortung stärkte und der ihre Hoffnung schürte – und dafür häufig Polizei, Staatsanwalt und Machtapparat gegen sich hatte –, gründete in Berlin sein bekanntes Institut für Zukunftsforschung. Dort erlebte ich mich als Menschen mit einem Wert. Robert, der ›Überlebensagitator‹, wie er sich nannte, gestand seine Angst ein. Aber, so sagte er, es sei keine neurotische, sondern eine realistische Angst, die – wenn sie ernst genommen werde – unser Überleben sichern könne. Hinzu kam die Auffassung von unseren Allmachtsfantasien. Erinnerst du dich an Horst Eberhard Richters Buch ›Der Gotteskomplex‹? Das ließ mich begreifen. Mein Intellekt fing an, sich zu befreien, ich begann Mitverantwortung zu empfinden, und damit kam die Liebe. Die Liebe zu unserer Erde.

Aber aus alter Gewohnheit funktionierte die Maschinerie noch eine Zeit lang fort. Ich arbeitete weiter wie ein gehorsamer Apparat. Meine Frau begann, furchtbar grelle und schmierige Bilder zu malen. Ich begriff nicht, dass unsere Art zu leben sie krank machte. Sie wurde stellvertretend krank auch für mich, den dickfelligen Verwirklicher. Ich lebte mit einer Doppelmoral und verdrängte alles, was uns als eine Einheit hätte erleben lassen können. Sie schloss sich mit den Bildern ein, wurde manodepressiv. Meine Gedanken wurden immer oberflächlicher, ich mied das, was bereits in mir wütete, verschloss die Augen und lief davon. Ich konzentrierte mich darauf, wie viele Aufträge ich annehmen musste, um Status und Lebensstil beibehalten und all das bezahlen zu können, was die Ärzte meiner Frau verschrieben.

Aber dann brach das Ganze völlig zusammen! Das, was zunächst nur ein Donnern am Horizont gewesen war, musste erst in einen völligen Zusammenbruch übergehen, damit ich etwas begriff. Meine Frau wurde ins Krankenhaus eingeliefert, die Kinder mussten verteilt werden – da Papa schließlich ›für den Lebensunterhalt arbeitete‹. Endlich zog ich die Notbremse, die so lange vor meiner Nase gebaumelt hatte. Ich ließ mich beurlauben und fuhr mit den Kindern in die USA. Ein halbes Jahr fuhren wir dort umher. Ich hatte nun die gesamte Verantwortung für sie und kam ihnen sehr viel näher. In den USA sah ich mir verschiedene ökologische Projekte an, las und lernte. Ich spürte, dass ich ein heilerer Mensch wurde, Kräfte in mir hatte – und fing an, für meine Rückkehr zu planen. Solange die Kinder mich dann brauchten, arbeitete ich im Schwarzwald an einem Pilotprojekt. Es war wunderbar! Stell dir vor, dass nach einem Jahr intensiver Diskussionen alle kleinen Gemeinden mitmachten, wie auch die aktiven Umwelt- und Regionalverbänden, denen daran gelegen war, für ihre Gegend und ihre Gemeinden die Zukunft zu sichern. Wir machten etwas, das Bestand hatte. Wir spürten, dass die Zukunft begonnen hatte!

Bei der Gelegenheit lernte ich auch, dass man auf eine richtig gute Weise nur leben kann, wenn man das, woran man glaubt, mit seiner Handlungsweise kombiniert. Aber ich lernte wohl auch aus allen Enttäuschungen.«

Hier unterbricht sich Lucas. Zum Schluss fügt er nur hinzu: »Ja, so lernte ich, dass der *Mensch* – und nicht das Individuum – im Mittelpunkt steht.«

Wir kommen in Görlitz an und steigen aus. Was für ein Bahnhof!

Kundig restaurierte pompöse Jahrhundertwende. Echter Jugendstil. Das Gepäck geben wir an einem Schalter bei einem grauen Beamten mit grauer Uniformmütze ab. Dann schlendern wir direkt in die Stadt hinein. Zuerst die Hauptstraße mit renovierten Häusern entlang. Dann kommt das Unfassbare: eine unversehrte, aber tote Stadt. Es ist gespenstisch. Ich registriere alles, was ich sehe, wie eine Filmkamera, welche die ganze Zeit auf »Aufnahme« steht.

Görlitz wurde während des Krieges nicht beschädigt. Ein Segen, würden wohl alle sagen. Eine der wenigen Städte Deutschlands überhaupt, die von Bomben verschont geblieben ist. Aber dann lässt das folgende Regime in mehr als vierzig Jahren alles verfallen! Was hatte ich erwartet? So etwas nicht. Aber ich habe im Osten ja auch keine Ahnung. Jetzt rächt es sich.

Lucas weist auf heruntergefallene Dachziegel und Dachbalken, zeigt auf schiefstehende Schornsteine, sich neigende Wände oder hilft mir, Löchern in der Straße auszuweichen. Ich sage zu ihm, dass es ein schönes Gefühl ist, einen »Stolperbeschützer« zu haben. Meine Aufmerksamkeit ist auf anderes gerichtet. Wo ich auch hinschaue: kein Mensch, nicht nur der Stadtkern ist ausgestorben, die ganze Stadt ist tot. Die Stadtteile sehen unterschiedlich aus, sind jedoch gleichermaßen verwahrlost. Sicher hatte das abgedankte Regime bei dem einen oder anderen Haus mitgeholfen. Die Trutzburg, wo sich während des Dreißigjährigen Krieges auch die Schweden aufhielten, oder das Stadthaus, wo August der Starke, Napoleon und andere Herrscher Hof gehalten hatten, waren restauriert worden. Aber was ist das gegen eine ganze Stadt voller Häuser? Alte Patrizierhäuser, Kirchen, Magazine aus verschiedenen Epochen, Rathaus, überhängende Balkons, Bodengänge und alles, was die Baumeister während der vergangenen Jahrhunderte von Gotik, Barock, Klassizismus und Renaissance zu bieten gehabt hatten, steht da und sinkt in sich zusammen. Müde alte Häuser, die sich ohne gegenseitige Hilfe nicht länger aufrecht halten können. Einige sind bereits zusammengestürzt, an anderen Stellen sind Dächer und Dielen eingefallen, die Treppen gefährlich zusammengebrochen, die Fenster teilweise durch Holzplatten ersetzt. Überall sehe ich grauschwarze Löcher, verrottete Balken.

»Was sind ausgestorbene kalifornische Goldgräberstädte gegen diese mehrere Jahrhunderte alte gespenstische Pracht, die hat dastehen und verfallen müssen, während die Menschen ausgezogen sind?«, sage ich.

Lucas informiert: »Jetzt wohnen nur 2000 Menschen hier – 80000 sind ausgezogen. Auf ostdeutsch heißt das, eine Stadt »leerwohnen«. Der Ausdruck schon allein! Eins nach dem anderen hört auf zu funktionieren: das Dach leckt, der Ausfluss ist verstopft, das Wasserrohr bricht, die Scharniere der Fensterläden rosten, die Straßenlaternen verschwinden und einer nach dem anderen macht sich davon. Sie sind nach Königshuten gezogen, der Zement- und Betonstadt nebenan, die sie sich nach und nach selbst aufbauen durften. Das wurde im Osten häufig so gemacht.«

Die Stadt vermittelt ein morbides Gefühl düsterer Verzauberung, wo die Häuser jahrhundertalte Zeugen sind. Hier ist alle lebendige Baukunst erwürgt worden, und solche Verbrechen haben ganz offen und offiziell geschehen dürfen. Soll man über die Perversion des Sozialismus lachen, soll man in Verzweiflung über die hässlichen »Plattenbau«-Häuser auf den Feldern neben der Stadt die Hände ringen, wenn man dort auf den Kopfsteinpflasterstraßen geht und die einstürzenden Kleinode sieht? Soll man zum Zyniker werden oder nur über die Vergänglichkeit des menschlichen Tuns nachdenken?

Wie völlig verrückt können Regierungen, Bezirksämter und Beamte sein, wenn sie dieses haben geschehen lassen? Ideologie hin und Ideologie her – dies ist, wenn nicht Mord am Menschen, so Mord an der Stadt und Mord an der Kultur!

Wir gehen über den Federmarkt und in die Kränzelstraße, hinaus auf die Hirschlerstraße, viele Straßen auf und ab. Hier haben Prachtwirtschaften gelegen – »Zum goldenen Anker« war das vornehmste Wirtshaus. An dem einst so prunkvollen Eingang ist der Mörtel aus dem Fachwerk gefallen, in der Treppe nach oben fehlen Steine, das Innere sieht verheerend und leer aus. In einer Türöffnung, durch die wir kriechen, hängt ein Schild: »Vorsicht! Rattengift!« Draußen hat jemand in großen weißen Buchstaben an die Hauswand gekritzelt: »The raving society!«

Die reiche Stadt hatte am Königsweg Via Regina zu den großen slawischen Märkten gelegen. Hier entlang führte der Handelsweg der Hanse nach Böhmen und Ungarn. Außerdem war Görlitz während der ersten Industrialisierungsperiode, der »Gründerzeit«, noch reicher geworden, da man investiert hatte, um eine moderne Textilstadt zu werden. Der Aufstand der Weber in der umliegenden Provinz war durch den Siegeszug der Maschinen in Städten wie dieser verursacht worden. Gustaf Fröding, fällt mir ein, muss eine rege, tosende Kaufmannsstadt erlebt haben, wenn er überhaupt Erlaubnis hatte, den schattigen Park der Nervenheilanstalt zu verlassen, die jetzt in die Stadt hineingewachsen ist. Seine Depression war durch etwas anderes als eine verfallene Umwelt verursacht.

Ich frage Lucas, was jetzt mit all der ökonomischen Hilfe aus dem Westen geschieht. Er zuckt mit den Achseln: »Das reicht wohl höchstens für Arbeitslosenunterstützung und Renten und einige Häuser. Kein Kapitalismus kann Leben in einer niedergelegten Textilindustrie entfachen. Es scheint auch niemand daran interessiert zu sein. Die östlichen Märkte sind verloren. Fantasie und Geld gehen in Städte wie Leipzig, Dresden und Weimar. Dies hier ist zu lange so gegangen. Wenn die Jungen irgendeinen Ort zum Hinziehen hätten, würden nur noch die Alten weiter hier wohnen. Aber wohin können sie ziehen? Viele leben von Zigaretten- oder Flüchtlingsschmuggel, Frauenhandel, Autodiebstahl und dergleichen. Sieh hinunter auf den Fluss – dort verläuft die Grenze. Was haben Arbeitslose für eine Alternative? Um Touristen herzulocken, muss hier enorm investiert werden.

Allein diese Stadt – ohne den polnischen Teil auf der anderen Seite des Flusses – hat 3 500 registrierte Baudenkmäler, die der Baubehörde und ihren Kriterien zufolge gepflegt und für die Nachwelt erhalten werden sollen. Stell dir vor, 3 500! Jetzt gibt es sie auf jeden Fall sorgfältig verzeichnet auf Papier – ein junger arbeitsloser Stadtplaner aus dem Westen hat einen zweijährigen ABM-Job als Kulturpfleger bekommen. Und Görlitz ist mit unter die Städte gekommen, die jetzt Unterstützung vom Bund bekommen. Es soll auch an die Spitze der EU-Kulturliste gesetzt werden. Aber ist es mehr als ein Tropfen auf den heißen Stein?

Hier jahrelang Geld für Instandsetzung herauszuwerfen, wenn es in der Gegend keine Industrie und keinen Handel gibt, wagen Außenstehende nicht. Und dann liegt Görlitz auch zu weit im Osten. Nicht für uns in Dresden oder Chemnitz, aber für die Menschen im Westen.

Vielleicht sind die Leute hier ja doch erfinderisch genug, sich einen Lebensunterhalt zu schaffen. Hier arbeitet jedenfalls eine Gruppe arbeitsloser Idealisten, Ingenieure, Techniker und Geographen, um das Flusswasser sauber zu bekommen. So lassen wenigstens sie Hoffnung erkennen, dass die Zukunft gerettet werden kann. Der unermüdliche Lebenswille des Menschen? Oder nehmen sie ganz einfach ihre Verantwortung als einen Ausweg? Letztes Mal, als ich hier war, sagte einer von ihnen: ›Tja, Verantwortung gibt uns kein Einkommen, aber sie gibt uns in jedem Fall Hoffnung.‹«

Lucas und ich gehen über den hallenden Untermarkt, den Marktplatz aus dem 13. Jahrhundert, und weiter hinunter zur Neiße. Auf der anderen Seite des Flusses liegt Polen: Oder-Neiße-Linie wird die schmerzende Grenze seit 1945 genannt. Alle Brücken wurden von der deutschen Armee auf der Flucht gesprengt. Roosevelt, Churchill und Stalin hatten auf der Konferenz von Jalta bestimmt, dass die Grenze hier verlaufen solle. Die Stadt sollte geteilt werden.

Während wir dastehen und auf die unergründlichen Wasserbewegungen und die Menschen sehen, die auf der einzigen wieder aufgebauten Brücke chaotischen Grenzhandel betreiben, bricht es plötzlich aus Lucas hervor: »Jedenfalls hat dieses Deutschland zum ersten Mal, zum allerersten Mal, Grenzen, die alle ausländischen Nationen akzeptieren. Und die das Land selbst akzeptiert. Das ist etwas ganz Einzigartiges und sehr Wertvolles! So ist es noch nie zuvor gewesen!«

Dies ist tatsächlich wahr. Sicher grollen die »Deutschnationalen« bisweilen mit verschieden politischen Happenings, um der Welt zu zeigen, dass sie ihr Oberschlesien nicht vergessen haben.

Auch hier an der Grenze hat keine Sympathie zwischen Polen und Deutschen entstehen können. Die Zwangsumsiedlungen von Millionen von Menschen, Polen wie Deutschen, sind schlechte Voraussetzungen für gutnachbarliche Beziehungen.

Vergessen ist schwer. Ich erinnere mich an den kleinen grauen Stoffbeutel in einer der Holzkästen in der Ausstellung »Museum der Erinnerungen«. Auf dem Zettel hatte gestanden: »Dies ist der Beutel, den mein Vater mit Erde von seinem Hof in der Lausitz, Oberschlesien, gefüllt hatte und der ihm ins Grab folgen sollte, wo auch immer er zur Ruhe gebettet würde.« Und wie viele auch auf der anderen Seite hatten nicht ihre kleinen Stoffbeutel mit Erde aus der Gegend, die sie zu verlassen gezwungen worden waren?

»Wenn man daran denkt, wie idiotisch unwissend und dilettantisch Hitler vorging, als er den so genannten polnischen Übergriff auf deutschen Boden inszenierte, kann man sich nur darüber wundern, welche apokalyptische Zerstörungskraft in den folgenden sechs Jahren hervorbrach«, sagt Lucas bitter und schaut zur anderen Seite des Flusses.

An dieser Stelle begann der Krieg. Österreich und Böhmen waren – ohne militärischen Widerstand zu leisten – auf Befehl von Hitler eingenommen worden. Aber mit dem Überfall auf Polen überspannte er den Bogen, und der Zweite Weltkrieg begann.

»Ich habe eine Freundin, deren Vater in den Dreißigerjahren hier Förster war. Sie hat erzählt, dass er gezwungen wurde, Leichen aus Konzentrationslagern zu ›erschießen‹, die mit polnischen Uniformen bekleidet ausgelegt worden waren. Dies, um Hitler eine Entschuldigung zu geben, Polen anzugreifen. Mehr weiß ich nicht«, sage ich.

Lucas erzählt davon, wie Anfang August 1939 etwas weiter südlich im damals deutschen Oberschlesien die »Operation Tannenberg« in Gang gesetzt wurde, weil Hitler und sein Stab unbedingt *Krieg haben* wollten. Man hatte sich ausgerechnet, dass die Engländer Polen wohl nicht beistehen würden, auch wenn sie das international versprochen hatten. Der Propagandaapparat setzte sich scheppernd in Bewegung, und die haarsträubendsten Geschichten wurden verbreitet. Deutsche SS-Soldaten bekamen hier den Befehl, ihre eigene Rundfunkstation zu überfallen und alles, was sie konnten, zu zerstören, laut auf Polnisch zu brüllen und zu schreien. Im Radio wurde eine Eroberungsrede auf Polnisch verlesen, ein mit Polen sympathisierender Deutscher aus dem Dorf, der mit zur Rundfunkstation geschleppt worden war, wurde erschossen und als »Verräter« fotografiert. Außerdem erhielten sechs in polnische Uniformen gekleidete Insassen des Konzentrationslagers Drogen, wurden am Waldrand erschossen und zur Rundfunkstation gefahren, wo sie als die polnischen Soldaten fotografiert wurden, die Großdeutschland angegriffen haben sollten.

»Das war es wohl, wofür der Vater deiner Freundin benutzt worden war«, sagt Lucas und fährt fort: »Und kannst du dir vorstellen, niemand hörte die Rundfunkrede! Niemand im Ausland, und auch kein anderer, denn der Radiosender war zu schwach – die Station war eigentlich nur als Telegrafenamt benutzt worden. Das hatten diejenigen, die in Berlin saßen und das Sagen hatten, vorher nicht geprüft. Die Fotos wurden veröffentlicht, aber das Ausland fiel nicht darauf herein. Hitler griff danach Polen an und bekam seinen Krieg. Das Ganze geschah etwas weiter südlich am 1. September 1939.«

Ich füge hinzu: »Meine Freundin erzählte nur, dass sie zu Hause die Schüsse gehört hätten und dass ihr Vater frühmorgens leichenblass nach Hause gekommen und sogleich in seinem Arbeitszimmer verschwunden sei. Alle begriffen, dass etwas Schreckliches geschehen war. Nach einer Weile hatte er nach seiner Frau gerufen. Später kamen sie heraus und sagten todernst zu den Kindern, nun werde es wohl Krieg geben.

›Lasst uns beten, Kinder‹, hatte er gesagt und sie um sich versammelt. ›Guter Gott, der Du bist im Himmel, Dein Wille geschehe, vergib uns unsere Sünden, bewahre uns. Mach, dass die Kinder heranwachsen dürfen. Mach, dass wir zusammenbleiben können. – Und vergesst nie‹, hatte der Vater hinzugefügt, ›was auch geschieht, wir haben den Polen nichts vorzuwerfen. Sie sind nicht schuldig.‹

Das war das Ende der Kindheit und des Försteridylls, wo die Mutter mit ihrer rotkarierten Schürze umherging, die Zöpfe in einem Kranz um den Kopf, und der Vater einen Gamsbart als Schmuck am Jägerhut trug. Meine Freundin hat aus der Zeit nur noch ein paar Fotos, nichts anderes.«

Etwas später sitzen wir um den Tisch in der kahlen Junggesellenküche, wo sich die Gruppe, die an dem Flussprojekt arbeitet, nach der Tagesarbeit versammelt hat. Sie wollen mit Lucas reden, der noch eine Woche bleiben wird. Ingo, Bert und Gerold haben angefangen, die schwierige Situation mit der Grenze nach Polen zu diskutieren. Die notwendige Zusammenarbeit um den Grenzfluss, welche die beiden Länder nun vereint, läuft recht gut, aber es ist wichtig, Misstrauen und alte Vorurteile nicht neu zu entfachen.

»Und wie sollen wir ein deutsches Ganzes mit den neuen westlichen Freunden aufbauen, uns tüchtig ins Zeug legen und verstehen, dass wir uns einander annähern müssen, wenn wir gleichzeitig vermeiden müssen, national zu sein? Wir sollen in eine Identität hineinwachsen, die wir nicht kennen, eine, die mit dem ganzen Deutschland zusammenhängen soll, das wir nie gekannt haben. Und dennoch dürfen wir das Deutsche in keiner Weise hervorheben«, sagt einer der jungen Männer.

»Ja«, sagt nun Ingo, »wir sollen lernen, für den Nazismus und die Geschichte der Gewalt in unserem Land Verantwortung zu übernehmen – etwas, das in der DDR immer abgestritten wurde. Dort waren immer die anderen Deutschen die Faschisten gewesen. Niemals wir. Nun aber ist es plötzlich *unsere* Geschichte. Auch unsere im Osten.«

»Zu versuchen, eine Einheit zu schaffen, sie aber gleichzeitig nur als einen Baustein für Europa zu sehen, ein Europa, das uns ja nach wie vor so fremd ist – es ist schließlich Westeuropa«, sagt Bert, »das ist sowohl schwierig als auch mühsam.«

Ingo fährt fort: »Aber die Probleme sind noch konkreter. Wir glaubten, dass wir die erstickende sozialistische Bürokratie überwunden hätten, und nun erleben wir stattdessen die vollendete Bürokratie unserer Bundesrepublik, die all unsere Versuche zur Selbsthilfe lähmt. Wir glauben, dass die Diktatur der Partei durch demokratisches Mitbestimmungsrecht ersetzt würde, und erleben nun, dass alle Beschlüsse in Versammlungen gefasst werden, in denen wir keine Möglichkeit zum Agieren haben. Wir hofften auf einen Rechtsstaat, was wir bekommen haben, sind aber die Rechts- und Besitzansprüche von Repräsentanten des Vergangenen.

Wir hier besitzen nichts, das hatte ja der Staat konfisziert, und nun sollen die einstigen Besitzer es zurückbekommen. Wir verstehen das nicht. Was können wir, die wir hier wohnen, tun?«

Nun ergänzt Gerold: »Es ist völlig selbstverständlich, dass nur wir selbst uns weiterhelfen können. Aber wir zweifeln. Ich zweifle, weil ich weiß, wie angstbeladen unsere Erfahrungen mit ›dem Staat‹, mit ›dem Öffentlichen‹ sind. Ich werde das Gefühl wohl nie los, dass wir immer an die Sieger der Geschichte ausgeliefert worden sind. Ich habe, und wohl wir alle, kein positives Gefühl für etwas, das ›Staat‹ heißen muss.«

»Stopp«, unterbricht Ingo, »wir haben uns diese Demokratie auf jeden Fall irgendwie erkämpft – naja, auf jeden Fall angeeignet. Denk an die Arbeit in unseren Widerstandsgruppen! Denk an unsere riesigen Montagsdemonstrationen in Leipzig, wir, die wir nie gelernt hatten zu demonstrieren!

Die Westdeutschen bekamen die Demokratie von oben aufgedrückt. Wir machten schließlich etwas Positives. Das ist etwas, worauf man stolz sein kann. Es ist ein eigener Meilenstein in der Geschichte der Demokratie. *Unser* Meilenstein!«

»Ja«, sagt Gerold, »und doch: Es gibt viel Bewegung. Wir dürfen ganz einfach nicht glauben, dass es viel leichter gehen kann.

Aber es ist leicht, Opportunisten zu erliegen. Wir sind nach wie vor zu naiv für die neue Gesellschaft. Wir müssen lernen, dass es Zeit erfordert. Das Schwierige ist, dass wir uns während der Anpassungszeit so viel zu Schulden kommen lassen: rechtsextremistische

Gewaltausbrüche, Übergriffe auf Ausländer, unzuverlässige Polizei, Verwaltungschaos, Milliardenbetrug, Stasi-Netzwerk. Presse und Fernsehen in ganz Deutschland und im Ausland sind voll davon, wie grässlich wir sind – und dann werden wir dickfellig. Wie soll es gehen, wenn wir so vieler Dinge bezichtigt werden?«

»Aber«, fügt er hinzu, »die Enttäuschung darf sich nicht ausbreiten, sie ist gefährlich. Gefährlicher, als die im Westen begreifen, scheint es. Wir sind keine Querulanten, nur einfach von Grund auf betrogen.«

»Tja«, sagt Bert schließlich lakonisch, »es ist auch nicht so aufmunternd für das Grundvertrauen gewesen, all die neuen Kurse über Unternehmensrecht, Grundstückserwerb, Steuergesetze, Bank- und Kreditwesen, Unternehmensleitung, Zinsrechnung und all dem Neuen zu besuchen, womit wir uns alle in rasender Geschwindigkeit voll stopfen.«

Etwas später, als ich in einem kleinen Nebenraum auf einem Feldbett liege und einzuschlafen versuche, höre ich ihren Diskussionen zu. Ich höre, wie sie dazu übergehen, die Pläne für das Flussprojekt zu entwickeln, wie sie erzählen, wie weit sie gekommen sind. Beharrlich wenden sie ihr Wissen an, sie wollen so gern etwas schaffen. Und ich höre, wie sehr Lucas gebraucht wird.

Unterschwellig bekomme ich aber auch etwas mit, das Lucas manchmal erwähnt hat: das Misstrauen gegenüber allen, die aus dem Westen kommen. Sie mögen ihn, sie wollen von ihm lernen, sie brauchen ihn. Aber von Kindesbeinen an sind sie gewohnt, keinem zu trauen, der von außerhalb kommt. Ihre neuen Erfahrungen mit Heilsbotschaften aus dem Westen haben ihre Einstellung noch verstärkt, dass kluge Menschen sich am besten auf niemanden verlassen. Warum sollte überhaupt irgendein ehrlicher Mensch auch nur einen Finger rühren, um etwas zu tun, was nichts einbrachte? Lucas hatte oft über die abwartende Haltung berichtet, die Menschen in den östlichen Bundesländern auch ihm gegenüber an den Tag legten, wenn das Misstrauen hervortrat. Es trieb ihn zur Verzweiflung. Er war schließlich einer von ihnen. Er war im Osten aufgewachsen und wollte nichts lieber als etwas schaffen, nach verlorenen Fäden suchen und kein schlechtes Gewissen mehr haben müssen, in den Fünfzigerjahren in den Westen geflohen zu sein.

Einmal hatte Lucas mir eine Karte gezeigt. Auf die eine Seite hatte er geschrieben: »Wie viele Jahre halte ich es aus, nicht vollständig akzeptiert zu werden?« Und auf die andere Seite: »Wie viele Jahre wird es dauern, bis das Misstrauen mir gegenüber verschwindet?«

Er hatte weiter gesagt, dass die Bilanz zu seinem Nachteil ausfallen würde, wenn die Politiker und Geschäftsleute aus dem Westen nicht damit aufhörten, sich wie Neokolonialisten aufzuführen. Und das sagt er, der doch bleiben, ganz und gar teilnehmen und Mitverantwortung tragen möchte.

Am nächsten Morgen koche ich in aller Frühe für alle Kaffee, räume den abendlichen Abwasch weg und decke den Frühstückstisch. Ich nehme die Frauenrolle an, die in diesen Breiten von mir erwartet wird, wo – der formalen Gleichheit zum Trotz – die Rollen deutlich fixiert sind.

Der Tag ist erfüllt von Erlebnissen um das Thema Fluss, und wir machen einen herbstschönen Rundgang, um bei der Arbeit zuzusehen. Bei den Zisterziensernonnen im Kloster Marienthal bekommen wir dann eine heiße und dicke Soljanka. Die von den Nazis vertriebenen Nonnen hatten während der DDR-Zeit wenigstens Unterricht für geistig behinderte Mädchen abhalten dürfen. Nun kümmern sie sich wieder um all das Alte. Lucas geht mit Äbtissin Renate über die Besitztümer, um Maßnahmen gegen die Überschwemmungen des Flusses zu besprechen.

Auf dem Heimweg laufen wir durch buntes Herbstlaub, sammeln einen Sack trockenes Holz für den Kamin, stapfen durch Sandhaufen am Flussbett und jagen einander auf die Aussichtsplätze in den Bäumen hinauf, die noch von der herbstlichen Jagd übrig geblieben sind. Wir toben uns aus, gebrauchen jede Minute dreifach, um die eine Frage auf Distanz zu halten. Plötzlich bleibe ich in einem rotbraunen Laubsaal, schön wie eine Kirche, mit Lucas neben mir stehen und sage zu ihm: »Und was stellst du dir vor, was ich hier tun könnte, Lucas?«

Er hört, dass mein Zweifel bereits tief festgewachsen ist.

»Du könntest all deine Fantasie ausnutzen, deine Schaffenskraft, deine soziale Kompetenz und deine Ersparnisse – wenn du welche hast – einen Beitrag leisten, den du selbst für nützlich und gut hältst. Du hast freien Spielraum.« Mit leiser Stimme fährt Lucas fort: »Und kein anderer hier außer mir würde deine Enttäuschungen verstehen, aber sie vielleicht auffangen können. Ich bin doch wohl offen gewesen und habe dir alle sichtbaren und unsichtbaren Hindernisse gezeigt? Aber glaube nicht, dass du nicht gebraucht wirst. Hier, und in Dresden, überall hier ... und bei mir.«

Viel wird nicht mehr gesagt, bevor mein Zug auf altmodische Weise aus dem prachtvollen Bahnhof von Görlitz dampft.

Ein letztes Bild

Nach einigen Wochen mit Briefen und kurzen abendlichen Telefonaten zwischen Ost und West ruft mir eines Morgens die Sekretärin aus dem Nebenzimmer zu: »Ein Herr aus Dresden ist am Apparat!«

Das fährt mit in die Glieder; ich weiß, dass es nun keinen Aufschub mehr gibt. Ich schiebe das Planungspapier für die in der nächsten Woche stattfindende Landeskonferenz mit den kommunalen Frauen- und Gleichstellungsbeauftragten zur Seite. Der Aktenordner mit den neuen Regeln über ihre Mitbestimmungsrechte in allen Instanzen der Landesentwicklungsplanung fällt auf den Boden, und die Mappe mit der vorbereiteten Rede gleitet hinterher. Ich nehme den schwarzen Telefonhörer ab.

»Hallo! Du, ich muss dich treffen. Passt es dieses Wochenende? Ich kann am Sonnabend um Viertel vor sechs in Frankfurt sein.« Lucas klingt nicht besonders selbstsicher, oder ist es vielleicht das Rauschen in der Leitung? Die Stimme kommt von weit her, sie tanzt auf dem Seil draußen im Äther, tastet sich voran.

»Es ist neblig«, sagt Lucas. »Hier auf meiner Seite.«

»Hier ist es rau und kalt, ich friere«, antworte ich und habe Schwierigkeiten, den kleinen Fetzen Himmel zwischen den Dächern der hässlichen Verwaltungsgebäude zu erkennen, Blöcke, die schnell hochgezogen wurden, nachdem die Stadt von den Amerikanern zur hessischen Landeshauptstadt auserkoren worden war.

Der Sonnabend kommt. Als wir Frankfurts zahlreichen Ausfahrten entkommen sind, entscheiden wir uns, den Weg nach Seligenstadt am Main zu nehmen und das Café ausfindig zu machen, das beinahe versteckt neben der Klostermauer am Fluss liegt. Als wir ankommen, ist gerade Weihnachtsmarkt mit Holzbuden entlang der schmalen Kopfsteinpflasterstraße, die durch die kleine Stadt führt. Hustenbonbons und Honigtöpfe werden feilgeboten, zierlich geformte Kerzen aus Bienenwachs, Stollen, selbst gemachte Marmelade gewürzt mit Ingwer, Zimt und anderen weihnachtlichen Zutaten. Hartes, klebriges Kürbisbrot liegt eingepackt in Tortenpapier zwischen Oblaten auf den Tresen. Die Menschen stehen in

Trauben um die dampfenden Glühweinstände. Alles, wie es sein soll zur schönen deutschen Adventszeit.

Wir sehen uns um, mischen uns unter die Menge und versuchen, die sorglose Stimmung zu genießen. Als müssten wir uns nicht um uns selbst kümmern und uns entscheiden. Lucas kauft eine große Tüte mit gebrannten Mandeln und steckt sie mir eine nach der anderen in den Mund. Schließlich will ja keiner von uns sprechen. Die Laternen um die Stände leuchten, die Infrarotstrahler geben Wärme, und das Licht macht die Menschen besonders schön mit ihren farbenfrohen Wintermützen und ihren roten Wangen.

Und dann stürzt sich Lucas kopfüber in das, weshalb er gekommen ist.

»Ich muss es wissen. Ich will da draußen nicht sitzen« (da draußen, denke ich, das klingt wirklich wie Wüste oder Pampa), »mit riesengroßen Abständen zwischen uns, und du und ich vereinnahmt von zwei verschiedenen Welten. Ich muss ein Versprechen bekommen, das dich und mich zusammenhält.«

»Aber ich kann es nicht annehmen.«

»Was annehmen?«

»Was du mir anbietest, dein halbes Königreich. Ich liebe es nicht.« Warum sage ich nun auch Königreich, wenn ich eigentlich Nation meine.

»Kannst du nicht lernen, es zu lieben?«

»Wenn du lernen könntest, mein kleines Königreich im Norden zu lieben, dann könnten wir das doch gemeinsam haben? Wäre nicht das eine Lösung?«

»Nein, ich kann mich nicht in einem so fein ordentlichen Land niederlassen, wo ich nicht mehr tun kann, als es zu genießen – und zu staunen und es kennen zu lernen. Und dein kleines Königreich im Norden braucht mich überhaupt nicht. Aber du, du wirst in meinem gebraucht!«

»Vielleicht schon, aber man wird mir mit mehr Misstrauen begegnen als dir. Einer kalten, grauen Wand aus Misstrauen. So etwas halte ich nicht aus. Ich kann einfach nicht. Nicht noch einmal unter Einsatz all meiner Kräfte ein Land erobern. Und diesmal habe ich nicht die Kinder als Hilfe, Zusammenhänge zu finden, Herzensbindungen und einen festen Grund, um darauf zu stehen.

Ich muss Nein sagen, denn ich liebe dieses Unbekannte nicht, das dir gehört, und dann geht es nicht. Ich glaube auch nicht, dass ich mir diese Liebe aufzwingen kann. Ich habe begriffen, dass ich eine ungeheure Kraft und Überzeugung darauf verwandt habe, dieses schwierige, mühsame halbe Land lieben zu lernen. Es hat so viele Jahre gedauert, bis ich mich sicher und als Teil davon fühlte. Es ist mir gelungen, indem ich mich selbst darin fand – und das tat ich, indem ich vieles fand, das ich mochte. Und indem ich fühlte, dass es Teil von mir selbst wurde. Das ist vielleicht so etwas wie der Kern der eigenen Freiheit.«

»Aber für mich gelten dieselben Regeln. Ich muss zurück, und ich kann das, was mir gehört und das ich versuche wiederzugewinnen, nicht verlassen. Das, was du nicht haben willst.«

»Ich möchte ja gern, und ich möchte schließlich den Prinzen haben, aber ich schaffe es nicht, das Land, das ihm gehört, lieben zu lernen. Nicht noch so ein schwieriges Land. Und wenn das nicht geht, dann hält auch das mit dem Prinzen nicht.«

»Ja, ich weiß. Manchmal glaube ich, dass ich ein übergeschnappter Romantiker war, der in diesem westlichen Teil Deutschlands nicht mehr bleiben wollte, einem Stück, das – weiß Gott – in hohem Maße neue Lösungen braucht, neue Visionen und neue Methoden, um seine zunehmende Vergiftung und Expansion zu kontrollieren, seine neue Tendenz, die Augen vor sozialen Spannungen zu verschließen, welche die politischen Möglichkeiten zerstören kann. Als ich mir jedoch erlaubte, den eigenen Schmerz zu fühlen, da konnte ich nicht anders handeln.«

»Du weißt, warum du den Westen verlassen hast. Du hast dich dort hinbegeben, wo es schwer und arm und hässlich war. Du hast gewusst und weißt, dass das schief gehen kann, aber du stehst zu deiner Entscheidung. Denn du suchst etwas, das mit der Liebe zu dem Land zu tun hat. Und – das verstehe ich auch – mit Liebe zu dir selbst, zu diesem kleinen, verlorenen Jungen im zerstörten Dresden, ihm, der spürte, im Weg zu sein, und der fortgeschickt wurde. Du hast schließlich gesagt, ›dass man finden muss, woher man kommt, um den weiteren Weg zu finden.‹ Du hast Angst davor, was auf diesem Weg geschieht, wie das Ganze gehen soll. Du lebst nicht in einer Utopie – und bist in deinem Realismus mir gegenüber ja wirklich ehrlich gewesen. Du malst beinahe schwarz – vielleicht ist das berechtigt. Du hast auch Angst davor, was mit unserem gemeinsamen Deutschland geschehen wird. Dein Suchen ist so zusammengewachsen mit dieser Zukunft, mit allem, was ungewiss ist. Du stehst mit einem Fuß in beiden Lagern und kannst leicht zerrissen werden. Ich habe es viel einfacher.«

»Ich kann nichts daran ändern. Ich muss weiter. Ich spüre fast die ganze Zeit den Schmerz in meinem Inneren, ich weiß, dass du das gemerkt hast. Aber ich spüre ja auch die Stärke, die Möglichkeiten, das unglaublich Hoffnungsvolle. Das, was vor 1989 nicht einmal geahnt werden konnte, das kann nun gestaltet werden. Und mir ist es vergönnt, dabeizusein. Resignation ist nicht zulässig. Das müssen die Jüngeren von uns auch zu hören bekommen.«

»Ja, und dennoch: in dieser Hälfte – ›hinter den sieben Bergen‹ –, die auch für mich so unbekannt war, als ich zuerst hier herkam, dort kann ich wohnen, denn ich habe viel zu verstehen gelernt aus dem, was gut und was schlecht ist, dem, was hoffnungsvoll, und dem, was gefährlich ist.

Und genau, wie man da wohnen muss, wo man gebraucht wird, so muss man ja gebraucht werden, da, wo man wohnt. Ich kann das nicht über Bord werfen, und ich habe nicht die Kraft, mit einer solchen Eroberung noch einmal von vorn anzufangen.«

Lange Zeit später schreibt mir Lucas: »Weißt du, wovon ich überzeugt bin? Ich glaube, um sein Land lieben zu können, muss man mit ihm gelitten haben, besonders wenn es ein Land ist, das Schwierigkeiten hat. Ich glaube, das ist es, was uns beiden passiert ist, jedem in seinem Teil des Landes, mir in meinem und dir in deinem – obwohl es jetzt eine Einheit ist.

Mitleid ist ein erbärmliches Wort geworden, aber das war es nicht von Anfang an. Unsere Kultur hat das Wort der Lächerlichkeit preisgegeben. Doch lass es uns mit *compassion* übersetzen, was tiefer ist als Mitgefühl und Empathie. Dann wird es möglich, das Gefühl zu empfinden, das ich meine. Um verstehen zu können, dass Geschichte immer die Geschichte der Menschen ist, muss man, so glaube ich, Erfahrung mit der Bedeutung dieses wichtigen Wortes *compassion* haben. Ein Gefühl für jemanden, für einige, aber auch für ein Land. Erst dann kann man für die Zukunft mitverantwortlich sein.

Und erst dann, glaube ich, kann man vermeiden, Feindbilder aufzubauen. Ich glaube, dass unser beider Deutschland diese Art von Verständnis braucht – aus uns selbst heraus. Und von außen. Ich glaube, das ist der einzige Weg.«